青山似画
玛瑙员外 著
江苏凤凰文艺出版社
JIANGSU PHOENIX LITERATURE AND ART PUBLISHING

图书在版编目（CIP）数据
青山似玉 / 玛瑙员外著. -- 南京 : 江苏凤凰文艺出版社, 2025. 4. -- ISBN 978-7-5594-9152-7
Ⅰ. I247.5
中国国家版本馆CIP数据核字第2024HR0732号

# 青山似玉

玛瑙员外 著

责任编辑 周颖若
出版统筹 曾英姿
选题策划 RONG
特约编辑 吴 龄
装帧设计 46设计 QQ: 1067244694
出版发行 江苏凤凰文艺出版社
南京市中央路 165 号，邮编：210009
网 址 http://www.jswenyi.com
印 刷 湖南天闻新华印务有限公司
开 本 880mm × 1230mm 1/32
印 张 9.5
字 数 283 千字
版 次 2025 年 4 月第 1 版
印 次 2025 年 4 月第 1 次印刷
书 号 ISBN 978-7-5594-9152-7
定 价 49.80 元

# 目录

Contents

余光里盛庭眉目温和
眼里只有她一人
"成了" 他说
玛瑙为外

# 第一章

Qing Shan Si Yu

初霜跟顾隋分手的第二个月，那个生性寡淡的男人终于想起来挽回她。

“你在哪儿？”

“家里。”

“我看了，你不在明兰苑。”

“嗯，搬家了。”

沉默片刻后，顾隋开口：“还在闹脾气？”

初霜摸着小金毛犬的脑袋，闻言一噎：“顾总，我们分手了，不是闹脾气。”

当初他前女友找上门来耀武扬威一番，让人搅黄她的工作后，初霜就跟在国外出差的他发了分手信息。

那时他是怎么回复的来着？

——等我回来再说。

他确实是个大忙人。

“钱韵那边我已经警告过了，她以后不敢再到你面前闹。”男人的嗓音其实很好听，他久居高位，最懂什么样的语气能让人臣服，“她也不是什么前女友，不过是之前在生意场上有过几次合作而已。”

“是她说的，跟你都到谈婚论嫁的地步了。你们两家又是世交，郎才女貌，也算般配。我就不拦着顾总找命里良人了，再不识趣，我下一次丢的可能就不是工作了。”

听筒里传来打火机的声音，大概点燃了烟，顾隋再开口的语气淡了些："你住哪里？我们当面谈。"

初霜叹了口气："真的不谈了，好聚好散吧。顾总，我只想过好简单安稳的小日子，你身边有那么多美人，随便哪一个都比我会疼人。"

顾隋眯了眯眼睛："故意讲气话气我？"

"你知道我不喜欢跟人起争执。"

男人轻嗤一声："你不说我也能查到。"

挂了电话，初霜盯着花瓶里的玫瑰发呆。

顾隋这个男人的手段她是知道的，他有权有势，在香城呼风唤雨，只要他想，没什么做不到。

可她没猜到他居然会回头找她。以他冷傲的性子，一向只有女人识趣讨好的，哪有他回头追女人的道理。

不该招惹顾隋这种男人的，都怪她当初一时脑热，又从小到大没谈过恋爱，本着好奇的心理就跟他有了一段恋情。

外公昨天才打电话来说和盛家联姻的事，在这个节骨眼上，初霜不想再生出是非。

本以为顾隋再怎么只手遮天有权势，要找到她也得月余，可当他出现在她下班后常去的一家咖啡馆时，初霜第一次见识到了他的厉害。

顾隋不缺女人，却也不随便，在挑女朋友——或者说女伴时，眼光极高，也极挑剔，他喜欢独立不黏人的女人。

所以跟顾隋谈恋爱的两个月，初霜没有太大实感，她理所当然地觉得顾隋对自己没有多少感情，也以为分手能很顺利。

可直到被他追过来，她才猛然觉醒——顾隋不可能容忍女人占据主导权，要分手也得是他提。

今天外面下着雨，空气潮湿，杯里蒸腾的雾气迷人眼。

顾隋看着对面低头看咖啡不看他的人，直接开口："跟我回去。"

"我在这边已经有份很好的工作了，不想跳槽。"

"你实在想留在这里也行。"男人不疾不徐地喝了口咖啡，"不过是多花点时间而已，我可以每周六抽空过来陪你，这样的话我们算异地恋了。"

初霜抬头，薄唇几度开合才道：“顾总，咱们这样处着也怪浪费你的时间和精力的，真的不如分手吧。”

“我已经警告过钱韵，以后类似的事情不会再发生。我上一段感情也是两年前的事，已经断得干干净净。”

“你喜欢我吗？”初霜忽然发问。

空气有两秒寂静，她再次开口：“其实我没觉得你有多喜欢我，说到底，咱们这段感情开始得有点草率了。你只是需要一个女伴，恰巧看我比较顺眼；而我也是一时冲动，错把感动当心动。这段感情怎么都不会长久的，我们的性格和处事风格也相差甚远……我很感谢实习时您的出手相助，时至今日想起来还是很感激您。分手这事，抱歉先由我提出来，不过我确实是思量了很久才开口。不是您不好，真的是我们不合适。顾总，你身边有那么多优秀的美女，不必浪费时间在我身上。”

顾隋注视她片刻，目光平淡：“没有人天生合适，合不合适也不是你说了算的。”

骨感的长指有一下没一下地轻敲着桌面，睨着初霜绛红的唇瓣，顾隋似笑非笑：“你听话一点，初霜。”

男人眼尾勾着弧度，语气似带着哄，看起来却一点也不温和，周身皆是淡淡的强势。

对视几秒后，初霜撤开视线，一副有商有量的语气：“你要什么样的女人没有，我这个人很无趣……”

“看来你是铁了心。”顾隋波澜不惊，看她的视线有些许幽深，“谈了两个月，我什么也没得到，那分手之前是不是先得行使一点作为男友的权利？”

他们之间最大的尺度限于拥抱，顾隋念及她是初恋，加之她当时刚经历一些糟心事，便一直对她克制有礼，连亲吻都没有过。

“当然，不止亲吻。”

触到他灼热的视线，初霜坐不住了，起身离开：“强扭的瓜不甜。”

看着她落荒而逃的背影，顾隋没有追上去，嘴角勾着愉悦的弧度。

离开咖啡店，初霜健步如飞地走到小区门口。

门口有人摆摊卖煎饼馃子，闻着香味她才意识到自己没吃晚饭，于是她一口气要了两个煎饼。

等煎饼时她发了会儿呆，阿姨看见，没忍住笑了：“你皱眉头的样子跟我闺女真像。”

初霜看向眉眼温和的阿姨，说：“遇到一点难题了。”

“没事儿，你这么年轻漂亮，没什么过不去的，”阿姨把煎饼馃子打包好，笑道，“吃了热乎乎的煎饼馃子，明早起来又是一条好汉。”

初霜失笑，遇见顾隋的低落终于被煎饼馃子和阿姨驱走一点。

第二天，为了不遇见顾隋，下班后她特意走别的路，没经过咖啡馆。

虽然知道顾隋想找她会有很多办法，但她还是绕路走了。

可她没能高兴太久。第三天去公司上班，上司支支吾吾地把她叫到办公室，话里话外只有一个意思——公司不能再要她了。

初霜只觉得荒唐，细想这又真是顾隋能做出来的事。

收拾东西回到住处，她脑子里只有一个想法——她得离开香城，越快越好！

但是去哪儿是个问题——不能回家，她不敢保证顾隋会不会追过去。

她郁闷地打开手机，点进微博，发现多了不少私信。其中有条私信很显眼，是一个漫画网站的编辑发来的。

初霜喜欢画画，微博账号在大学时期就运营起来了。

她经常会画一些小漫画，有时是可爱风的小短篇，有时灵感来了会连载一些言情漫画。

经过三年的积累，她有了小二十万的粉丝，在圈子里也算小有名气。

这个编辑所在的正是国内最大的漫画网站——风筝动漫。

这个网站出品过很多爆火的漫画，签约条件极其苛刻。

初霜之前投过两次稿都石沉大海，这次编辑直接找上门来，幸福来得太快，她识时务地抓住了机会。

帝都天高皇帝远，也正是个躲避顾隋的好地方。

帝都。

来得太匆忙，房子还没找好，第一天到总部大厦办完入职手续，初霜回到了酒店。

当下最要紧的就是找个房子，天天住酒店也不是办法。

在房源网站看了几天，周末她终于去现场看了看，才知道在帝都找房子的难处——都是些“挂羊头卖狗肉”的，要么十平方米不到，月租三千元，要么房间老旧，安全系数低，更过分的一家，她开门的一瞬间就看见了追逐打闹的小耗子。

第二个周末她又去看了一批房子，这次终于有个合适的——两室一厅一卫，装修、通风、采光各方面都不错，虽说房租贵了点，但房东承诺尽快给她找到合租人，这样她也能减轻点经济负担。

合租也没什么不可以，反正和室友有各自的卧室，泾渭分明。

但没吃过苦的初霜在初入社会不久就见识到了江湖险恶。

周末，房东领着个大胡子男人来看房。男人看起来四十多岁，看见她的一瞬像饿了好久的狼看见了热乎乎的羊肉。

男人自然很满意这处房子，当下就决定要住下来，说是回去整理，明天就搬过来。

后来初霜才知道现在有很多无良房东为了赚钱无所不用其极，先是诱导女孩子住下来，再以此为噱头去吸引一些男租客。

这天晚上，她就忍无可忍地跑去找房东说只要女租客，房东却很敷衍地搪塞她什么“找房子不容易”“这年头男女合租很正常”之类的话。

初霜甚至提出自己愿意支付高额月租，不跟人合租了，房东却说收了男人的定金不好反悔。

最后实在谈不拢，一气之下她又搬出了“狼窝”。

憋屈了大半个月的人，挑了个好日子去酒吧喝酒。

“美女，一个人啊？”

初霜头都没抬。

“嗬，怎么不理人呢？”

看清面前扬着眉梢的女人，初霜微讶：“是你？”

大三的时候，初霜去驾校学车，跟眼前的女人是同一个教练教的。有时候练完车时间太晚，两人会一起拼车回学校。当时初霜知道她是对面戏剧学院的学生。

“陈瑶？”

“是盛瑶。”

当初不过相处过短短两周，之后两人再也没见过面，说起来上一次见盛瑶应该是两年前了，能在帝都碰见认识的人，初霜有点开心。

盛瑶的长相很有攻击性，五官立体，身材高挑，视觉上总给人一种作风潇洒、不好招惹的感觉，带着点冷。

“抱歉，我单记得一个‘瑶’字了，”初霜眼波带笑，“没想到能在帝都遇见你。”

盛瑶在对面坐下，跟她碰了碰杯子，绛红色薄唇微勾：“好久不见啊，美人姐姐。”

再次听到这个称呼，初霜莞尔。

被一个御姐长相的美人儿叫姐姐，感觉……非常不错。

当初盛瑶就喜欢这么喊她，其实她也就比盛瑶大一个月。

盛瑶打量着在酒吧迷离灯光下的人，轻啧一声：“几年没见，还是一如既往地招人惦记，你没来我们学校真是一大憾事。”

如果当初初霜去了戏剧学院，那届校花都得换人。

“你也一样，无论看多少眼都令人惊艳。”

盛瑶被她夸得开心：“你来帝都工作吗？”

“对，才来半个月，在漫画公司工作。”

“风筝动漫？”

“你还知道风筝动漫？”

盛瑶轻笑——她可是太知道了。

“知道，我平时喜欢追连载漫画。没想到你在那里工作，好厉害，我平生最羡慕有绘画天赋的人。”

盛瑶这人，看着冷酷，其实很率真，也喜欢夸人，初霜还蛮喜欢跟这种性格的人相处。

想到房子的事，她微垂眼帘：“工作是不错，只是来之前我都不知道在帝都找房子这么难。我是处处碰壁，都快把当代年轻人找房吃过的亏吃了一遍了。”

盛瑶很耐心地听她说完了半个月来租房碰到的糟心事。

对于一个刚踏入社会的女孩子来说，找房子确实很不容易。

一口气倾诉完这些天的憋闷，初霜感觉舒爽了不少。

“对了，你也在这边工作吗？你住处附近还有没有合适的房子出租？”

“我是帝都本地人。”

盛瑶思忖两秒，想到什么，缓缓勾起嘴角，眼里冒着星星：“我家有很多客房，你要不要考虑考虑？”

闻言，初霜微顿，犹豫道：“不太好打扰你家里人。”

“我家最近就我一个人，我每天无聊得快发疯，早就想找个可以一起聊天逛街的人了。”想到可以有个伴一起玩，盛瑶的语气带着隐隐的小兴奋，“来吧，来吧，就当陪我。天意让你今天遇到我，不就是为了让咱们开启同居生活吗？”

看着盛瑶亮晶晶的眸子，初霜缓缓道：“我不是一个人，还有……”

“还有人？男朋友？”

“不是，我还养了只小狗狗，带到你家里去不太方便。”

“我最喜欢小狗了，把它带过来，咱们一起玩！”

见初霜还有点犹豫，她继续道：“你来我家，我们晚上可以一起吃零食、看电影，可以做喜欢的料理，周末开着我的车去郊外野炊，这不比你一个人孤零零地来酒吧喝酒好吗？一个人在陌生的城市生活哪那么容易，有了我，你以后就不用一个人了。”

初霜被她说得有点心动，在离家远的地方有个熟人真的会好很多，她现在也确实急需租房。

于是她妥协了：“你先跟你家里人说一声好吗？取得他们同意之后我就过去，我照常付房租。如果他们觉得为难就算了，我再看看别处。”

“放心，我家里人都很好说话的，父母和哥哥也从不管我交友。”

当晚，盛瑶在家族群里知会了一声——没人理她。

放养式长大的盛瑶已经习以为常，这会儿父母估计在普吉岛玩得正开心，至于大哥，那更是个不会回消息的人。

第二天她就催着初霜搬过来。

初霜："你家人同意了吗？"

盛瑶："同意了。趁今天周日，我去接你吧，你在哪个酒店？"

下午，初霜坐着盛瑶的车去盛家。

车子缓缓驶入桃红柳绿的胡同，周遭环境越来越清静，初霜敏锐地察觉到这边不同寻常的历史厚重感。

天朗气清，道路两旁的杨柳枝条伸展，晚槐花盛开，借着微风与骄阳，阵阵清香送入鼻间。

环境实在太好，却也有种让人无法忽视的庄重气派。

一路途经几户人家，屋舍俨然，四合院大门外石狮子分立左右，口含宝珠，四角檐顶雕立脊兽。

——传闻中的京圈大院。

这种架势和内敛的气派，能住在这边的必然是京圈显赫的大家族。

抵达盛家，饶是从小见过不少好宅子的初霜，还是被盛家宅子的气派程度惊到。

一踏进门她就感觉书香气息扑面而来，回廊、庭院、楼阁颇有古典美感。

这种宅子绝不是短短几十年用金钱能堆砌得出来的，底蕴在那儿摆着。

盛瑶领着她认房间，经过一幅山水画时，初霜停下脚步："这是伍羊先生的真迹？"

盛瑶扬眉："你能看出来？"

"外公喜欢这些，对书画颇有了解，我跟着耳濡目染，略懂一点。"

住进盛家后，初霜的生活得到了质的提升，这边不仅鸟语花香，盛家阿姨做的饭也堪称珍馐。

工作日她能搭盛瑶的顺风车上下班，周末两人便收拾得漂漂亮亮，到处散心。

两人有时会去商场做精致的美甲，买好看的衣服，有时会在郊外搭起帐篷，享受和煦午后，周边郊外景点都被两人去了个遍。

不想出远门时，两人会在傍晚牵着小金毛去胡同里散步。她们常常能遇到在石桌旁下象棋的退休老人，都是左邻右舍，盛瑶很喜欢带着初霜跟他们对弈。一来二去，初霜跟大家也都熟了起来。下班后无事，两人会受邀去别的大院吃茶点。

这些小老头年轻时都是叱咤风云的人物，有的年迈后虽然还挂着长久的严肃神态，但相处起来都不摆什么架子，反而一板一眼得可爱。初霜就是在这种被大家长包围的环境中长大的，很快便对这边生出亲切感。

在她搬过来快二十天时，盛瑶的父母回来了。

看见盛夫人的时候，初霜有点怀疑自己的眼睛——居然是国际频道的女主持人季温月老师，集才华与美貌于一身的电视台门面。

学生时代为了练习听力，初霜听了太多她的节目。

此刻她有种追星成功的激动。

盛夫人言谈举止温婉文雅，腹有诗书气自华，交谈间就能感觉到那份端庄与温和。

相比之下，盛先生就显得寡言少语，不怒自威。

知道盛瑶的朋友在家里，盛夫人给初霜也带了礼物。

这孩子能跟自家那个眼高于顶还臭脾气的闺女做朋友，倒是让她有点意外。

初霜举止大方，言谈得体，长得又好，关键是性子稳得恰到好处，盛夫人很喜欢她，想着盛瑶跟她在一起也能耳濡目染地学着养成淑女的性子。

自从家里有了初霜之后，盛夫人买小零食都是买双份，盛瑶总说她像在养两个女儿。

看着乖乖吃她买来的小蛋糕的两个女孩儿，盛夫人温柔地笑着："真有两个女儿就好了。"

初霜从小就特别招长辈喜欢，一方面是她性子娴静，另一方面是她懂得要多陪伴长辈，讨长辈欢心。

盛夫人在家里研究甜品时，初霜常常会在厨房帮忙，插不上手的盛瑶便乐得清闲地在沙发上等待成品。

她还挺佩服初霜的，做事细致有耐心，三天两头陪着母亲在厨房忙活都不嫌无聊，要是她，做上一两次就倦了。

有个勤快的小能手陪着母亲，以往母亲非要她去做的那些事初霜都做了，盛瑶别提多清闲了。

周末天气正好，盛夫人跟着两个女孩儿去湖泊公园露营，初霜带上了她的画板，要给盛夫人画画。

盛夫人还没被人画过肖像画，觉得有趣，便坐在野花盛开的草地上给初霜当模特。

盛瑶一边吃西瓜，一边看作画的两人——母亲身后是湖光山色，初霜画板周围的各色小花开得秀丽。

这幕甚是温馨的画面，她随手拍下发到了家族群。

傍晚几人回去时，盛家门前正停着一辆林肯汽车。

盛瑶老远看见，颇有点惊讶："大哥不是要出差两个月吗？这就回来了。"

盛夫人："这孩子，提前回来也不跟家里说一声。"

初霜看向那辆林肯。

车上下来的男人穿着考究的西装马甲，身材修长挺拔，臂弯搭着外套。

男人发现了她们的车子，侧身看来。

看清他长相的一瞬，初霜再次感叹盛家优秀的基因。

下车后，盛瑶双臂环抱着看他："你就这么空着手回来？"

盛炀波澜不惊："你让我带东西了吗？"

盛瑶冷笑："我不说你就不知道买吗？有你这么当哥的吗？"

"别一回来就拌嘴。"

盛夫人看着两个幼稚鬼失笑，想起来给初霜介绍儿子："阿霜，这是盛瑶的哥哥，盛炀。"

初霜礼貌点头：“你好，我叫初霜。”

盛夫人：“她是瑶瑶的好朋友。”

盛炀看过来，瞥见她衣角的一点油画颜料，他言谈有礼有节：“名字不错。”

这长相近看更有冲击力啊……

初霜勾唇：“谢谢。”

晚饭时，盛夫人向盛先生夸赞初霜今天给她画的肖像画：“真不愧是学艺术的，妙笔生花。”

“对了，阿霜不是在漫画公司上班吗？之前没想起来问，你在哪家公司？”

初霜：“风筝动漫。”

盛夫人想了好几秒，疑惑地看向盛炀：“你们公司旗下是不是有个风筝动漫？”

盛炀点头：“星娱文化旗下。”

盛夫人笑开：“好巧，竟然是阿炀的公司。”

晚上快入睡时，初霜接到表哥的电话。

“我明天要去香城出差，差不多待一周，顺便看看你。”

换工作来帝都这事，初霜还没跟家里人说，当下支吾道：“我不在香城了。”

“嗯？”

“我来帝都一个多月了，签约了漫画公司，在这边工作。”

沈矜言微叹：“怎么不跟家里说一声？”

“连续换了几次工作，又走了这么远，我怕外公担心。哥，你先别告诉他老人家。”

“在帝都工作也好，之前爷爷还在担心你结婚后会因为工作城市离帝都太远，不好协调工作的事。对了，那你住在公司宿舍吗？不方便的话，我联系人给你找房子。”

“我暂时住在朋友家，”思忖片刻，初霜道，“哥，你帮我找找合适的房子，老待在人家里也不是事儿。”

“爷爷说盛家那边可能中秋过后会来提亲，年前有好日子的话，你和盛家那位的婚事大概率不会拖到明年了。”

初霜原本在一边接电话一边看画稿，沈矜言的话进入耳朵，她反应了好一会儿，蓦地抬眼——是了，她的联姻对象也姓盛。

之前她压根没往这方面想过，直到今天看到盛炀，她才恍然大悟——她那个联姻对象，极大可能就是他。

“哥。”

“嗯？”

“帝都稍有权势的家族，姓盛的有几家？”

“应该只有一家，没听说过帝都还有别的什么盛家。”

初霜抿唇。

看样子，盛炀极大可能就是她那个素未谋面的未婚夫。

真是误打误撞，天意如此。

不过在盛家住了这么一段时间，她也基本了解了盛家的家风——盛家每个人都不错，作为未来婆家没什么可挑剔的。

盛炀其人，正经清冷，斯文有礼，看行事作风也是挺可靠的人，尤其是，相貌太出众。

初霜从小就喜欢美的事物，对这个未婚夫的接受度还是挺高的。

就算没有爱情，跟人品端正的大帅哥相敬如宾地生活也没什么不好，而且小姑子和婆婆她都太喜欢了。

自从猜测盛炀是自己的未婚夫后，初霜总不自觉地把目光放在他身上，观察他的用餐习惯、谈吐仪态，留意他平时的作息。

观察几天后，她得出结论：盛炀情绪稳定，生活习惯良好，工作严谨认真，做事条理清晰且有规划，简直是优质男青年的标杆。

没多久，她的这些小动作就被盛瑶和盛夫人发现了。

清早，两人悄悄看了初霜五分钟。

初霜站在花园里做拉伸，手脚是动的，眼睛却一直在看不远处同样在晨练的盛炀。

盛瑶咔嚓咬了口苹果，微微叹气：“祸害小姑娘都祸害到我身边的人了。”

“你哥这样的，确实容易招姑娘喜欢。”

盛炀做完运动，初霜不动声色地转身，与此同时，盛瑶和盛夫人也进了屋。

猜测初霜可能对自己大哥有心思后，盛瑶想着帮好姐妹一把，便跟她说歌剧院最近上班时间提前，自己不能再送她去公司了。

于是送初霜上班的任务交给了盛炀，工作日盛炀的司机先送初霜到公司，再去总部大厦。

次数一多，初霜自己先觉得不好。

当初盛瑶让她住在家里就已经是雪中送炭了，她哪里好上下班都麻烦人家接送。

之前和盛瑶一起，因为是同龄人，又是姐妹，她倒没觉得有什么，现在，她觉得真的要赶紧搬去新住处了，天天在别人家不是长久之计。

虽说那个家迟早也是她的家。

盛夫人知道她的想法后竭力挽留，但无奈初霜实在要搬，就跟她说再多住一段时间，过了中秋再搬过去。

周末，盛炀不在，盛夫人和盛先生好像去约会了，盛瑶慵懒地在沙发上睡午觉，初霜陪着小狗在院子里玩。

今天天气有点闷热，逗狗狗玩了一会儿，湛蓝的天空有被厚重乌云笼罩的趋势，初霜也有点犯困。

知道要下雨，她退回高高的屋檐下，坐进老爷椅里，放任愈渐沉重的眼皮垂下。

睡过去的前一刻，她听到了雨滴敲打瓦片的声音。

下雨天睡觉最能放松心绪，空气里掺杂着青草的气息与泥土的味道，雨水规律的嘀嗒声是最好的催眠曲。

她不禁忆起儿时——太多这样的雨天，她是在外婆的轻语呢喃中睡着的。

全身心的放松让初霜很快就陷入了沉睡。

花圃里的娇花们被雨水冲刷洗礼，有的逐水飘零，有的坚挺明艳，各自成趣。

池子里的鲤鱼们仿佛很喜欢雨天，不时将嘴巴探出水面。

天光骤暗，不知过了多久，当院子里的积水变成水流时，门外稳稳停下一辆车。

片刻后，一双笔直的长腿迈进大门，持黑伞的手冷感白皙。

初霜怀里的小狗警觉地抬起头，朝闲庭信步而来的男人小吠，它这一叫，成功吸引了男人的目光。

原木老爷椅里，安静睡着的女人眉目如画，微侧着脸，细长的眉梢隐入青丝，唇色与肤色形成鲜明对比，纯与艳结合得恰到好处。

狗狗的吠叫唤醒了她，她掀开眼帘，不甚清明的视线里是暗沉的天色，以及忽视不掉的颀长挺拔的身影。

手执黑伞的男人五官冷峻，眉眼蓄着无尽暗色，深沉得像原野上的荒月，徐徐走来的每一步都沉稳而自持。浅浅积水涟漪四散，似乎连屋檐嘀嗒的雨水都落得慢了。

庭院里的几盏灯亮起。

看清他深邃的眉眼，初霜的脑海里蹿出一个词。

——玉山傲岸。

男人墨色的瞳孔深不见底，目光平静如深潭，双眼皮褶子浅浅，眼尾弧度优美，肌肤是冷得让人感到疏离的冷白，优越立体的五官完美到让人看一眼就再难忘掉。

带着一点儿刚醒的迷蒙和迟钝，她起身："你好，请问你找谁？"

视线掠过她迷蒙的眉眼，男人默不作声。

"家里只有盛瑶。"抱起小狗，初霜转身欲往屋里走，"你先坐着喝杯茶，盛阿姨他们应该一会儿就回来了。"

"小叔？"盛瑶看见男人，有点惊讶。

"灯也不开。"男人收了雨伞，按下墙上的开关，室内瞬间亮起来，"睡觉刚醒？"

"嗯……"面对盛庭，盛瑶瞬间拘谨，留下一句"我给你倒杯茶"，就往茶水间去了。

大厅里灯火通明，空旷又静谧。

初霜坐在沙发左侧，呼吸放轻。

这个男人周身自带的淡漠与威严，让人不敢直视。

想到刚刚盛瑶的一声“小叔”，以及在门外时自己端着的主人家的姿态，初霜心底有淡淡的尴尬升上来。

明明人家才是这个家的人，她刚刚的“主人姿态”实在……怪不得他会那么打量自己。

盛瑶把茶盏放在男人面前后，便坐到初霜身边，对初霜介绍道：“初霜姐，这是我小叔。”

初霜坐得很端正，闻言看过去：“小叔好。”

“小叔，这是我朋友初霜，是个漫画家。”

听着那声“小叔好”，盛庭的视线放在初霜身上，眸色略深。

空气寂静，盛瑶捏着衣角，猜测着小叔不满她带朋友来家里的可能性。

终于，男人启唇：“你好。”

好在令人尴尬的气氛没持续多久，盛先生和盛夫人就回来了，盛瑶拉着初霜上了楼。

躺在初霜的床上，她缓缓吐了口气，这让初霜有点疑惑：“你很怕你小叔吗？”

“怕，我从小到大最怕他了。平时犯点错，爸妈和哥哥不会说我，但要是小叔在，我就一定会被教育。我读初中那会儿有点调皮，有次开家长会爸妈没空，是小叔去的，那正是我成绩下滑得最厉害的时候，在年级排名里掉了两百名。开完家长会，小叔一言不发，当即开着车就带我去补习机构找了老师……听起来还不可怕是吧？”盛瑶闭眼，继续道，“结果那天他陪我在补习机构待到凌晨，我要把八门的试卷都做完一套才可以休息。而且，他还不让我吃晚饭！我到现在都记得当时自己又怕又饿又崩溃，边哭边道歉着做完的试卷。”

初霜听着，联想到楼下那男人冷峻的脸，不由得打了个寒噤。

“还没完呢。做完试卷后大概凌晨四点的样子，他也陪着我饿到了那时候。当时是冬天，夜里特别冷，吃了东西后他便开车带着我在街道间穿梭。

“那天是我第一次见到凌晨五点的帝都——很多生意人已经早起在张罗一天的买卖，环卫工大爷拖着扫帚开始打扫街道。我永远记得小叔那时说的话，他说我生在盛家，一出生就能拥有别人穷极一生都得不到的东西，就算不懂得感恩和感同身受，至少不要糟蹋光阴，他不想我成为一无是处的人。

“从那以后，我念书就不敢不上心了，我想要证明我不是一无是处的人。其实他这种直击心灵式的教育对我青春期的影响还是挺大的，我这人很有惰性，加上不用操心生计和前途，如果没有小叔的话，那么我可能后来随便考个普通的大学就去混日子了。”

初霜听着，慢慢勾唇：“可你后来超厉害的，能考进帝都一级的大剧院工作，做自己喜欢的事情的同时，又为文艺事业贡献力量，真的在熠熠发光。你小叔即使嘴上不说，心里肯定也为你骄傲。”

盛瑶看着她，眼眶有点热：“呜——你怎么这么会夸人！要是你以后搬走了，我可怎么活。”

初霜觉得她有点可爱，没忍住揉了揉她的头发。

这个举动让盛瑶的心理防线崩塌，释放出隐藏属性，她趴进初霜怀里：“奇怪，我在其他人面前很高冷的，跟你在一起就会不自觉撒娇。不愧是美人姐姐。”

秋天到了，初霜准备给狗狗添置几件可爱的小马甲，盛瑶正好也要买衣服，吃完午饭，两人就一起去了商场。

买完东西出来时，盛瑶却接到剧院的电话——中秋排的节目出了点问题，需要她过去一趟。

坐在副驾驶的初霜带着狗狗下车：“既然剧院有事，你快赶过去吧，我打车回。”

盛瑶探出头来：“快下雨了，可能不是很好打车，你要不要跟我一起去剧院看看？”

“正事要紧，你先解决工作问题，剧院我以后再去。”

这时，路边停下一辆林肯汽车，盛瑶勾唇：“都说来得早不如来得巧。”

"哥！"她朝盛炀招手，"你带上初霜姐一起回家吧，我得去剧院一趟。"

盛炀车里下来一个顶着波浪长发的女人，分别之前她对盛炀明媚一笑，然后看向初霜她们这边，也微笑着点点头，才进了商场。

盛炀看见初霜牵着的小狗，穿着小恐龙衣服还挺可爱，问："逛完了吗？现在回去还是？"

"逛完了。"初霜走过来，"盛先生还有别的事要忙吗？有事的话，我自己打车回去就好。"

"我没事，你上来吧，一起回家。"

初霜刚上车，盛炀就接到个电话，似乎是他小叔让他帮忙去拿什么东西。

"你有事的话，我去打车吧。"初霜说。

盛炀启动车子："不用，顺道就去取了。"

"对了，"他递过来一盒草莓小蛋糕，"听说这个是不加糖的，热量低，初小姐试试。"

"谢谢。"

初霜心里刚一暖，转眼就瞥见他手腕上的小皮筋。

她挖了两勺蛋糕放进嘴里。蛋糕是冰激凌口感，香醇不腻，很懂甜品的女孩子才会买到这种蛋糕。

想到刚刚那个女孩子，初霜思忖片刻还是发问："刚刚那位是盛先生的女朋友吗？"

"目前还不是。"

——目前。

敏锐察觉到他用词上的微妙，初霜发问："你还打算交女朋友吗？"

盛炀不解："还？"

轻咳一声，初霜道："你是想体验一下谈恋爱的感觉，对吧？"

这话让盛炀接不上，认真想了想，他才开口："逻辑错了，是想跟一个人在一起才去谈恋爱，不是为了体验恋爱才和别人在一起。"

看着男人认真的神色，初霜似懂非懂。

所以盛炀来真的？他不只是为了在婚前体验一下谈恋爱的感觉，

他对那个姑娘是真心的。

那么婚后，那个女孩子又将处于什么境地？

“你不觉得这样不太好吗？”初霜斟酌着问出口。

她不想因为自己让另一个女孩子陷入痛苦。

盛炀抽空看她一眼：“什么不太好？”

算了，算了。

“没什么。”

以后的事以后再说吧，他和她的婚事能不能成还另说。

盛炀如果真心喜欢这位姑娘，应该会想办法取消婚约，这是对三方来说最好的结果。

车子平稳地行驶在路面上，天空开始落雨，雨点打在车窗上，初霜看着看着，还是小声提点道：“盛先生是聪明人，做事要深思熟虑，终归要大家都体面才好。”

她的婚姻里可以没有爱，但不能有第三者。

如果婚姻是人生必需品的话，对方的人品是首位需要考虑的。

“以后有需要帮助的地方，你尽管来找我。”她说得很认真。

反正他们两人没有感情，既然盛炀有真心喜欢的人，她不介意去长辈那儿解释，帮忙取消婚约。

等红灯的间隙，盛炀不明所以地侧头看过来，愣愣地点头：“嗯。”

蓝牙耳机里传来一阵翻文件的窸窣声，盛炀才发现跟小叔的电话还没挂：“小叔？”

“嗯。”

“刚刚我以为电话挂了。”

盛庭：“没事，路上开车小心。”

挂了电话，盛炀心里微惑——小叔居然有闲心听他跟人聊天。

晚饭后，初霜在房间画稿子，可小狗狗今晚活泼得很，在屋子里蹦蹦跳跳的，一刻不停歇，已经打扰到她工作了。

“这么不安分，你是想去外面玩？”

关上电脑，给狗狗套上牵引绳，初霜带着它去后园散步。

夜空挂着弯月，几棵梧桐树间似乎藏着一窝鸟，鸟儿时而低啼两声，吸引了小狗的注意。

看着它愣愣地观察树干，走不动路的样子，初霜摸摸它的头："喜欢小鸟？以后给你买两只鹦鹉作伴。"

她牵着狗狗往前走一段，到假山池塘边。

变幻的灯光将池面映出斑斓色调，伴着明月晚风，一派悠然。

牵引绳有点紧，初霜一看小狗，发现它又停住脚步了。

什么东西都能让它来兴趣。

初霜宠溺轻笑："喜欢彩灯？"

兜里的手机倏地振动起来，她掏出一看，是一个陌生来电。

"你好。"

那头男声清冽："把我的联系方式都拉黑了，你挺行啊，初霜。"

初霜微顿："喂？能听到我说话吗？我这里信号好像……"

"别装。"

"不好……"

不知什么戳到了顾隋的点，他慵懒地笑了声："霜儿，我就让你这么害怕？好歹是你男朋友，以前都抱过亲过，我怎么舍得对你怎么样？"

初霜纠正："没亲过。"

"噢，是吗？你人长时间不在身边，我忘了。"顾隋波澜不惊地说，"那下次见面咱们补回来。"

初霜揪了片叶子拿在手心，看着它从完整到碎裂，开口时语气冷静又无奈："顾隋，你想过跟我结婚吗？"

那边的人沉默两秒，开口时声音微诧："结婚？"

初霜吸了吸鼻子，嗓音软了些："是啊，你没想过娶我，所以我们终究是没有结果的。"

她故意让自己的嗓音听起来很低落："我一开始就是认真想跟你走下去的，可你身边那些女人，包括你，都只会提醒我——我们不是一路人。我想要的是一心一意、长久相伴，而你要的不过是一时新鲜。

"既然这样，我也是拿得起放得下的人，与其最后遍体鳞伤，不如现在及时止损。顾隋，我不是那些你随便施舍一点恩惠就以你为生活全部的女人。如果你给不了我婚姻，就不要来招惹我了。”

顾隋从没听过初霜用这种示弱的可怜语气说话，尤其听着她那些对他情根深种的话，他心里不禁跟着软了几分。

“初霜。”

她继续：“我家是那种很传统的家庭，女孩子毕业后就要准备相亲、结婚，我不可能等得了你三五年。我想有个家庭，我想结婚。”

忍下心头那点异样，顾隋开口：“你现在在哪里工作？工作的地方怎么样？有没有人欺负你？”

“一切都挺好的，你不用担心。既然你没把我规划在未来里，咱们就一别两宽，以后互不打扰。再见，祝你幸福。”

不等那边再说什么，她挂断了电话，同时呼出一口气。

她以前怎么没想到呢，对付顾隋这种男人就该以柔克刚，先发制人。

他无非是因为得不到而不甘，压根没打算跟她走多久，更别说娶她。她将自己塑造成急需婚姻的模样，以顾隋的性子，他不会给自己找这种麻烦。

刚刚只顾着讲电话，竟然连小狗什么时候跑掉都不知道，初霜低头一看，身边已经没有狗狗的影子了。

初霜想唤狗狗，却发现自己还没给它取名字，只好“宝宝”“小狗”地边走边喊。

她唤了几声，很快就得到了回应。

她从假山旁边走上几级台阶，来到观鲤亭旁，这里正是她刚刚打电话的位置的正上方。

亭子里有盏橘黄的暗灯，光影朦胧，映出一人一狗的影子，初霜在几步之遥的地方看着亭内的景象，放慢了步子。

男人身材挺拔，面部轮廓硬朗，五官深邃，指间的手机屏幕还发着微弱亮光。而他脚边的小狗正不停地摇尾巴。

他整个人笼罩在光暗交融处，那些微光驱不走他身上的一点淡漠。

听见声响，他侧眸。

见到那双深邃的黑眸，初霜微微抿唇："小叔也出来散步吗？"

"嗯。"看一眼脚边的狗狗，盛庭淡淡回应，"晚上带宠物出来要看好，这边池塘很深。"

"好，我以后会注意。"

"小狗，过来。"

她朝狗狗张开手，柔声轻唤。

小金毛嘤嘤叫着，亮晶晶的眸子看向盛庭，像在祈求什么，可男人一点多余的反应都没给它。

知道没戏，小狗才跑向主人。

拉上它的牵引绳，初霜看向盛庭："小叔，那我们先回去了，你慢慢……玩。"

"嗯。"

带着小狗走远后，初霜暗暗松了口气——她从小到大就没见过这么冷淡的长辈。

这只小狗很喜欢人类的亲近，刚刚那样在盛庭身边卖萌，谁知人家根本视若无睹。

初霜抱起它来："啧，小可怜。"

还好，她家的长辈都和蔼可亲，没有这么严肃的。

心里暗暗庆幸了两秒，她忽然想到，如果她以后和盛炀结婚，那么盛庭也是她的长辈了。

初霜一进屋，盛夫人便眉目温和地朝她招手："阿霜，过来喝鸡汤，厨房熬了好多呢。"

小狗狗闻见味道，摇着尾巴激动地跑过去，盛夫人含着笑，怜爱地摸了摸它的脑袋，朝一旁的用人吩咐给它也弄一点鸡肉。

喝着鸡汤，和盛夫人聊了会儿天，初霜才带着狗狗上楼。

许是鸡汤太咸，半夜初霜被渴醒，下楼找水喝。

深夜沉寂，木制地板上落下棉拖，一点轻微动静也被黑夜抹去。楼梯下到一半，棉拖蓦然停顿在台阶上。

初霜清润的眸子里映着一道修长身影。

中天月色皎皎，光辉顺着窗口倾泻进来，将他半边身子映出清冷银色。男人举杯饮水，杯里液体晃着轻盈波光。

他与黑暗的适配度太高。

明明室内昏暗，初霜却仅凭一个侧影就远远分辨出他来。

奇怪，明明他们只见了几面。

她旁边的花架上有一盆夜来香，浓郁花香袭入肺腑，叫人分不清梦境和现实。

心尖萦绕着一丝奇妙的熟悉感，这个场景她好像在哪儿见过……

初霜出神思量的几秒，心头蓦然蹿起的那一丝微妙感已经消失，目光再次聚焦，对上了深渊。

盛庭就这么远远地看着她，眉眼沉静。

似乎起了一点夜风，他醇厚的嗓音响起："喝水吗？"

初霜看见他重新拿了个杯子接了水，她几步走过去，男人将玻璃杯递过来。

"谢谢小叔。"

盛庭并未多停留："晚安。"

"晚安。"

那是比夜来香更冷的冷香，初霜第一次用"清醒"来形容气味。

玻璃杯是冰的，水却是温水。

还没等到中秋放假，初霜先接到了家里的电话，说是外公出了交通事故。

心急如焚之下，她连行李都没收拾，订了票就往机场赶。

到家看到额头裹着纱布的老人时，初霜忍了一路的泪水再也绷不住了。

快八十岁的老人遭这样的罪，看一眼她心里便如刀绞，反而是老人家安慰她。

沈老爷子一生桃李满天下，得知他住院，昔日门生络绎不绝地前来探望，病房就没有冷清过。

服侍外公吃完晚饭，在探病的长辈们陪老爷子聊天的间隙，初霜接到了盛瑶的电话。

得知她匆忙回了家乡，盛瑶和盛夫人有点担心，了解情况后才算放宽心。

电话的最后，盛瑶支吾着告诉初霜她大哥交了女朋友的事，顺带安慰了初霜一番，初霜倒是有点诧异："为什么要安慰我？"

"其实你暗恋我哥的事，我和妈妈早知道了，我哥这人虽然还算优秀，但他没福气……你别难过啊，他身边还有好多优质青年，等你回来了，我让他给你介绍介绍。好在你对他的喜欢还不深，悬崖勒马、及时止损也容易。"

"我没暗恋他。"

盛瑶："明恋吗？你跟他表过白了？"

"我对盛炀一点男女之间的喜欢都没有，"初霜扶额，有点无奈地苦笑，"你和阿姨怎么会这么觉得呢？"

"啊？你居然不喜欢他？！那你为什么天天看他晨练？"

"没有天天啊，他体态好，人喜欢欣赏美好的事物很正常。"

盛瑶有点痛心疾首："你真的一点做我嫂子的想法都没有吗？盛炀人很好的，有钱有颜又自律，三观也……"

初霜："大概率是不行了。"

当天夜里，初霜做了个很奇怪的梦。

梦里她还是个幼稚孩童，在外公家所在巷子里的柳树下看蜘蛛结网，这时，身后响起脚步声。她回眸，男人高大的身影由远及近。男人一身笔挺考究的西装，胸前别着鲜艳的玫瑰胸针。

"你在做什么？"他的声音有着不同寻常的温和。

初霜仰着脑袋，伸出稚嫩的小手指了指墙角的蛛网："看它能不能成功。"

男人垂眸，眉如远山，初霜从他眼里看到了思量。

之后两人安静半晌，他陪着她一起等蜘蛛吐丝结网。

直到巷子里起风，蛛网摇摇晃晃，小初霜才想起来问他："你要去做什么？"

男人摊开手掌，上面躺着一颗包装精致的糖果："给你送喜糖。"

梦里的小初霜眼睛亮晶晶，喜悦地问："你要结婚了吗？"

"嗯。"

"你的新娘呢？"

男人摸了摸小初霜的头，目光看向墙角，蛛网已竣工。

"成了。"他说。

醒来时窗外艳阳高照，初霜看了天花板好一会儿，慢慢摸了摸自己的头。

梦里那种温暖到极致的感觉不复存在。

那人是盛庭。

奇怪，怎么会梦到他。

外公只在医院住了两天就坚持要出院，好在他伤势不重，可以回家休养，舅舅们就把他接了回来。

中秋节，沈家老宅很热闹，舅舅和表哥们吃完早饭就开始准备晚上的大餐，初霜和两个舅母去逛商场买东西。

下午回来时远远就见家门外停了好几辆车，起初她还以为是外公的门生来看望老人家。

下了车，小侄子蹦蹦跳跳地跑过来，手里举着包装漂亮的加大号糖果："小姑，小姑，吃糖——"

初霜弯着眉眼蹲下身，摸摸小家伙圆圆的后脑勺："谁给你的糖果？"

"一个帅叔叔。"

小家伙把手里的糖果给初霜，又从衣兜里掏出一颗，初霜这才发现他两个衣兜都塞得鼓鼓的，活像个藏粮的小仓鼠。

"阿霜。"沈矜言站在大门口，戴着金丝边眼镜，清冷又正经，"盛家的人来了。"

初霜微顿，起身拉着小侄子进家门。

穿过前院，还未到达大堂，目光朝里面扫去，初霜第一眼看到的是一头波浪长发、唇彩艳丽的盛瑶。

她挨着盛夫人而坐，凤眼描着精致的眼线，神态放空时，散发出满满的疏离冷艳感。

视线一转，初霜看见侧对她而坐的盛庭。

他身姿笔直，一身黑西装，衣着正式又考究，远远便能感觉到他身上的那种清冷矜贵。

相比之下，盛瑶竟显得温和得多。

主人公盛炀却不在。

换上轻松得体的笑容，初霜朝盛夫人和盛先生问好。

看见来人是她，盛瑶和盛夫人惊讶不已。

外公瞧出几人似乎相识，问了几句才得知初霜之所以住在盛家的来龙去脉。

大舅舅沈执开怀笑道："都说无巧不成书，阿霜这孩子，竟然直接住到你家去了，真是妙缘！"

沈老爷子捋了捋胡子："既然阿霜跟盛家人认识，那就不用我们多介绍了。"

用人来传晚饭快好了，让大家移步餐厅，老爷子朝初霜道："阿霜，你带盛庭去后院洗个手吧。"

初霜微愣——餐厅就可以洗手，为什么要她单独带人去后院？

"好的。"

外公这么做，一定有他的道理。

对上盛庭深沉的眉眼，初霜颔首："小叔，我带你过去。"

盛庭应声起身，听见初霜口中称呼的沈矜言倒是顿了一下。

晚霞正好，微风轻起，摇落点点桂花，后院鹅卵石小道上安静行走的两人被晚霞余晖染上瑰丽色彩。

作为小辈应当先跟长辈搭话，走了一段，初霜礼貌地先开口："小叔，盛炀怎么没来呢？"

盛庭睨她一眼："他为什么要来？"

刚刚初霜看到了前厅里堆放的礼品，上面都扎着喜庆的红绸带，除了盛炀，盛家人都来了，这一看就是提亲才有的阵仗。

这些礼仪规矩她懂得不是很多，下意识以为是南北差异。

“北方人提亲时，男方不能露面吗？”

盛庭微蹙眉：“没听过这样的规矩。”

“那你们都来替他提亲，他本人怎么不到场？”

身旁的男人突然停下脚步，黑眸看向她，凝视片刻，一字一句道：“来提亲的人是我。”

站在他面前，初霜要微微仰视才能看见他的眸子。盛庭的话伴着晚风钻进耳中，她呆愣了足足五秒。

男人的眉眼深邃，神情冷峻，在如此温暖的氛围里，给人的感觉还是不可亵渎的。

他说来提亲的人是他。

“我与盛家的婚约是……”

盛庭：“一直都是我。”

初霜轻吸一口气，看着盛庭，半天移不开眼，对方却很淡定：“是前面吗？”

后院有个洗手台。

“嗯，对……”

男人迈步过去，初霜站在原地看他倾身洗手，水龙头流水哗哗，她脑子一片空白。

盛庭不疾不徐地洗完手，目光轻抬，与初霜在镜子里对上视线。

她慢慢眨眼，正准备撤开视线，男人动唇：“你不洗吗？”

“噢，要洗的。”

洗完手，两人去往餐厅。

到达餐厅时，长桌边已经坐满了人，特意为他们俩留的位子挨在一起。

二舅母打量着一齐入席的两人，抿嘴笑：“真真是登对极了，还是老一辈的眼光好。”

席间气氛不错，大家对这桩婚事都很满意，聊得热闹——除了盛瑶。

她不止一次朝小叔和好姐妹投去目光，瞥见冷静沉稳的两人，不禁暗暗咬了咬筷子。

好姐妹要变小婶婶了——这是什么离奇经历！

她明明想要初霜做自己嫂子的，突然的变化让她的心情很复杂。

吃完饭，长辈们聚在一起，颇为郑重地商量婚事流程定日子，初霜抓了一把瓜子，一本正经地听大人聊天。

大舅母瞥见，给她怀里塞了个苹果：“小孩子去楼上玩，这里没有你的事了。”

初霜微顿。

大舅舅瞧见她愣怔的模样，笑道：“带着盛瑶去楼上玩吧，长辈们聊会儿天。”

初霜领着盛瑶进了房间，门还没关，盛瑶难掩激动的声音就响起：“初霜，你到底瞒了我多少事！”

“不是故意瞒你的，我一开始也不知道你家就是我家要联姻的那个盛家。”

“我一开始还以为你是清贫美女，没想到你爷爷居然是沈老先生！怪不得你画画那么厉害。你一个书香门第的独生女为什么会沦落到在帝都连个落脚处都找不到的？我被你骗得好苦。”

见盛瑶的眉头皱在一起，初霜温声开口：“我从来都没想骗你，是你没问我的。

“我去帝都这件事原因有点复杂，当初不好跟家里说，所以就一个人自力更生。找房子遇到的那些糟心事都是真的，我没骗你。沈老先生不是爷爷，是我外公。我从小父母双亡，在外公家长大的。”

盛瑶沉默两秒才开口：“我没怪你，就是太震惊了。本来想着让你做我小嫂嫂，谁知道一转眼，你却要成我小婶婶了。”

她微叹一口气：“我也不知道是什么心情，有点遗憾，有点震惊，但你能做我家人，我又挺开心的。只是一想到你会嫁给我小叔，成为他的妻子，我就觉得事情好玄幻。你跟我之前想象的婶婶的形象完全不一样，小叔那么严肃刻板的人居然娶了个香喷喷的美人……”

初霜扑哧一声：“你这是什么形容词。”

盛瑶一脸严肃：“你体会不到我复杂的心情。”

“嗯，体会不到。”

“啊！我还以为小叔的未婚妻是个刻板传统的女人，一举一动很端庄、严肃那种。我把你当姐妹的，你之前还喊过他‘小叔’呢，总感觉你们像小辈和长辈，怎么就凑成一对了呢！你有这种感觉吗？”

初霜沉思道：“有一点。”

因为先入为主的思想影响，她在盛庭面前会下意识地觉得像在跟长辈相处，除去“小叔”的称呼，他本人给人的感觉也实在太有距离感。

“不过，说实话，”盛瑶手支着太阳穴，懒洋洋地垂眼，“你跟小叔坐在一起时真的很配，两个人都很有张力。”

经过两家人的一致商讨，两人的婚事定在了国庆。

盛庭工作繁忙，法定节假日是最好的选择。今年国庆日子很好，错过就要等明年。

这门婚事已经拖了两年，怕以后再生变故，两边便都同意了这个日子。

中秋之后不到半月就是国庆，两家人商量过，婚礼不宜张扬，尽量低调，宴请的都是熟人亲友，以两家的能力，筹备婚礼时间上是足够的。

初霜以为从提亲到领证最起码有个半年间隔，没料到会这么迅速。

不过她一向接受度良好，反正迟早都要结，早点也无所谓。

作为沈家唯一的女孩儿，初霜的婚事在长辈眼里是重中之重的事情，大事上有外公、舅舅，小事上有细心的舅母们，一切用度都挑最好的，一点都不容含糊。

领证那天初霜化了淡雅大方的妆容，穿上一条很喜欢的红裙。

盛庭看见她的第一眼，眼神有些微妙：“换一身衣服吧。”

初霜看了一下自己的裙子：“不好看吗？”

“结婚照是红底，不要穿红色衣服。”

初霜顿了一下：“我没想到这个。”

她回去换了条白色的裙子再下来，这次盛庭点点头：“可以。”

从民政局出来时，天空湛蓝无际，手里的红本本色彩鲜亮，照片上的男人端正从容，身旁的初霜眉目如画，嘴角牵着柔和的弧度。

“小心台阶。”盛庭用低沉的嗓音提醒。

初霜将视线从证件照上移开，跟在他身后走向停车场。

“盛先生？”

从宝马车上下来一个穿正装的中年男人，身后跟着助理模样拿公文包的年轻人，看起来职位不低。

中年男人开朗地笑着，眼角有皱纹：“没想到在这儿遇上您，来局里怎么不提前说一声，我好让人招待。”

盛庭微微颔首，口吻疏离：“不是工作上的事，我们过来登记。”

中年男人这才看向一开始以为是秘书的初霜。

女人面容白皙，气质娴静，颇有几分古典韵味，确实是难得一见的美人。

“盛先生结婚了？恭喜恭喜。盛太太美人如玉，真是万里挑一的好样貌。”

这说辞难免有些曲意逢迎，初霜点头微笑：“谢谢。”

“我昨天新买了些西湖龙井，先生和夫人不妨上去喝杯茶再走？”

“不了，”盛庭波澜不惊地启唇，“家里还有事要料理。”

回去的路上，车内很安静，午后阳光透过车窗洒在半边身子上，余光里折射出一抹银亮，初霜低头，看着无名指上的钻戒微微出神。

在午后温暖的阳光里，注视着这枚戒指，她才有些迟钝地意识到自己真的结婚了。

盛庭觉得身旁的人有些安静，转头便瞧见她盯着戒指沉思的模样。

“要吃东西吗？”

初霜抬头：“好啊。”

车子停在一家装修别致的咖啡馆门前，二人进去落座，盛庭给初霜点了些甜品，他却只要了一杯温水。

蓝莓布丁酸甜滑腻，初霜舀一勺放进嘴里，问他：“你不吃吗？”

“我不喜欢甜品。”

于是，初霜便一个人享用甜点，盛庭安静地坐在一侧等她。

咖啡馆放着轻缓的纯音乐，门边风铃偶尔叮当作响，日头很暖，两人一句话也没再说。

明明是一个普通得没什么记忆点的午后，往后好多年初霜却常常忆起这天。

她当时只是觉得布丁好甜，盛庭在想什么呢？

# 第二章

Qing Shan Si Yu

领证后的第二天，两人举行婚礼，在盛家老宅设宴宴请亲友。

没有订婚庆公司，没有那么多繁文缛节，只有至交亲友和美酒鲜花，婚礼低调却正式。

初霜挽着盛庭的手一起敬酒时，收到很多真心实意的赞美和祝福。

婚宴最后，宾客散去，盛庭带她上车去两人的新房。

那是盛老爷子专门为他们选的婚房，坐落于山明水秀的城郊别墅区。

天空飘起了雨丝，抵达目的地，司机开门，同时递上雨伞。

盛庭垂眸看她："冷不冷？"

初霜摇头，与他并肩进屋。

房间装潢简洁大方却温馨，主卧床很大，床头柜上放着一瓶开得正好的百合花。

累了一天，初霜很想立马倒下睡觉，一想到今晚是新婚夜，就又提着一颗心。

男人脱下西装外套，看向她这边："你先洗吧。"

"好。"

拿了睡衣走进浴室，初霜不敢耽搁太久，快速洗好出来。

擦着湿润的头发，她朝坐在沙发上的男人道："我洗好了，你去吧。"

盛庭瞥了一眼她修长的脖颈："嗯。"

吹干头发，抹完护肤品，初霜关了主灯，爬上床。

沐浴过后，身心得到放松，困意来势汹汹，男人还没出来，她便心大地睡着了。

盛庭看到呼吸均匀的人时没多少意外，他掀被上床，将几盏氛围灯关掉，卧室一片漆黑沉寂。

隔天初霜起床时，身旁已经没人了，她坐在床上发了会儿呆，才慢慢想起昨晚是怎么睡着的。

新婚夜平淡得出乎意料，她之前真是多虑了。

她洗漱好下楼，阿姨在摆早餐，盛庭却不在客厅。

仿佛知道她在想什么，阿姨轻笑："先生在花园。"

初霜点头："好。"

她自顾自地入座，开始喝豆浆，阿姨见状心底微惑——这对新婚夫妻结婚后的第一天也太过平静了。

偏偏两人都是沉稳的性子，这样的清晨好像已经经历过无数个，颇有种结婚十年的既视感。

袁阿姨轻咳一声："夫人去叫先生来吃早餐吧。"

"啊？"从漂亮的兔子馒头上移开视线，初霜抿唇，"好吧。"

初霜起身走向花园，晨光里男人长身玉立，白皙好看的手拎着花洒，正在浇花。

"小叔，吃早餐了。"

口快地喊出称谓时初霜还没意识到错误，盛庭转头看来，神色讳莫如深。

初霜站在蝴蝶兰花架旁，穿着浅蓝色收腰长裙，纤细高挑，看他的眼神很清明，还带着一种莫名的敬重。

结合她那句称谓，她这是还把他当长辈看呢。

盛庭神色清淡，放下花洒走过来："随谁叫的小叔？"

初霜意识到自己不当的称谓，抿唇没说话。

"以后改改。"盛庭没打算难为她，迈步离开。

吃完早餐，两人去盛家老宅。

盛庭和盛先生在茶室喝茶聊天，初霜、盛瑶跟盛夫人在院子里晒太阳，小金毛摇着尾巴想往初霜身上攀。

"昨天太忙忘记了，今天得把它带过去，放在这边太麻烦你们了。"

盛瑶噘着嘴：“老宅这么大，你和小叔可以住在这里的，大家一起多热闹，小叔偏偏要把你带过去。”

盛夫人教育道：“什么你不你的，没大没小，叫婶婶。”

盛瑶：“婶婶。”

别说盛瑶了，初霜也一样不适应。以前都是叫盛夫人“阿姨”，现在要改口叫“大嫂”，她一时也觉得别扭。

盛夫人道：“慢慢习惯就好了，礼数不能乱。”

“对了，阿霜喜欢花吗？”

“喜欢。”

“走，我带你去看花。”

几人经过茶室时，盛先生问了一句，盛夫人说：“带初霜去花房看花。”

盛瑶挽着初霜的胳膊，朝盛庭道：“小叔，我借用一下小婶婶。”

盛庭看了一眼盛瑶身旁在阳光下白到发光的人，动唇：“喜欢什么花可以挑点带回去。”

初霜：“好。”

老宅的花房很气派，专门的温室系统和充足的光照使数百种鲜花群芳吐艳，美得动人。

盛瑶递给初霜一把剪刀，让她看上什么就剪下一枝，到最后有满满一怀抱的各式鲜花。

晚上，两人被留在老宅过夜。盛瑶受初霜所托，喊她与自己睡一间房。

原本盛瑶推三阻四就是不肯，她超怕小叔的，哪里敢从他那里抢人。后来实在抵不住初霜温声细语的苦苦请求，她便壮着胆子试一试，没想到过程还挺顺利的，小叔都没什么异议就同意了。

晚上两人睡在一条被子里，盛瑶轻咳了声：“小婶婶。”

“嗯？”初霜侧头，“私下里你还是喊我名字吧。”

“不，不。”盛瑶摇头，一脸严肃，“我们家很重视长幼尊卑的，要是小叔知道我没大没小，肯定会说我。那啥……可以采访一下你为什么不跟我小叔睡吗？”

初霜沉默了好一会儿，盛瑶侧过身看她，眼里的八卦意味越来越明显："是不是昨晚……"

初霜看过来，盛瑶抿唇，带着点好奇和兴奋，压低声音："第一次真的很疼吗？"

明白她话里的意思后，初霜沉默片刻，抿唇："不知道……"

"嗯？"

"我……昨晚喝了酒，上床就睡着了。"她拉了拉被子，低声道，"还没……"

"那可是新婚夜，"没听成八卦的盛瑶有点遗憾，"身娇体软的人在他床上，他也太能忍了。"

初霜清了清嗓子。

几秒后盛瑶啧了声："不过这也像我小叔那样寡淡的人能做出来的事。他是什么神仙啊，美人在身边都能不为所动，境界太高了。所以你跑来跟我睡……还是尿了吗？"

初霜："缓缓。"

新婚第三天，盛庭陪着初霜回了趟门。

私下里大舅母拉着她问盛家人待她如何，得到满意回答才放下心来。

"盛家家庭作风清正磊落，想来不会为难你一个小姑娘，只是他们家高门大户，难免有些规矩，日后相处你要是受了委屈，尽管回来找娘家人，你舅舅和表哥们给你做主撑腰。

"咱们沈家虽不如盛家声名显赫，但也是极负盛名的书香门第，说话还是有一定分量的。想当初盛家老爷子来请你外公指点书法，也是恭恭敬敬地喊先生，你作为沈家独女，在外也要不卑不亢，不必委屈自己。"

大舅母嫁过来前是位妥妥的千金闺秀，作风大气，说话直爽，长相虽有几分严肃，但是个热心肠，刀子嘴豆腐心。

听着她如母亲般的叮咛教导，初霜的心窝一阵暖过一阵："您说的这些我都知道，您放心，我不会让自己受委屈的。"

回门要进祠堂，跪在蒲团上点高香敬过神明，这门姻缘才算得到了列祖列宗的肯定。

晚上，盛庭先回了房，初霜跟小侄子玩了好久都不打算上楼，直到大表哥看见忍着困意陪她玩的小朋友，才将人“解救”出来。

“别人是陪孩子玩，你这个做姑姑的却是让孩子陪你玩。”

表嫂接水路过，作为过来人，她一眼就看出了初霜不肯上楼的缘由，笑盈盈道：“小孩子嘛，小时候多可爱，等再过几年就没这么好玩了。”

初霜有三个表哥，二舅母膝下只有一子，便是沈矜言；大舅母所出的有两个，大表哥已结婚生子，二表哥军校毕业后做了飞行员，长年不在家。

“源源困了，”大表哥很护崽地抱着儿子，“跟小姑说晚安，明天再跟她玩。”

小朋友脾气好得不得了，打着哈欠，奶声奶气地跟初霜说：“小姑晚安，明天见。”

初霜心都化了：“宝贝晚安。”

时间不早了，再怎么拖也得上楼，她经过外公的书房时却碰上了刚出来的盛庭。

外公找他谈话了？

二人回的是初霜的闺房。

见盛庭一身正装，肯定也没洗澡，她开口：“要不你先洗吧。”

“好。”

他去洗澡时，初霜又飞速收拾了一下下午已经收拾过一遍的卧室，直到觉得一切都妥帖满意，她才坐在小沙发上看手机。

浴室门发出咔嚓一声，男人推门出来，初霜抬头，看见他因湿润而微垂的黑发。他五官冷肃，私下里看上去攻击性居然更强。

不再多看，拿上衣服她就进了浴室。

她再出来时，盛庭正在矮桌边喝牛奶。

他拿杯的手实在过于好看，初霜悄悄瞄了一眼。

听到声响，男人侧眸：“刚刚送来的牛奶，喝点吧。”

桌上还有一杯牛奶。

初霜微顿，放下毛巾过去，拿起杯子——触感温温的。

喝完牛奶，目光不经意一抬，她发现男人的黑眸正看着自己，不知已看了多久。

盛庭面色如常地起身："睡觉吧。"

长袖长裤款的睡衣给了初霜一点安全感。

看她躺到床里侧，盖好被子，盛庭才关了灯。

这是初霜第一次在意识清醒的情况下与盛庭同床共枕，鼻间全是男人的味道，她连呼吸都刻意放轻了。

五分钟过去，十分钟过去，身侧人没有什么举动，初霜也渐渐安了心，缓缓睡去。

大概是第一次与男人同床的原因，她隔天很早就醒了。

睁眼的一瞬间，看见眼前放大的俊脸，初霜差点轻呼出声。

屏着气悄悄捂了捂嘴，她才小幅度地翻了个身。

盯着天花板看了一会儿，她又默默侧过头，瞧着男人高挺的鼻梁和浓密的睫毛。

这张脸，作为画手，她是真的好想细细描摹下来。

见男人的睫毛轻颤，有要醒来的迹象，初霜连忙闭上眼。

随后身旁传来一阵窸窣声，盛庭醒了。

视线中的女人黛眉细长，薄唇娇柔，被子只盖到腰际。盛庭起身下床，为她拉好被子才进了浴室。

明天国庆收假，吃过午饭两人便回程，到清御园时已是傍晚。

用过晚饭，初霜带着狗狗去花园散步。

这里面大得像迷宫，植被茂盛，小路纵横，第一次深入花园很容易走不出来。

发现这里面好几块地过于空旷，从小跟外公在菜园子里种惯了菜的初霜突然想把它们开垦出来，建个菜园。

这个事，等以后跟盛庭熟一点了，她再和他商量吧。

初霜脑子里想着事情，不疾不徐地在迷宫似的花园摸索着，最后还是聪明的小金毛把她带出来的。

初霜上楼回主卧，里面没有人，出门遇到袁姨，说是先生在书房。

初霜没打算打扰别人工作，洗了澡后，拿出平板开始构思新漫画的人物风格。

初霜画出第一版的图后，盛庭推开门进来。

看见坐在沙发上的人，他垂眸瞥了一眼腕表——十一点。

他问：“还没睡？”

初霜放下笔：“嗯。”

男人泰然自若地脱下外套，正准备摘手表洗澡，身后清润的嗓音响起：“我想去睡次卧。”

盛庭转身看向她，黑眸平静。

初霜不疾不徐地说：“我刚刚看了一下，次卧寝具一应俱全。”

盛庭摘下手表：“理由呢？”

“我不习惯跟人同床共枕。”初霜说得坦然，但不知道男人会是什么态度。

“随你。”

留下一句话，盛庭就进了浴室。

初霜看着浴室门，微张的唇慢慢合上，那些欲言又止的话终究没机会说出口。

其实她想说，给她点时间适应一下，再搬回主卧住。

罢了。

收假上班后作息规律，早出晚归的两人每天几乎就只是打个照面。

相安无事的日子，初霜觉得还不错，结婚了也挺自由的。

两人加上微信后，统共没说过几句话，上一次联系还是一周前。

那时初霜问盛庭几点到家、要不要等他吃晚饭，对方的回复言简意赅：“你先吃，不用等我。”

于是初霜就不等他吃饭了，下班回来吃完饭便回自己房间。

相处一个月后，初霜大概了解了盛庭的作息和脾气。他是一个对待工作一丝不苟的人，私底下和明面上没什么区别，都是冷肃严谨的作风，很多时候回到家就往书房钻。

有天初霜加班到晚上九点，觉得太晚，又嫌清御园太远，便直接去了沈矜言给她买的公寓里。

她发消息给盛庭简单说明情况，那边同意得很快。

结果第二天初霜到了下班点又不想赶晚高峰回家，就又去了离公司很近的公寓。

清御园实在太远了，她每天下班都要花四五十分钟才能到。

对劳累了一天的打工人来说，通勤时间就是黄金，浪费通勤时间真的会影响生活幸福度。

反正回清御园又没什么事，她还不如就近回公寓。

她也并非故意为之，但事情的走向就成了：从搬出主卧到不回清御园。

盛庭对此倒没多说什么，他一向不是爱管闲事的人。

不对，以他的清冷性格和对工作的专注程度，他或许都不知道初霜几天没回家了。

事实也是这样——听袁姨说小金毛这两天看不到主人，食欲有点不好时，盛庭才得知初霜已经有一段时间没回清御园了。

而袁姨也从他微顿的表情中看出他对此事不知情。

她一开始还以为夫妻俩是知晓彼此情况的，要是她知道情况是这样，初霜没回来的第二天她就会告诉先生。

初霜出嫁时，沈家给她准备了一辆宾利作为嫁妆。那辆车停在清御园的车库里，她都没开过。

开着那车来公司实在太过招摇，现在住在离公司近的公寓更用不着汽车，因为她买了一辆小电驴。

公寓和公司之间的路上有一段长长的枫叶大道，下班后骑着小电驴行驶其上，优哉游哉地吹着风回家，心情不要太好。

一个人过得有滋有味的初霜，都快想不起自己是有家庭的人了。

响亮的哨声响起，发现路口站着穿制服的交警时，初霜心下暗道不好，低下头没跟交警小哥对视。她正想一溜烟跑掉时，又一道响亮的哨子声响起。

“那个骑小电驴没戴安全头盔的人，过来。”初霜抬头，小哥正朝她招手，“就是你，过来。”

初霜将车停在路边，下了车，规规矩矩地站好。

“为什么不戴头盔？是没有吗？”

“有的，有的，早上出门走得太急，忘了。”

小哥义正词严：“你们这些小同学安全意识太差了，不戴头盔就敢上路。本来你们骑电驴就很危险了，还不好好戴头盔，那东西关键时刻能救命的。”

他掏出小本本不知在写什么，嘴上问：“成年了吗？家里大人电话多少？”

初霜有点开心：“我都工作了。”

她把身份证给交警看过，交警点点头：“旁边店里就有头盔卖，你去买一个戴着再上路。”

“我家不远，再过两个路口就到了。”瞥见对方的眼神，初霜妥协，“好的。”

初霜买了头盔戴上，交警道：“作为处罚，你自己拍照发个朋友圈，以你为反面例子，让你的亲朋好友文明行驶。”

最终，初霜在交警小哥的监督下拍了自拍，又发到朋友圈：“大家骑电驴要戴好头盔，不要学我，被警察叔叔教育了。”

“最近交通秩序抓得很严，上路好好戴头盔，做个文明的好市民。”

“好的。”

初霜回到家，一打开微信就发现朋友们在那条朋友圈下面发评论嘲笑她。

黎冰冰：“哟，这不是我们初美人吗？犯法了？”

林苏：“已经截屏收藏了，哈哈哈。”

盛瑶：“哈哈哈，小婶婶被抓的表情好可爱，心虚都写在脸上了。”

二舅妈：“阿霜宝贝，怎么被抓了？”

沈矜言：“下次记得戴头盔，太危险了。”

顾隋点了个赞。

初霜看见了，犹豫要不要对他屏蔽朋友圈，仔细一想又好像她心虚似的——算了，看就看吧。

下一秒，想到某个人，她指尖微顿，修改了该条朋友圈的好友可见范围。

与此同时，下班后正坐在车里的男人眼睛微眯，眼睁睁地看着初霜之前发的朋友圈消失。

受过一次教训，初霜果然长记性了，每次上路前都要检查头盔戴没戴。

上个月的工资发了，初霜心情很好地约盛瑶出来吃大餐，一问却得知她要去参加同学聚会，来不了。

下班后，初霜慢慢骑着小电驴在街上游荡。发工资的喜悦无人分享，她好久没感受过这种孤独了。

当夕阳隐入地平线时，她驶入了一条之前没到过的小胡同。卖炒饭的大爷蹬着三轮车经过她身边，初霜喊停了他。

"一份回锅肉炒饭。"

大爷打火烧油，刚放进肉，远处就有人喊了声"城管来了"。大爷眼明手快地关了火，蹬上三轮。

初霜顿了顿，反应过来后跟着跑了上去："我的炒饭！"

大爷回头看了一眼后方，蹬三轮的速度更快："前面，前面，去前面，我给你炒。"

"大爷你慢点，我的饭——"

此时，旁边一栋楼的三楼，一家台球俱乐部阳台上站着的男人轻笑出声。

同伴见状，稀罕道："昊哥见着什么了，笑得这么开心？"

男人抖了抖指间的烟，懒洋洋地动唇："搞笑女。"

别看大爷年纪大，蹬起三轮来还挺猛，初霜跟了一路，累得喘气，跑了好久才反应过来——为什么不骑电驴？

被自己蠢到的初霜又回去骑电驴，可再回来时哪里还有大爷的身影。

骑着车一条街一条街地找都找不到后，她停在便利店门口。

她想着想着不禁失笑——她最近好像有点背。

回到公寓，看着空荡荡的房子，她反思了一下，有个想法冒了出来。

独居生活虽然自由惬意，但难免孤独，于是周五下班后，初霜去了清御园，还带走了小金毛。

彼时袁姨正在厨房做饭，看见她还来不及高兴就见她要走。袁姨立马放下手里的活，追了出去："太太，都到家了怎么又要走？你都好久没回来了，这是要把狗带去哪儿？"

"我住在市区的公寓里，上下班方便。袁姨，你不用担心，你照看金毛太辛苦了，我带过去自己养。"

"哎！你好歹吃个饭再走啊，先生都没回来。"

……

盛庭是在初霜走后半小时才回来的。

与往常一样独自坐在餐厅，瞥见袁姨欲言又止的模样，他波澜不惊地问了句："有事？"

袁姨攥紧了手心："太太，回来过……"

回来过——过去时。

"人呢？"

"带着金毛……又走了，我没留住。"

杯了里的蓝莓汁色泽漂亮，男人用指尖轻敲玻璃杯，墨瞳沉静，他倏地轻笑一声："呵。"

那笑意不达眼底，袁姨看着心里微怵。

周末，盛夫人喊初霜去老宅玩，说是花房要更新一批花卉，原先那些他们看腻的花要清理出去，让初霜喜欢哪些挑着带回去。

初霜跟着忙活了一下午，搬出来的花有几十盆，她若是不拿，盛夫人就要把它们扔了。

都是些名贵的花，初霜舍不得扔，打算一盆不落地全部带回去。

"你全都要吗？"

"都要。"

盛瑶看着搬出来的一地花卉，沉思道：“这些不好放车上带走，得有辆小货车。”

“不用小货车，”初霜拍拍手上的灰，起身，“我去找辆三轮车。”

“去哪里找？”

十分钟后，初霜开着电动小三轮停在了花房外。

“可以啊，小婶婶，你从哪里找的三轮？”

“跟园丁借的。”

二人将花搬上车，居然摆了一整个车厢。

在各色花卉装饰之下，小三轮好像成了儿童动漫里会出现的小车。

坐上驾驶座，初霜朝看着三轮发呆的盛瑶抬了抬下巴：“要不要上来一起去兜风？”

跳上后座，盛瑶举手：“出发！”

深秋阳光温和，载满鲜花的三轮车行驶在马路上，收获无数人的目光。

盛瑶任由清风将发丝吹乱，眯着眼慵懒地感受阳光和微风：“太酷了！”

她举起手机自拍，身后鲜花做背景，怎么拍都好看。

此刻在她们后方的一辆迈巴赫里，驾驶座的陈嘉州瞥见花车，对后座的人道：“先生您瞧，前面有辆载满鲜花的三轮车，还挺浪漫。”

盛庭从白纸黑字的文件上抬眼，只见暖阳柔光里，三轮车厢摆满鲜花，画面莫名治愈。

目光往前，他发现前车后座上的人背影有点像盛瑶，再往前，他瞥见驾驶座那人一点白皙的侧脸。

三轮车车速本就慢，待迈巴赫追上去并排行驶，男人将车窗降低，语气微惑地唤了一声：“初霜？”

开三轮车的人侧过头，不期然地与好久没见的男人对视上。

初霜愣怔一秒，礼貌地笑：“嗨……”

盛瑶张唇：“小叔？”

“怎么开了辆三轮车？”

“妈妈重新设计了花房，这些挪出来的花就让小婶婶带回去养了。”

盛瑶帮忙答道。

“在前面停一停。”

两辆车停在路边，盛瑶和初霜乖乖站好。

盛庭朝陈嘉州道：“陈助理会开三轮车吗？”

陈嘉州错愕了一秒，点头答：“会的。”

“替她们开回去。”

婚礼时陈嘉州也在场，自然认得初霜是夫人，便颔首礼貌地询问：“夫人要把这些花送到哪儿？”

“久蓝国际。”

“清御园。”

同时脱口而出的两个地点让陈嘉州微顿——一个是顶头上司，一个是上司夫人，他该听谁的？

盛瑶在一旁观望，眼睛一会儿瞅小叔，一会儿瞅小婶婶，暗暗退开了两步。

连她都以为小婶婶要把花带去清御园，谁知人家却是带去自己的小公寓的。

初霜从和男人的对视中移开视线，抿唇：“去清御园吧。”

盛庭开门，坐上驾驶座：“上车。”

初霜与盛瑶同时握上后车座门把手，盛瑶将她的手指一根根掰开，用只有两个人能听到的音量道：“你坐前面。”

初霜小声力争：“后座那么宽。”

盛瑶推了她一把：“你当人家是司机啊。那是你的专属位置，快去。”

“还不上来？”男人低沉的嗓音响起。

初霜只好去坐了副驾驶。

冷冽的木质香若有若无地飘过来，初霜眨眨眼，专注地看着窗外的风景。

盛庭开车时目视前方，波澜不惊地问了一句：“听说你最近工作很忙？”

“啊，有点忙。”

“难怪，家都不回。”

云淡风轻的一句，初霜却无言以对——多说多错，而且她也没什么可解释的。

于是车子便一路安静地开到了清御园。

到门口，盛瑶是第一个开门下车的——车内那氛围谁受得了！小婶婶真的不容易。

帮初霜把那些花搬到合适的地方后，盛瑶拿上自己的小包包要告辞，盛庭动唇："吃了晚饭再走。"

初霜："晚饭马上好了。"

"不了，不了，我妈刚给我打电话了，说家里今晚吃羊肉火锅，非要等着我回去吃，我就不打扰你们了。"

拿上手机，她朝初霜笑："小婶婶再见。"

她一下就溜得没影了。

看着空荡的大厅，初霜灵机一动，起身："小金毛还在久蓝国际，我得去把它接回来。"

盛庭放下晚报，银框眼镜镜面反射出清冷的光。他轻轻掠过初霜一眼，不紧不慢道："我让人去接。"

初霜只好坐下。

食不言寝不语，晚饭吃得很安静，初霜就连夹菜吃饭都刻意放轻了动作。

"我吃好了，你慢慢吃。"

她刚要离席，男人淡淡的声音传来："一会儿你来我书房一趟。"

"噢……"

半小时后，初霜敲了敲他的书房门。

"进。"

这是她第一次进他的书房，目光所及之处都是书架，房内是黑灰调风格，就连沙发也是沉闷的黑色。

盛庭手上好像有没处理完的事，初霜便安静地坐在沙发上等他。

纸张翻动的窸窣声在静谧的室内显得很清晰，等得无聊了，她的神经开始松懈，眼睛暗暗朝办公桌后清正端肃的人看去。

盛庭眉峰硬朗，睫毛很浓，山根鼻梁太优越，专注地工作时，疏离感强到让人丝毫想象不到他私底下是何种模样。

对他有一丁点了解的初霜在心底暗想，他这样的人，工作和生活之间应该没有清晰的界限，工作中什么样，生活中也什么样。

终于处理完手里的文件，盛庭收了钢笔，看过来：“久等了。”

“没事。”

他走过来，坐在沙发上，慢悠悠地喝了口茶，才进入正题：“你最近住在久蓝国际？”

“对。”

“说说看吧，有家不回的原因。”

初霜摩挲指尖，轻声道：“最近常常加班到很晚，这边有点远，通勤时间太长，上班劳累了一天，就想赶紧回家躺下。”

“每天都加班？”

在男人黑眸平静的注视下，初霜视线躲闪：“对……赶稿子到晚上九点的时候很多。”

盛庭静默片刻，将她捏着袖口的小动作看在眼里：“那周末呢，前两个周末也在加班？”

触到他沉静的眸子，初霜有种被看透的感觉。

“周末……上个周末小金毛身体不舒服，我带它去宠物医院看病了。”她脸不红心不跳地撒谎。

盛庭漫不经心地把玩着手机：“下周还要加班？”

初霜看见他微信界面上盛炀的聊天框，抿唇：“不清楚，应该没之前忙了。”

她上班的公司是盛家旗下的子公司，盛庭想了解一些信息是轻而易举的，谎话她也不好说太多。

将手机翻转扣在桌上，长指无意识地轻敲着机身，男人淡淡开口：“既然不忙就搬回来吧。”

他语气清淡，却是习惯性地在下达命令。

“得看情况，如果……”

“结婚是什么意思，应该不需要我多解释。”

初霜微怔。她没跟他相处太久，还不能确定此刻的他是否不悦。

盛庭抿了口茶："我工作忙，没什么时间，也不想太过束缚你，有的事顺其自然最好，如果你总是抱着干涉的态度，我想你应该会身心疲惫。"

"咚咚——"

"进。"

"原来夫人也在书房，我说怎么到处找不到。"袁姨端着一碗汤进来，"刚熬的参鸡汤，先生喝点，我再下去给太太盛。"

初霜起身："我自己下去喝吧。"

跟着袁姨出了书房，她小小地松了一口气。

想到盛庭刚刚说的话，她垂着眼帘，心想：搬回来就搬回来吧，老住那边也确实不像话。

喝完鸡汤，袁姨又拿一碗燕窝让她端上来吃，肚子撑撑的初霜推辞无果后只能端着燕窝回房。

洗完澡出来，初霜一眼看见卧室阳台铺上的一地银光——今晚月色好得出奇。

她径直走向阳台，坐进贵妃椅里观赏中天清月。她点开歌单，古琴声流水般缓缓流淌，喜欢的音乐总让人悠然惬意。

住在清御园好处也挺多——有不重样的美食，还有迷人的夜景和大阳台，公寓果然不能跟别墅比。

盛庭见今晚月色不错，打算去阳台抽支烟，拿上打火机刚踏入阳台，一道悠长古韵的乐声传入耳膜。

"锦瑟无端声悔，赢得满行泪，直道君心不美，日夜东流水。思悠悠恨悠悠，何时方始休，半江信半江愁……"

戏曲唱腔空灵回转，那道女声清脆婉约，功底深厚。

盛庭转头看去，隔壁阳台上的女人一身烟青色纱衣练功服，身段纤细柔美，随着歌声轻盈地跳着古典舞，眉目缱绻柔和。

月下高歌起舞，她看起来兴致不错。

"秋色连波波上寒烟翠，山映斜阳天水傍，芳草无情更在斜阳外。夜夜好梦留人睡，楼高休独倚，酒入谁人愁肠，化作相思泪——"

高亢清脆的唱腔将最后一句高音婉转托出，表现得十分漂亮。

盛庭静静看着，右手把玩金属打火机，咔嗒一声，火苗蹿起。

火光在月色里太显眼，初霜定睛看去，发现了伫立在暗色里的他。

她以一个僵硬的姿势停住，大脑有片刻空白。

他不是还在书房吗，什么时候站在那里的？

初霜放下僵硬的手，弯唇笑："小叔……"

冷不防听见她这称谓，盛庭墨瞳幽深，没有应答。

一时口快使气氛更尴尬的初霜只差暗暗咬自己舌头——为什么一看见他，脑子里就想到这个称谓呢？

"今晚月色不错，你也来赏月啊？"

"嗯，"指间的烟燃着微亮火光，男人并没有吸，薄唇微启，"歌不错。"

初霜脚趾紧缩，面上挂着礼貌的微笑："这首歌叫《苏幕遮》，你喜欢可以找来听听。"

正面相对时，盛庭才看出她穿的不是练功服，而是跟古典舞练功服很像的睡衣——倒是适合她。

"舞蹈又是出自哪里？看着也不错。"

"自己即兴跳着玩的。"

"盛太太水平挺高。"

他神情自若，没有丝毫调侃的意味，那个称谓对他来说仿佛再正常不过。

"过奖，"轻咳一声，她摸了摸手臂，"天凉了，你也回屋休息吧，晚安。"

"晚安。"

一进卧室，初霜就深吸一口气，整个人埋进被窝。

她宣布，这是她今年遇到的最尴尬的事情！

学舞蹈的人的通病——看到镜子、听到喜欢的歌就想跳舞。

而且她刚刚还跳得十分投入。

睡觉睡觉，睡着就不尴尬了。

清早，初霜一醒就去后园看她昨天拿过来的花儿们，顺便去迷宫里跑了跑步。

出来时又路过那片利用率不高的草地，她还是忍不住感叹：好适合种菜。

吃完早饭，盛庭出了门。

初霜陪狗狗玩了会儿，在思考给它取个什么名字，思来想去没想到好的名字，黎冰冰的电话打了过来："你到哪儿了？"

初霜："什么到哪儿了？"

那边沉默片刻，初霜撸着狗狗的手忽然一顿。

对了，冰冰今天回国！

"初小姐，我猜您还没出门，哦不，是压根不记得接机这回事吧？"黎冰冰故意用粤语腔调侃。

"没有的事，我已经到半路了，刚刚在排队给你买草莓慕斯呢，冰冰稍等。"

挂了电话，初霜飞快地冲上楼拿车钥匙，开上车直奔机场。

好几次她都差点超速，好在道路通畅。落在路人的眼里，还以为是哪个不学无术的公子哥在飙车显摆。

抵达机场已经是十几分钟后，黎冰冰远远看见她，摘下墨镜，优雅地走过来："临时赶着过来很辛苦吧？"

初霜脸不红心不跳："我早就出发了，都是等草莓慕斯花的时间久，那家甜品店生意太好了。"

"草莓慕斯呢？"

"在车里。"

看见初霜的宾利，黎冰冰眼睛发光："哇，好帅的车，你都有车了，为什么我爹总不给我配！"

"黎叔不是说等你拿到学位证再给你配车吗？慢慢等吧。"

"还有一年多，这可怎么熬。国外留学那圈子里的朋友都有车，单我一个人没有，我爹是真的抠。"

挖了勺慕斯放进嘴里，黎冰冰瞬间眉眼舒展："我最近在看车，看到一款超酷的玛莎拉蒂，等我毕业提车那天，一定要开香槟好好庆祝。”

“是该庆祝，在那之前先把你的驾照考出来吧。”

驾驶座的人开车动作有条不紊，侧颜优越，黎冰冰用手支着腮，看着她，嘴角勾着笑意。

“终于见到你了。”

初霜回头瞥了一眼，发现对方一脸“心都要化了”的表情。

“吃个慕斯也能醉？”

黎冰冰扑过来抱住她，一脸开心：“终于见到我的阿霜了！外面那些酒肉朋友还是不如一起长大的发小。”

说着她还歪头在初霜脖颈处蹭了蹭，真的很像初霜养的那只金毛。

“开着车呢，”把车停稳在路边，初霜才拍拍黎冰冰的背，“好了，别影响我开车，牢记道路安全。”

这个人的性格初霜可太了解了，人前张扬骄傲的千金小姐，人后撒起娇来就是金毛转世。

初霜重新发动车子上路，黎冰冰咋舌：“这么冷淡。”

初霜轻笑：“快吃你的慕斯，我带你去吃顿好的。”

“不带我见见你老公？”

初霜微顿：“他一直都挺忙，有时间再介绍你们认识。”

“还好我爹不给我整联姻那一套，跟没见过几次面的人结婚，光是想想都恐怖。”

“没那么恐怖，其实跟以前没多大区别。”

黎冰冰凑过来：“你老公帅不帅？”

脑海里闪过那张轮廓分明的脸，初霜点点头。

“帅啊？有你前男友帅吗？”

“不好比较，不是一个类型的。”

“有照片吗？”

“没。”

“那我觉得肯定还是没你前男友帅，顾隋那种男人，从长相到身材都是男人中的极品。”当初知道初霜谈恋爱，黎冰冰激动不已，硬是从她那儿要到了顾隋的照片，看完才欣慰地表示自家白菜没被猪拱，

“咱们阿霜在审美这块从来没差过，跟那种极品男人谈过一段也不算枉度青春了。”

初霜想了想，动唇：“但长久相处还是得看内在，外表是会看腻的。”

黎冰冰点头：“所以甩了他也不可惜。”

车子停在岭翠阁门口，侍应生领着两人穿过回廊，进了古色古香的包厢。

岭翠阁的设计和景观在整个帝都的中式庭院餐厅中都是大名鼎鼎的，宅子环山抱水，轩窗外便是皖南风格的园林，锦绣屏风后有抚琴的美人。

不多时，几位穿着汉服的姑娘进来上菜。

几道菜的味道很是令人惊艳，黎冰冰倒了杯茶细品：“倒是个好地方。”

二人慢慢聊天吃饭，吃得差不多时黎冰冰说要去卫生间。

她说好很快回来，初霜等了十几分钟都不见人影。

初霜打电话过去，对方倒是接得挺快。

“怎么还不回来？迷路了？”

黎冰冰：“阿霜，我看到个帅男人，好帅！”

“上厕所时遇到的？”

“回来的路上不经意抬头看到他的侧脸，真的帅极了！特别高，气质也好，是做梦都想象不出来的理想型。”

“然后呢？”

“然后我在原地愣了几秒就悄悄跟了上去，跟到他们包厢旁。我现在在蹲点。”

怪不得她说话总有种偷偷摸摸的感觉。

初霜：“你要等他们出来吗？”

“想等，”黎冰冰压低声音，“你吃好饭过来呗，出门右转顺着回廊一直走，进拱门，我在一座小假山后面。”

“好。”

初霜慢慢填饱肚子，才不紧不慢地去找黎冰冰。

老远看见在假山旁边晃悠的人，初霜笑着走过去：“还没出来？”

黎冰冰摇头。

“万一人家刚来，还要很久才结束呢？你想陪我等吗？不想陪的话，咱们就走。”

“陪呗，我倒是看看能让你夸上天的男人究竟长什么样。”

等了会儿，初霜觉得脚疼，见草地柔软，便靠着假山坐下来。

她无聊得犯困，黎冰冰精神却很好，两眼一直在警惕地看着某个房间。

不知过了多久，初霜已经进入梦乡，忽然吱呀一声，那扇包厢门被人从里推开。

几个西装革履的男人踏出门来，竟一个赛一个的帅气。

黎冰冰晃了晃初霜：“人出来了。”

被她一摇晃，初霜猛地睁眼：“哪儿呢？”

前面已经出来三个男人，待到第四个男人出来时，黎冰冰眼睛一亮：“我现在去要联系方式吗？人好多。”

“不然呢？你等了这么久，再犹豫就不一定能再遇……”

黎冰冰抬了抬下巴：“好！就是那个。”

她完全没注意到身旁人突然怔住的表情。

初霜看清了，从包厢出来的那个男人，不是盛庭又是谁！

黎冰冰一鼓作气正打算去搭讪，初霜连忙拉住她：“等等。”

盛庭余光里察觉假山边有人，随意看过去一眼，便迈步离开。

被无视的初霜紧紧拉着黎冰冰的手，不知在想什么。

“阿霜，”黎冰冰不解地看着她，“拉着我做什么？人都要走了，我得上去要联系方式。”

初霜抿唇，神色一言难尽：“我有。”

黎冰冰眼睛都睁大了：“你认识的人啊？”

“我老公。”

走了几步反应过来不对的盛庭回头，看见那人果真是初霜，她那句“我老公”他也听得一清二楚。

黎冰冰表情很微妙，慢慢张口：“你说那个穿黑色西装的男人是……你的联姻对象？”

初霜点头。

“盛庭，看什么呢？”赵尽舟顺着盛庭的视线看去，瞥见两个女人。

听到有人喊盛庭的名字，初霜转头，这次跟他对上了视线。

“看到我为什么不喊？”男人先发问。

初霜：“没来得及。”

她都没来得及说话，对方就无视她走开了。

盛庭沉默一秒，打量她：“吃饭了吗？”

“吃了，”初霜看向他身后的几人，“你和朋友也来这边吃饭吗？”

政泽和政源她认识，婚宴上敬过酒，另外一个男人却是第一次见。

“原来是嫂子，刚刚匆匆瞥过一眼，没认出来。”政泽风度儒雅，轻笑，“别人没认出来也就罢了，盛庭怎么连自己的夫人都能看走眼？”

“嫂子？”赵尽舟第一次见初霜，瞧着她温婉明艳，气质、相貌实在太过优越，“我说盛庭怎么不带嫂子来见一面，原来是金屋藏美人，看得太紧。”

他走过去，勾唇伸手：“你们婚礼时我在国外，没赶上吃你们的喜糖。嫂子，我叫赵尽舟。”

初霜礼貌地点头，同他握手：“喜糖多的是，有时间来清御园玩，什么样的糖果都有，管够。”

赵尽舟哈哈笑：“盛庭，嫂子可比你大方多了。”

黎冰冰默默看着初霜同这几个大帅哥交谈——原来是真的，那个人是她老公。

初霜想起来介绍身边呆愣的黎冰冰：“这位是我发小，黎冰冰。”

盛庭看过去，点头：“你好。”

看着高大挺拔的男人，想起之前在初霜面前的所作所为，黎冰冰扯起尴尬的笑：“你好。”

既然遇上了，政泽几人提议大家一起去酒屋。

几人去的是城西的唐代酒屋，这里人不多，走廊挂着酒字红灯笼，兰花幽香淡雅。

“嫂子喝什么？”政源问。

初霜还没答，盛庭道：“给她点度数低的清酒。”

盛庭侧头问她："可以吗？"

"可以。"

不消多时，侍者送来几坛酒。

两个女孩子喝的是清酒，男人们面前有两坛不同的酒。

盛庭徐徐倒酒，酒香扑鼻，初霜有点好奇那酒的味道。

# 第三章

Qing Shan Si Yu

男人们聊着天，初霜挨着盛庭坐，他说话时低醇的嗓音在她耳中清晰分明。

男人西装袖口绣着流畅的金丝纹路，珐琅袖扣深沉而矜贵。

视线里，他举起玉瓷杯又抿了口酒，浓眉微敛，喉结轻动，初霜觉得酒香更浓了。

早就知道有道视线轻飘飘地落在自己身上，盛庭回眸，凝视着初霜清亮的双眼："想喝？"

"什么味道的？"

"酒的味道。"

初霜张了张唇，见男人拿过她的杯子，坛子稍倾，酒液淌入稍许。

"一点够了，酒香，后劲却足，别多喝。"

初霜勾唇："好。"

浅浅喝了口，味道比她们的清酒可要香太多了，这是初霜第一次喝到这么香醇的中式酒。

"好香，这是什么酒？"

政泽道："这款酒叫露浓笑。"

初霜微顿："华清笙歌霓裳醉，贵妃把酒露浓笑。"

赵尽舟轻笑："嫂子懂得挺多。这酒便是当年唐玄宗与杨贵妃在华清池同饮的露浓笑。这进贡到宫廷的美酒，相传用甘露与赤水所制。色清绝，香满室。"

"果然是宫廷玉液酒，"初霜将杯里最后一点喝完，"你们是怎么找到这处宝地的？”

“老板就在这儿。”

政源手执酒杯，淡笑：“嫂子以后来喝酒，我给你和你朋友免单。”

黎冰冰已经先跟政泽讨要了一杯，这露浓笑真的上头。闻言她便举起酒杯敬政源：“政老板大方！”

中途黎冰冰要去卫生间，拉着初霜一起。

远离那群男人，她憋了一晚的话终于有机会宣泄：“姐妹，我先澄清，一开始见到你老公确实被他帅到了，但我这个人说话夸张你是知道的。我就是单纯的欣赏与赞叹，没有真的要跟你抢男人，你……你千万别多想！”

初霜静静地看着她，一时没说话。

黎冰冰舔了舔干涩的唇：“咱们做人是有原则的，姐妹的男人坚决不能碰！我用我后半生的幸福担保。”

初霜不再逗她，笑出声：“你的为人我还不知道？”

黎冰冰松了一口气：“吓我一跳。谁知道吃个饭偶遇的大帅哥会是你男人，还好是你，要是别人，那我今天说破嘴也讲不清了。”

初霜轻笑：“要联系方式吗？我有。”

“别别别，不敢了，”黎冰冰摇头，“以后最好别遇到你男人了，一看到他我就想起今天的尴尬事。”

洗完手，黎冰冰回忆着那张冷峻的脸：“不过话说回来，你这联姻真的赚大了，这么帅的男人，光是看着都让人心情好。我突然觉得联姻也没那么可怕。”

“你变卦还挺快，之前还说恐怖。”

“看人嘛，”黎冰冰突然轻笑，“你老公真的挺有气质，跟你坐在一起挺养眼的，我看他对你也不错。”

“这么一会儿就能看出来？”

“人的内涵是装不出来的，他一看就有原则。刚刚酒桌上跟你说话时他声线都低了，还是微微低着头的，起码尊重你，他的朋友们也是。”

初霜沉思了一会儿，道：“确实是这么回事。

“但如果换个人跟他联姻，他也是这样。”

黎冰冰有些无奈：“你是不是对浪漫过敏？”

两人回去刚坐下，盛庭有电话进来，起身到门外去接。

初霜瞧着他的背影，目光落到那坛露浓笑上。

刚刚他给她倒那么点，她只尝了个味儿。现下人不在，初霜抿唇，伸手拿过酒坛，迅速给自己杯里倒满。

她的动作被政源瞥见，初霜微顿，淡定地笑了笑。

政源笑：“看来嫂子是真喜欢我这儿的酒。”

盛庭回来得比想象中快，初霜杯里还有一半的酒，于是她迅速将那半杯酒喝完。

在盛庭入座的同时，她默默低头。

后来几人又聊了会儿天，黎冰冰是个话多的，跟几位帅哥聊天聊地，初霜却不知什么时候歪在沙发上睡着了。

盛庭瞥见身旁浅寐的人，乌发遮住大半边脸，呼吸清浅，脸颊染着微粉。

赵尽舟出卖初霜：“盛太太刚趁着你不在偷酒喝，没喝多少就醉了。”

盛庭看了一眼腕表：“我带她回去了，你们慢慢玩。”

初霜感觉有人将她拉了起来，艰难睁开眼，入目是盛庭那张轮廓分明的脸。

“能走吗？”

初霜点点头，自己撑着起身，一开始还稳稳走了好几步，可到后面就开始走曲线。她摇摇脑袋，继续走，左脚不小心绊到右脚，重心一个不稳就要往前摔去。

想象中的疼痛没有到来，腰间一股力道将她紧紧揽住，初霜睁开眼，看见了男人的下颌。

盛庭一言不发，就以揽着她的姿势将她带上了车。

代驾驱车驶入主路，盛庭侧过头凝视闭目小憩的人：“喝了多少？”

初霜竖起一根手指，然后又弯了弯，嗓音有点沙哑：“一点点。”

男人轻嗤一声：“自己有多少酒量都不清楚，还不听劝。”

初霜皱了皱鼻子，换了个方向睡觉。

她不仅脑子晕，身上也热，这酒确实够醇厚。

车子抵达清御园时她还没反应过来：“这是哪儿？”

男人下车看着她：“到家了。”

看了一眼不熟悉的大门，初霜摇头：“这不是我家，我家门口有石狮子。”

看向逆着光的男人，她认真问：“你是谁？”

盛庭睨她：“你说我是谁？”

初霜摇摇头：“我不认识你。”

一阵夜风吹来，她没忍住打了个喷嚏。

盛庭蹙眉，也不多话，直接将她从车里面拎了出来，单手抱着她就踏进大门。

初霜要攀着他的肩头才能保持稳定，看着一路的景色，她再次开口：“这不是我外公家，你是不是顾隋派来的？”

男人的步子一顿，脸上神情却没变，他抱着她上楼。

“你怎么不说话？”初霜又打了个喷嚏，“顾隋给你多少钱，我给你两倍。我不好惹的，我要是受了伤害，舅舅和表哥们不会放过你们的。”

盛庭淡淡开口：“闭嘴。”

初霜沉默两秒，继续道：“我老公也很厉害的，他会把你们抓起来。”

将她放在床上，盛庭与她平视，黑眸幽邃：“你好好看看我是谁。”

视线有点模糊，初霜静静端视他片刻，动唇：“管你是谁。”

盛庭淡笑着起身：“好好待着，我给你找药。”

去楼下拿了醒酒药再回来时，次卧空无一人，盛庭微微皱眉——以她现在的状态，走到哪里都会磕磕碰碰。

他正打算出门找时，浴室里突然传来水声。

盛庭坐在沙发上等她，约莫二十分钟后，浴室门才被人拉开。

次卧只开了氛围灯，初霜穿着酒红色吊带睡裙，脖颈修长，锁骨线条很清晰。她没看到沙发处的人，自顾自地拉被子就要睡觉。

盛庭走过去：“起来吃点药。”

突然的人声吓了初霜一跳，她睁开水眸，看见床边的一道人影。

过近的距离能让盛庭看清她微颤的睫毛及无措的眸子，喝了酒的她，看上去比平时娇媚几分。

初霜手肘撑在身后，微微起身，玉肩莹润，身材凹凸有致。

盛庭目不斜视，伸手将药喂到她唇边。

初霜见状，上道地凑上去，红唇微启，卷走他指尖的药。

指尖泛起一圈酥麻，男人眯了眯眼，凝视着她娇嫩的唇瓣，轻捏她的下巴，而后抬起。

结婚多日，他现在才来细细看这张脸。

——乌发蓬松，长眉如黛，柔美的五官有些若即若离的魅力，像隔着晨雾看山水图。

许是仰着脖子太难受，初霜偏开头，躺下又准备睡觉。

这次盛庭没再阻拦，替她拉上被子才退出去。

这一晚初霜睡得不是很好，一会儿热一会儿冷的，到半夜时有人将她从被子里抱了出来。

盛庭像抱个玩偶一样轻松将她抱出次卧，初霜感觉自己清醒了，发现与男人毫无间隙地相拥，浑身热得厉害。

“去哪儿？”

“你生病了，得吃点药。”

取了药，男人坐在沙发上。

初霜仍然是跨坐在他腿上的姿势，她觉得别扭，想下去，后腰却被男人箍得死紧。

“张嘴。”

胶囊难以下咽，盛庭给她喂了点水，大掌力道合适地帮她顺着背。

初霜揪着他衬衫的边缘，低声说：“谢谢。”

“知道我是谁了？”

“嗯。”

“说说看。”

“老公。”

男人似乎轻嗤了一声，嘴角弧度柔和。

初霜愣愣地看着他温和的神情，有种被蛊惑的感觉。

他鼻梁高挺，往下是薄唇和下颌，再往下，衬衫领带松了一些。

初霜脑子一热，没过多思考便顺着本心揪住领带，微微仰头，吻住男人性感的喉结。

清冽的冷香太强势，心跳根本不受控制。

盛庭垂眸看她，目光一如既往地平静，只是多了一点打量："你在做什么？"

初霜心一跳，受不住这样的目光："我……"

醒来时天光大亮，被子被踢到一边，初霜打了个喷嚏，怔怔地看着天花板。

心跳还很强烈，她缓缓摸了摸心口，猛地咽了咽口水。

好真实的梦，男人幽邃的目光如有实质，她现在都能清晰回忆起。

为什么自己会有那样的举动？简直胆大包天。

她平时看着盛庭，根本一点非分之想都不敢有，为何梦境里会有那样匪夷所思的行为？难道她潜意识里竟然……

甩了甩头，初霜起身洗漱，看着镜子里自己一身清凉的吊带睡裙，脑子里涌现出昨晚男人抱着她下车到给她喂药的画面，他捏着她下巴时看她的眼神，跟梦境里那个眼神太相似。

原来她在梦境里篡改了昨晚真实发生过的一切。

她不止在梦境里喊出了那声"老公"，昨晚盛庭抱她上楼时她也同样叫过一次。

"我老公也很厉害的，他会把你们抓起来。"

当时盛庭好像说了句"闭嘴"。

初霜微叹一口气，捧起冷水往脸上浇。

她下楼时盛庭已经坐在客厅，听到楼梯上的动静，男人抬眼。

晨光里，初霜皮肤白皙，很有精神，跟昨晚醉了耍小脾气的人相去甚远。

扫过男人一眼，初霜抿唇："早上好。"

"早，"盛庭放下报纸，"身体有没有不舒服？"

"没有，睡得挺好。"初霜没跟他对视，"我昨晚不知什么时候醉的，谢谢你把我带回来，我没有给你添麻烦吧？"

盛庭凝视她："昨晚的事，你什么都不记得了？"

初霜微顿，疑惑的目光看向他："不记得。发生了什么吗？"

男人摘掉眼镜："没什么。"

早餐照样吃得安静，初霜悄悄打量对面的人——西装革履，领带系得一丝不苟，周身笼罩的疏离和淡然与梦里温和的人对比强烈。

视线不经意间往上，瞥见凸起的喉结，初霜脸一烫，低头继续吃早餐。

桌上的手机嗡嗡振动几下，拿起一看，备忘录上有"公司早会"的提醒字样，初霜猛地起身："我吃好了，你慢用。"

她噔噔噔跑上楼拿了包包和外套，又噔噔噔地跑下楼。

路过客厅时，盛庭低沉的嗓音传来："带瓶牛奶走吧。"

初霜微顿，看到他旁边的牛奶，伸手拿了，勾唇道："拜拜。"

盛庭看着她的背影，慢慢喝了一口茶。

因为之前被人提醒过要有已婚人士的自觉，下班后初霜乖乖回到了清御园，没去自己的小公寓。

傍晚，她带着小金毛去后园闲逛，远远看见一棵柿子树结了满枝头金灿灿的柿子，于是她回厨房拿了果篮，准备摘些柿子做柿饼吃。

柿子树长得很高，站在树下只能堪堪摘到几个果子，还不如枝头那些硕果饱满可爱。

初霜只犹豫两秒就决定上树。

她脱掉略带高跟的鞋子，扎起头发，抱着树干就开始往上攀爬。

她体态轻盈，小时候练就了一身爬树的本领，上个树对她来说不是难事。

树上视野很好，看后园又是另一番景象。

夕阳西下，昏黄的光透过野蛮生长的枝干，画面温暖得不可思议。

初霜站在树上看着落日发了会儿呆，许久才回神，想起来摘柿子。

等摘了两个柿子在手里，她忽然惊觉刚刚没把竹篮子带上树来。

正犹豫是将柿子扔下去还是重新爬一次树时，余光里闯入一抹修长身影——男人步伐从容，似乎在散步。

作为盛太太，在外在内都应该保持端庄的形象，爬树还是不被他看到为好。

初霜看了看自己身上卡其色的长衫。现下光线昏黄，她的衣服应该能与柿子树融为一体。

料想盛庭不会看高处，她便大胆地用目光打量他——男人身高腿长，藏蓝色西装马甲更加深了他身上不可冒犯的清冷感。

对研究美学的初霜来说，他简直是完美的构图模特。

男人的脚步停在离树几米远的地方。初霜屏气，希望他只是偶然停下。

可她忽略了树下那个果篮和小金毛。

小金毛摇着尾巴，蹦跳着跑到盛庭脚边，男人垂眸看了它一眼。

心猛地一跳，初霜下一秒便与抬眼的男人四目相对。

盛庭波澜不惊，看着树枝间那抹纤细的身影。

她脚上只穿了袜子，长发随意扎起，却因为在树上活动显得有些凌乱，碎发随着轻风在空气里飘动，在暮色里平添一分肆意与随性。

初霜露出得体的微笑，眉眼微弯："你下班了？"

"嗯，来叫你吃晚饭。"

原来他就是奔自己而来的，她刚刚居然还想装成空气。

"好，我摘几个柿子，可以麻烦你把篮子递给我吗？"

盛庭看到树下那个篮子，将其递上去，薄唇微启："需要我帮忙吗？"

"不用，很快摘好了。"

初霜摘了小半篮柿子，盛庭把篮子接下，伸手又去扶她，被初霜婉拒："没事，我能下来。"

只见她抱着粗壮树干，毫不费力地下了树。

穿好鞋，初霜起身："走吧。"

盛庭提着篮子走在前面，跟在后面的初霜暗地里叹了一口气——没想到她努力维持形象，却被他撞见了她爬树的样子。

花草繁茂的后园里，两人一前一后地走着，小金毛在旁边跟着，初霜看见地上两人拉长的影子，莫名觉得这样的画面很温暖。

"摘这么多柿子能吃完吗？"男人声线沉缓地问。

初霜向前几步与他并行："我摘来做柿饼的。"

“你会做？”

“嗯，在家时年年都会做。我不吃柿子，但很喜欢吃柿饼。”初霜抬头，看到他优越的下颌线，“你吃过柿饼吗？”

盛庭侧过头：“当然吃过。”

初霜抿唇，也意识到自己问了个蠢问题——柿饼又不是什么稀奇山珍，谁会没吃过。

安静地走了几步，男人不疾不徐地说：“不过也好多年没吃柿饼了。”

闻言，初霜微顿，说：“那我今年多做一点，我们一起吃。”

“嗯。”

经过一小片空地，初霜想起来问盛庭，以后要不要在这里种其他东西。

“不种，那些都是草地。”

“可以给我吗？我想种些东西。”初霜轻声说，“我要不了多少。”

盛庭瞥她一眼：“我找人给你翻土。”

“谢谢！”

小金毛跑在前面，初霜略略加快了步子同它一起玩。

盛庭看到她的嘴角很细微地翘起一点，看起来心情不错。

两个多月大的小金毛长得圆滚滚，性格乖巧又好动，初霜想了很久都没给它取好名字，终于在某天投喂小骨头时来了灵感。

狗狗圆鼻子、圆眼睛，吃东西的时候活像个小仓鼠，于是初霜就以此给它命名。

之后某天，盛庭听到这个名字，不太理解：“它叫仓鼠？”

“嗯，我前天给它取的，是不是很可爱？”

男人看着趴在客厅啃小骨头的金毛——一副傻样。

“为什么给一只狗取名‘仓鼠’？”

“我觉得形象又贴切，”初霜问，“不好听吗？”

男人沉默片刻才道：“好听。”

周末黎冰冰原本约了初霜一起去迪士尼乐园玩，可初霜的部门临时有团建，初霜只能放了她的鸽子。

黎大小姐发消息控诉她："你一个名门闺秀，从小接受的诚信教育还少吗？沈爷爷知道你是这样不守信用的人吗？为了临时的公司团建抛弃多年发小，初霜，你太伤我的心了！下次别再叫我出来玩。

"亏我还早早化好了妆等你。化妆品说，早知道烂在厂里得了。"

初霜看见她发的这些消息，笑得不行。

初霜："冰冰好可爱。"

黎冰冰发来一个"莫挨老子"的表情。

经过一个商业街，远远看着一家奶茶店外面活动着的几个大人偶，初霜思考了三秒，给主编发去病假申请。

黎冰冰看到初霜的来电，放任铃声响了好久，在快挂断前才接起。

"有何贵干？"

"冰冰，出来玩呀。"

黎冰冰轻哼："你跟你们部门的人玩，我才不去。"

"就我们俩。我装病推了团建，我们一起去迪士尼吧。"

"如果十分钟内你能到我的住处，我就勉为其难地答应你。"

八分钟后，初霜在楼下喊她。

黎冰冰推开窗户往下面看，初霜穿着浅色羊毛大衣，浅笑嫣然。

黎冰冰倚窗抱手："来得挺快。"

初霜挥了挥手："冰冰，上学了。"

黎冰冰慢慢勾唇——这人真是很懂得怎么哄人。

儿时两人手拉手上下学的情景还历历在目。从小初霜就比她勤快，每天早上都会在楼下喊赖床的她。

有很多个清晨，黎冰冰一打开窗户就能看到楼下弯眼浅笑的人。初霜站在蔷薇花旁，晨光洒在脸上，孩子们讨厌的上学对她来说好像是极有趣的事。

那是黎冰冰最美好的儿时回忆。

"去迪士尼玩你就穿这身去吗？"

初霜看了眼自己的衣着："不然呢？"

"当然要穿粉嫩的颜色啦！上来，咱们穿姐妹装。"

两人将迪士尼七个主题乐园都玩了个遍，虽然玩得尽兴，但也累了一天，于是黎冰冰直接提议不回去了——好不容易来一次迪士尼，得住主题酒店。

“你跟你男人说一声，今晚要跟我在外面住。”

初霜挖着冰激凌吃，闻言并没放在心上，眼睛还在看唐老鸭玩偶：“没事儿。”

黎冰冰看着她那副心大的样子，劝道：“还是说一声吧，又不费力。我看你男人不是好忽悠的人，基本报备一下，省得他以后不让你跟我出来玩。”

“不可能，我们之间互不干涉的。”

“啧啧，上次他不让你喝酒，你可听话得很。后来你醉了，人家撇下朋友就带着你走了。”

初霜微顿。醉酒那晚被男人抱着上楼的记忆被她刻意忽略，此刻忽然听人提起，倒有点像在回忆梦境。

当时脑子太蒙，视线也不清晰，她已快记不起他那时的神情和体温。

而真正的梦境却打扰她多日。

在联名商店买了几个公仔后，两人来到酒店——梦想花园的主题，房间漂亮得像童话世界。

黎冰冰躺在酒店的大公仔上选照片发朋友圈时，初霜给盛庭发了信息。

“我今晚和黎冰冰在一起，就不回去了，晚饭不用等我。”

看着单调的一串文字，初霜又在对话框输入两个笑脸，临发送又全删除。

“阿霜，来看看你喜欢哪张照片，我要发朋友圈了。”

黎冰冰把今天两人的合照都挑了出来：“你选选。”

“这个，看起来笑得很开心。”

“好吧，就这张。”黎冰冰翻到初霜的一张单人照，“我给你拍的这个回眸一笑也很惊艳，发给你吧。”

“好。”

酒店员工送来晚餐，此时迪士尼乐园内的城堡已经亮起了灯，她们这家酒店的阳台很好观夜景，两人在阳台小沙发上边观景边用餐。

黎冰冰感叹："真美，要是一辈子生活在这样的童话里就好了。"

"是啊。"

初霜拍了张璀璨夜景照，和白天拍的几张照片一起，发了朋友圈。

"周末愉快。"

发的时候，她还不忘屏蔽公司同事。

她刚发完，屏幕最上方有新消息提醒。

盛庭："好，注意安全。"

盛家老宅。

盛瑶看到初霜朋友圈的美照，连忙给妈妈分享："看，小婶婶她们去迪士尼玩了。她这张照片拍得真好，身材曲线好绝，她怎么穿'后妈裙'都这么柔和！"

盛夫人见她说得激动，侧眼看来："什么是后妈裙？"

"最近流行的叫法，就是这种特别显身材曲线的裙子，有网友调侃穿上就像有钱人家的后妈，后来就被人这么叫了。"

盛夫人："现在的年轻人，净取些奇奇怪怪的名字。"

在客厅跟盛先生喝茶的盛庭微微抬眸，点进初霜的朋友圈，却什么也没看到。

"哎哟，阿霜这张确实拍得好，"盛夫人拿着手机欣赏，"人家这五官，这气质，不愧是沈老先生的外孙女。"

男人刷新了一下界面，仍然空空如也，他放下手机，继续跟盛先生聊天。

黎冰冰受不住夜里的凉，先回了房间，初霜没看够夜景，在阳台多待了一会儿。

侧上方阳台上的某人瞥见那道倩影，先是微顿，慢慢看清她的面容后，凤眼中带了点兴味。

初霜侧脸线条利落，五官却柔美，缓和了那份清冷，蓬松的乌发披在脑后。

今晚的她看起来有几分不同，或者说是以前他没发现的一些细微之处。

之前他只当她是落难的温软姑娘，现在看来，并非如此。

凝视她片刻，男人低头在手机上敲了几个字，随后楼下的人手机屏幕微亮。

初霜垂眸看了一眼，面上没什么波澜，然后她将手机息屏，继续观夜景。

男人眯了眯眸子。

“顾总？叫您好几声了，您在看什么，这么专注？”

一道柔腻的女声从身后响起，顾隋不动声色地收回视线：“看夜景。”

女人穿着性感睡衣，见顾隋的视线落在自己身上，微微红了耳朵：“你在外面不冷吗？”

顾隋迈步过来，揽着女人的腰一起进房。

女人肤白貌美，会娇羞地笑，会刻意迎合他。

确实如初霜所说，随便一个女人都比她会疼人。

其实她本人也柔，但不会把那种恰到好处的柔用在讨好他上，很多时候反而迟钝得不行，确实挺无趣的。

女人并未发现他的走神，面色娇羞地伸手替他解领带。

看着女人脸颊的红晕，顾隋忽然想到之前在咖啡馆堵初霜那次。

他说了些威胁的话将她气得够呛，她眸子水润，耳郭霞粉，欲言又止，又懒得和他争辩，最后直接离席，模样很生动。

居高临下地看着女人，顾隋忽然没了兴致。

浓眉微蹙，偏开头理了理袖口，他拿起外套，抽出一张卡递给女人。

“这家酒店不错，你自己好好玩。”男人嗓音清淡。

女人微顿，猜到了他的意思，但想不通他为何会突然变卦。被这样极品的男人拒绝，心里总归不好受。

将卡递到顾隋面前，她咬唇开口：“无功不受禄。”

男人面色不变，波澜不惊地动唇：“我不亏待女人。”

之后他便消失在房间，留下女人愣怔半晌。

她跟了顾隋一周不到，之前她就听闻他冷酷禁欲，可她觉得他很绅士，这个周末还陪她来了迪士尼。

晚上两人心照不宣住进酒店，两分钟前她都以为会发生什么，对方却突然给她一张卡。

看着那张卡，她慢慢泄了气。

她明白，他们以后算是断了。

果真如传言中一样，没有女人能跟他超过一个月。

顾隋下楼时想起那句“不亏待女人”——初霜是唯一一个没从他这里得到好处的女人，之前那些女人被他送包、送车、送首饰，分开时也能得到一笔不菲的补偿。只有初霜，从来没向他索要过任何东西，问她也只是说什么都不需要。

对顾隋这样的男人来说，直截了当地买包、买首饰比花心思去琢磨女人心思要简单得多。

初霜安分懂事，即使他不在，她也过得开心自在，所以顾隋之前对她花的心思比对其他女人要少些。

就连他也说不清为什么对女人一向大方的自己会吝啬于初霜。

似乎，有了那些物质，关系就会变质。

房间门被人敲响，黎冰冰从猫眼看出去，惊得瞪大眸子，回头对初霜说：“你前男友来了！”

初霜还在阳台，闻言微惑，进了屋子往浴室走：“他不可能知道我在这儿啊，你将他打发走。”

见她躲好了，黎冰冰才开门。

看见陌生的女人，顾隋沉默一秒，问：“你好，请问初霜在这儿吗？”

黎冰冰装出茫然的表情：“什么霜？”

顾隋往里看了一眼，睨着她开口：“你是初霜的朋友吗？”

之前黎冰冰就见过这男人的照片，这会儿一见，比照片里的好看太多。

凝视男人片刻，黎冰冰双臂环抱，好整以暇地看他：“哦，我知道了，你是来搭讪的。这位帅哥，你找人搭讪的方式真的很土。”

顾隋微微蹙眉。

“你要我的联系方式吗？我给你啊。”见男人还在看房内，黎冰冰嘴角勾着魅惑的笑，“还是你不满足于只要电话？反正房里没别人，进来坐呀。”

顾隋面色微冷，从鞋架上的两双女鞋上收回目光：“抱歉，我可能找错了。”

见他走向另一间房，黎冰冰关上门走向浴室：“被我打发走了，没事了。”

初霜一出浴室就开始收拾包包：“我今晚不能待在这里了，顾隋很快就能查到我的入住信息。”

“欸，欸，你真要走？你知道这个酒店多贵吗，只待这么一会儿就离开？”

拿上手机，初霜又戴上了口罩：“冰冰你一个人玩吧，我不能和顾隋碰面。只要见不到我他就想不起我，一见到我事情就多了。”

酒店安全性好，外来车辆进不来，要打车还得往外面走一截，到马路边才可以。

这个点不太好打车，打车 APP 上一直没有回应。

余光里有辆车驶过来，初霜侧头看了一眼，见不是出租车，于是收回视线，垂眸看手机。

那车稳稳地停在她旁边。

“去哪儿？”

这年头这么好的车也来拉客吗？

“我去久蓝国……顾隋！”车窗缓缓落下，看到那张冷漠的脸，初霜反应了两秒，“你不是……”

顾隋轻笑：“你朋友那蹩脚的演技能瞒得了谁？我不离开，你会自己出来？”

“你是怎么找到我的？”

“没有刻意找，恰巧在楼上阳台看到了你。”顾隋的话脱口而出，在反应过来的一瞬间他就后悔了，“为了躲我搬来这么远的帝都，何必呢？我又不会吃人。”

“你别误会，恰好我找的工作在帝都而已。”

“行，”顾隋敲了敲窗沿，慢条斯理道，“上车吧，我送你回家。”

“不劳烦顾总了，我打车回。”

初霜站得离他远了点，低头继续看手机。

顾隋凝视着她柔美的侧脸，目光移到她饱满漂亮的唇上，眸子暗了暗。

熄火下车，他站到初霜身边。

初霜没给他眼神，默默往旁边移了点。

发现她的动作，顾隋轻笑：“你是不是把我想得太坏了？”

抽走她的手机，顾隋扬了扬下巴：“别倔了，我送你回去，这么晚打车不安全。”

初霜抬头看向他，也不急着去抢手机：“顾总对每个前女友都这样吗？”

她今天穿着极显身材曲线的裙子，眸子清润，气质清雅从容。

顾隋与她对视：“只对你这样，毕竟从没人对我提过分手。”

“哦，”初霜“不经意”地抬起手，露出无名指上银白色的戒指，“好看吗？我的婚戒。”

顾隋瞥过一眼，挑眉：“婚戒？这么快就找人嫁了？”

看他漫不经心的表情，显然一点都不相信。

他取下初霜的戒指，淡淡打量：“想要戒指我给你买，镶着大钻那种，你这个跟小孩子戴的差不多。”

猝不及防被他取掉戒指，初霜皱眉：“还给我。”

看着她突然认真的表情，顾隋稍稍把戒指举远了些，淡笑道：“怎么？真结婚了？”

“都结婚一个月了。”初霜声线清冷，“顾总自重，别胡乱调戏有夫之妇。”

从酒店车库里缓缓驶出一辆劳斯莱斯，车上的赵尽舟老远便看见初霜跟一个男人站在一起，他嗬了一声，对电话里的人道：“好巧，你猜我见到谁了？”

想到盛瑶说初霜在迪士尼玩，赵尽舟今天恰好也在那边，盛庭动唇："初霜？"

赵尽舟看着那两人，笑道："嫂子桃花挺旺。"

"顾隋，我已经说得很清楚了，不想再重复。和平分手就体面点，不要打扰对方的生活。"初霜直视他，耐心在慢慢耗尽，"戒指还我，我太晚回去的话，我老公会担心。"

男人含情的桃花眼染上薄怒，睨着她疏离的模样，他咬牙切齿："你真的随便找个人结婚了？"

"父母之命，媒妁之言，三媒六聘过门的，何来随便之说？

"我很早就说过家里很传统，希望我早日成家。顾总一边不想对我认真，一边又不准我去找属于自己的幸福，这是什么意思？不是人人都像你一样，有无限的时间和精力去玩弄人。"

路边稳稳停下一辆劳斯莱斯，车窗降下，露出赵尽舟那张英俊的脸："嫂子还不回吗？大哥让我送你回家。"

顾隋闻声看过去。

车里那人他认识——寰宇集团的太子爷赵尽舟，手握重权，家族实力雄厚，非同一般。

趁顾隋分神，初霜夺过自己的戒指和手机，上了赵尽舟的车。

顾隋双手插兜，淡淡点头："赵总。"

赵尽舟扬眉："你认识我？"

"赵总还真是贵人多忘事。"

当初顾隋一单海外生意在即将谈成之际被赵尽舟抢走，顾隋多有不满，得知对方是京圈赵家，打算约了他将这事说清楚。

他助理去找人时，却得知赵尽舟在谈成生意的当晚就坐飞机走了。

这事顾隋清清楚楚地记了两年。

初霜怎么会跟这个人扯上关系？

赵尽舟是赵家独子，他口中的大哥是什么人物？

"原来是顾总。"赵尽舟颔首，并没有交谈的兴致，"人我就带走了。"

车子驶离，初霜从后视镜看到了顾隋微沉的脸，慢慢松了口气。

“谢谢。”

赵尽舟：“那个顾总可不是个好招惹的人物，是嫂子的朋友？”

初霜沉默了一下才开口：“不算朋友。”

赵尽舟点头，不再多问。

车子驶过几个路口，道路开阔起来，他似乎忽然想起来般提到：“嫂子还不了解盛庭。”

初霜觉得莫名，侧过头。

“他不喜麻烦，又是个原则性很强的人。”停顿两秒，赵尽舟勾唇，“总之，嫂子小心，不要触碰他的逆鳞。”

初霜一知半解地慢慢点头：“他的逆鳞是什么？”

“分情况，看人。”

怎么盛庭身边的人说话都这么云里雾里、晦涩高深。

“我觉得他脾气和涵养挺好的呀。”

盛庭做事运筹帷幄、从容不迫，虽然自带威严感，但无论在工作中，还是私下里的待人处世，都能看出涵养。

赵尽舟轻笑：“嫂子多注意点总是好的。”

回到清御园已经是晚上十点，金毛在吃狗狗馒头，初霜过去摸了摸它的小脑袋：“今天阿姨怎么还给你吃夜宵啊？你白天没好好吃饭吗？”

身后传来一阵沉稳的脚步声，初霜回头，见盛庭一身黑色睡衣，端着马克杯正从厨房出来。

“回来了？”

“嗯。”

“厨房有椰奶桃胶。”

他语气淡淡，只是交谈两句便迈步离开。

小金毛见他走了，抬起头就跟着上楼去。

原来那馒头是他给狗狗拿的。

初霜在原地站了会儿，去厨房喝了椰奶桃胶。

椰香清新，她却没能喝多少。

上楼时不期然听到狗子尖锐的吠叫，初霜心底微惑。

盛庭该不会虐待狗吧？

循着声源走到书房门外，房门没关紧，初霜轻轻一推便看见微蹙眉头的男人和一脸委屈的小金毛。

“怎么了？”

盛庭转头见她，动唇：“不小心踩到它了。”

初霜瞬间明白过来，肯定是这小狗太黏人，时刻跟在人脚边，稍不注意就被误伤了。

这会儿小狗还在男人面前嘤嘤哼着，盛庭摸了一下它的脑袋算是安慰，果然过了一会儿它就不哼了。

见办公桌上摊开着一本书，初霜走过去捞起小金毛：“该回去睡觉了，别打扰人。”

她对盛庭点头：“我带它回去了，你早点休息。”

“嗯。”

关上门的一瞬，初霜微微吐了口气，好冷。

也不知是不是她的错觉，今天盛庭显得格外寡淡。

可能是夜太深了吧。

隔日，她睡到天光大亮，又赖了会儿床才下楼。

吃早餐时，她从袁姨那儿得知盛庭一早就出差了。

“很早就走了吗？”

袁姨：“早餐都没吃，先生说太早了没胃口。他的助理来接走的，说是去沪上，短则一周，长则半月。”

看着初霜微愣的表情，袁姨问：“先生昨晚没跟你提起吗？”

初霜摇头，端起豆浆喝了一口。

袁姨见状，有什么话也只能憋在心里。

看着这对新婚夫妻月余了，她也渐渐明白过来，这种家族联姻想来是没什么感情基础的，能相敬如宾地处着已经是好的了。

“先生说你要是觉得这边太偏远，可以住在市区的公寓里，狗狗也可以带走……”

说到后面，袁姨没来由地降低了分贝。连她都觉得这个吩咐有歧义，太太怎么可能没察觉呢。

初霜低头吃早餐：“嗯。”

交代完事情，袁姨离开。

快要入冬了，恒温的屋子里却很暖和，玻璃窗外能看见薄雾。

视线里有抹银亮，初霜放下举杯的手，凝视那枚戒指。

她怎么可能没察觉。

从昨晚开始，男人的冷淡就比之前明显。

以前是自带威严的清冷，但相处时他都是绅士有礼的，从昨晚开始他便有了几分疏离。

初霜可以肯定，自己昨天遇到顾隋的事，他知道了。

她又想到赵尽舟说他原则性很强、不喜麻烦。

不管此前如何，现在他们是名义上的夫妻，双方就该有维持婚姻稳定的自觉性。

跟顾隋见面，她毕竟还是有点理亏，站在盛庭的角度看，她确实有点不地道。

以后找机会跟他说清楚吧，眼下他出差了，这事也不好在手机上聊。

吃完早餐，百无聊赖的初霜想起去后园看看。

她要的那儿小块地已经被翻过土了。

她带上工具和种子，花一个下午把菜种了。

种了菜，她每天都得去看一眼自己的菜园，下班后就都没去久蓝国际。

盛庭不在，她也很自觉地回了清御园。

在她的悉心照料下，一周后菜园里的菜都发了芽。

初霜很容易从简单的劳动中获得成就感，一个菜园能带来不少乐子。

每次袁姨见她带着小工具去后园便笑——各色娇艳花朵都不能让她多看一眼，小园子她倒是一天几次地跑。

她总有办法给自己的生活找乐子，白天上班画稿，回家逗逗小金毛、看看菜园，晚上看小说、听音乐，偶尔跟袁姨学习厨艺。

充实而平静的日子就这么一天天地过去了。

某天看见院子里的一簇簇蓝色绣球花，恍然想到之前长身玉立的某人垂眸给花坛浇水的画面，她才意识到，盛庭已经出差快十天了。

这十天他一条消息都没有给她发，也没说什么时候回来。

晚间，浏览器首页跳出来的新闻推荐一眼就吸引住初霜的视线——“京沪商会第二次合作交流大会圆满结束”。

照片背景是富丽堂皇的大会堂，端坐席上的人们清一色正装，一眼看去只觉得场合庄严肃穆。

画面居中的人卓尔不群，将西装穿出与旁人截然不同的气质，背脊挺直，下颌线条凌厉，正在从容发言，面前银质铭牌镌刻着“京都国际商会会长”几个字。

气质这东西，真是天生的。

像他这样的人，无论坐到多高的位置都不会让人质疑。他的阅历、学识、能力、眼界，都远超常人。

新闻正文中写道，两地商会为期八天的交流合作大会开启深度融合模式，就旅游、纺织、机械、餐饮、化工、建筑、物流等行业开了大大小小数十次会议商讨，由两地商会带头共同商榷战略合作方案，最终签订了《京沪友好商会战略合作协议》。

这个合作协议为两地的企业互利互惠、合作共赢打开了全新渠道，未来几年创业就业机会将大幅增加，行业间融合发展更上一层楼，带来的经济发展深远不可估量，也因此受到了社会各界的广泛关注。

报道里洋洋洒洒列举着京都国际商会与沪上商会交流合作对各行各业的深刻影响，赞颂了领导人的睿智远见与号召力。

看完新闻，初霜才意识到这是多么大的一件事。能影响两地甚至更多经济区、数百上千万人口的合作协议，不仅仅是企业与民众，就连政府也大力支持。

盛庭之前一直很忙，下了班也往书房钻，周末更是会议不停，原来是一直在准备这件事。

交流会虽然告一段落，但之后的酒局晚宴必不可少。

退出新闻界面，初霜想，她还可以自在几天。

转眼又到了发工资的时间，这次初霜叫上盛瑶和黎冰冰，请她们俩吃了豪华大餐。

结账的时候，她被告知免单，问了经理，对方却什么也不肯透露，只道某间包厢有人在等她。

初霜打电话给沈矜言："哥，你来帝都了吗？"

"没有啊，我在沪上，怎么了？"

"我记得你在帝都有几家餐厅，三环明溪路香格丽舍西餐厅是你的吗？"

"不是，"沈矜言动唇，"想吃西餐了？我待会儿把咱们家在帝都的西餐厅地址都发给你，想去哪里直接去。"

"不用了，我就是随便问问。"初霜才想起来问他，"你现在在做什么呢？"

"参加一个酒会，"看到身旁的人，沈矜言轻笑，"跟你丈夫在一起。"

初霜抿唇："你也去参加交流会了？"

"嗯。"

"什么时候结束？来帝都玩呀。"

"好，过两天去帝都看看你。"

对面声音有些嘈杂，初霜依稀听到盛庭与人交谈的声音。

沈矜言突然道："对了，要跟你家里这位说句话吗？"

初霜一顿，还没来得及接话，那边的沈矜言已经喊了盛庭："阿霜的电话。"

片刻后，听筒里传来那道低沉的声音："喂？"

初霜清了清嗓子："你在忙吗？"

盛庭："不忙。"

"噢，"初霜盯着自己的衣角，抿唇，"大概还要多久才回来呢？"

"三天内应该能回去。"

"好的，路上注意安全。"

时隔多日，两人的第一次对话有些尴尬，初霜的大脑还在飞速运转想话题时，盛庭率先开口："家里一切还好吧？"

"一切都好。我在后园种的菜都长成小菜苗了，之前晾晒的柿饼也可以吃了，仓鼠长胖了些。"

男人稍顿："你最近住在家里？"

"嗯。"

一旁的盛瑶知道电话那头是小叔后，故意凑到手机前："小叔，你不在的这段时间，小婶婶可想你了，饭都吃不下，人瘦了一圈，你再不快点回来，你老婆都……嗯——"

她话没说完，便被受到惊吓的初霜捂住了嘴。

那头的人沉默片刻后开口："跟瑶瑶在一起？"

"对，在外面吃饭。"

"多吃点。"

初霜怔然一瞬，盛庭已经岔开话题："有没有想要的礼物？"

这是要给她带礼物？

"我什么也不缺。"

"珠宝、香水还是包包？有喜欢的吗？"

"我衣帽间有很多，"想了想，初霜动唇，"如果实在要送，给我带一束花吧。"

"好。"

挂了电话，初霜去经理处结账，对方一脸为难。

"小姐，这顿饭不能收您的钱，我们先生在贵宾室等候您多时了，您……"

"不用了，一顿饭而已，我自己付。虽然不知道你们先生是谁，但也多谢他的好意，祝你们生意兴隆。"

不等经理挽留，她就走了。

经理忐忑复命，贵宾室里的男人夹着香烟沉默半晌才开口："意料之中。"

自那晚一别后，顾隋派人去查了初霜，但关于她所谓的婚姻一点消息也没有。要么，她在撒谎；要么……她背后的那个男人来头不小。

想到后面这个可能性，顾隋微不可察地蹙了蹙眉。

出了餐厅，黎冰冰打趣初霜：“漂亮确实能当饭吃吧？只是出来吃一顿饭，也能被人惦记。”

初霜好心情地歪头：“没办法。”

难得见她这么臭屁，冰冰撞了撞她的胳膊：“怎么突然心情这么好？”

以前有人献殷勤时，她都是无波无澜的。

“噢——”黎冰冰故意拖长尾调，像是才反应过来，“原来如此。”

初霜莫名其妙：“什么？”

盛瑶挑着眉笑：“我也知道。”

盛瑶与黎冰冰对视一眼，两人看破不说破，调侃她：“你在开心什么，你自己知道。”

“结了婚的女人啊。”

初霜：“不懂你们在说什么。”

黎冰冰轻笑：“话说回来，我感觉今天这餐厅的东家是你前男友。他对你还余情未了啊，以后还是多注意。”

盛瑶闻言，像窥见什么不得了的秘密：“什么？前男友？小婶婶你之前还谈过恋爱？”

初霜沉默一瞬，道：“年少懵懂。”

黎冰冰：“就今年的事，年少懵懂？”

盛瑶只差叉腰审问了：“小叔知道吗？”

“应该是知道的。”

之前她还住在盛家时，某晚在假山边接了顾隋的电话，恰好被盛庭撞见。不久前赵尽舟替她解围，他跟盛庭那么熟，大概也是互通有无。

# 第四章

Qing Shan Si Yu

周六，盛瑶的朋友在南华街开了家咖啡馆，邀请她过去玩，她将初霜也叫上了。

新开业的咖啡馆装修风格文艺且有格调，饮品、甜点价格比别处贵了两倍不止。

盛瑶这位朋友是个男性，穿着素雅的白衬衫和西裤，头发是最简单的三七分，给人的感觉干净又柔和，相处起来也很舒服。

“你尝过他的手艺就知道值不值这个价了。”盛瑶将抹茶蛋糕与一杯拉花咖啡放到初霜面前，“试试。”

一分钟后，初霜抬头，眼里是掩饰不住的惊讶和赞叹：“好香，很纯粹的香，余味悠长。”

时越轻笑：“初小姐喜欢是我的荣幸。”

盛瑶得意：“时越可是天才型选手，师承赫赫有名的鸿英老先生，从小参加各种大赛，各种中西式饮品都会做，在这里开店都是屈才了。”

初霜：“那今天真被我来着了。”

“这价格在南华街还真不算贵，出入这边的都是些在钱堆里打交道的证券大佬与企业家，京都商会大楼就在前面。”

初霜微顿：“商会大楼吗？”

“嗯，小叔平时就在这边。”

有客人来，时越起身到吧台做咖啡，盛瑶和初霜在橘黄暖光的笼罩下有一搭没一搭地聊着天，轻音乐舒缓，让人很放松。

一个不经意的打量，初霜发现靠墙的柜子上放着一套小熊人偶服。

“这是用来招揽客人的吗？”

时越点头：“对。员工今天请假没来，人偶服就暂时闲置了。”

看着毛茸茸、胖乎乎的人偶服，初霜有点跃跃欲试：“我试试吧。”

第一次穿人偶服的初霜在店外尽职尽责地当吉祥物，玩得不亦乐乎。

盛瑶看着她，好心喊道：“不用那么卖力，待会儿你会很累的。”

时越嘴角的酒窝若隐若现，一边擦手一边跟盛瑶感叹：“你这朋友乐悠悠的，相貌也难得。”

盛瑶扬眉，用只有两个人能听到的声音问：“看上人家了？”

时越无奈地笑：“单纯欣赏。”

“看上也没用，人家有老公了——我小叔。”

擦手的动作一顿，时越放了帕子看过来，微讶：“你小叔的夫人？”

“嗯。”盛瑶下巴微抬，像只骄傲的孔雀，“是不是很配？”

沉默几秒，时越忽然轻笑：“倒是个奇妙的组合。”

“谁说不是呢。”

盛瑶走向外边憨态可掬的胖熊：“外面冷，进来吧，小婶婶。”

“人偶服厚着呢，我再玩会儿。”

初霜尽力扮演活泼敬业的大胖熊，倒也真招来几个喝咖啡、合影的客人。

一辆迈巴赫停在路边，后座下来的女人打量着咖啡馆。

以为生意来了，胖熊热情地招手，女人果然过来了。

初霜正欢喜，下一秒视线里出现一抹修长身影，再一看，副驾上的男人西装革履，衬衫扣子一丝不苟地扣到最上面，关了副驾驶的门迈步过来。

单看这身形也是很好辨认的——盛庭回来了。

不是还有两天吗？

男人走至眼前，初霜的动作收敛许多。

见两人一前一后进了咖啡馆，小熊的脑袋跟着转向店内，发现刚刚还在的盛瑶不知跑哪里去了。

时越看见盛庭，先是瞥了一眼门外的胖熊，才走过去打招呼：“小叔。”

初霜正顶着大大的脑袋好奇地打量店内那两人，就被人从后面拉了拉，她一回头，就看见了盛瑶紧张兮兮的脸。

“小叔怎么回来了？”

“不知道。”

“他回来居然都不知会你的。”

借胖熊挡着，盛瑶抱臂感叹：“幸亏我机灵，瞥见小叔下车的第一秒就从后门溜了……哎，他身边那女人是谁啊？”

“不知道。”

初霜从人偶服里看出去，虽然看得不甚清晰，但也足够窥见那女人的容貌。

女人一头波浪卷长发，一身紫色西装套裙，妆容明艳、端庄，看举手投足有点像女企业家。

她感叹一句：“好细的腰。”

“啧，”盛瑶恨铁不成钢，“都什么时候了，你心怎么这么大？”

“嗯？”

“没看见你老公在跟别的女人喝咖啡？”

瞥见两人桌上的文件，以及盛庭神情冷峻的脸，初霜无辜地说：“他们不是在谈工作吗？”

盛瑶微微歪头瞄了一眼里面那两个人，想着自家小叔人品可靠，又在时越的地盘，不会有什么事，这才放下心来。

“细什么细，还没我的细。”

“你可是专业舞蹈家，腰当然细了。”

盛瑶拉着胖熊的手：“走，到别处逛逛去，别在这里待了。”

“别说，冬天穿这么一身出来还挺暖和的，摔一跤都不疼。”

“下次我也试试。”

“瑶瑶，前面有卖烤冷面的。”

盛瑶看见了：“等着，我给你买。”

买了烤冷面和热奶茶，两人在路边长椅上坐下。

初霜穿着人偶服不方便，盛瑶便耐心地喂她，自己吃一口，又给她喂一口。

胖乎乎的小熊脑袋被放在一边，初霜看着宁静的街角，由衷地感叹：“周末真好。”

盛瑶吸吸鼻子：“我不好吗？”

初霜侧头看她，被投喂了一嘴烤冷面。初霜弯着眸子：“好得要命。”

盛瑶挑眉点头。

“你今天要早点回家吧，小叔都回来了。”

“他可能也回得挺晚的，不是还在工作吗？”

“这事确实是小叔不对，提前回来都不跟你说。”

初霜：“大家都有自己的事要忙。”

“啧，也就你这性子能忍受我那冷若冰霜的小叔了。”

“我哥说要跟你小叔一起来帝都，说好到了联系我的，也不见他的电话。”

盛瑶抬眼：“沈矜言要来帝都？”

“嗯，说是来看看我。他可能没和你小叔一起，应该还没到。”

一阵冷风吹来，初霜缩了缩身子：“东西吃完了，我们回咖啡馆吧，有点冷。”

“这么久了，小叔他们应该离开了，走吧。”

二人回到咖啡馆，盛庭他们果然没在里面了。

时越正在调奶，瞥见进门的两人，忙开口：“小心别踩到地上的奶……油。”

他话还没说完，那只胖熊已经摔了。

地面太滑，穿人偶服本就不好走路，这一打滑，初霜直接在地上劈了个一字马，小熊的脑袋都滚到了地上。画面滑稽又可爱。

盛瑶无情地笑弯了腰。

从后门回来的人一眼看见了地上起不来身的初霜，径直过去将她扶起。

穿着厚重的人偶服劈一字马很难起来，有好心人扶着，初霜终于站起了身。

“谢谢你呀……”看清面前人英俊的五官，初霜微微睁大眸子。

盛庭？

“你不是……”走了吗？

盛庭瞥见滚到一旁的小熊脑袋，俯身拾起递到她面前。

初霜抿唇接过。

男人这才垂眸看她：“认识我？”

初霜微顿。

“既然认识，刚才看见为什么不说话？”

“你一开始就知道……”

“知道。”

他在店里喝咖啡时就看见门外的盛瑶鬼鬼祟祟地跟那只小熊嘀咕什么，后来两人手拉手消失了，他想也知道那人是初霜。

她一如既往地看见他就跑。

“消息也不看。”

原来他发了消息，初霜今天还没看手机，想来是错过了。

盛庭居高临下地睨她。

她的头发因之前戴着玩偶头套微乱，未施粉黛的脸白皙娇嫩，表情有些不自然。

男人也没继续追究，问她：“吃饭了吗？”

“刚刚和瑶瑶吃了烤冷面和奶茶。”

“还要玩吗？”

“不玩了。”

“去换衣服。”

“哦。”

初霜去后面换衣服，留盛瑶独自一人面对盛庭，她干笑着：“小叔，你提前回来怎么不跟家里说一声，该去老宅吃饭的。”

“改天过去。”

“好，改天和阿霜一起来，我们做好吃的等你们。”

“没大没小。”盛庭的语气波澜不惊，“你平时就是这么带她躲我的？”

“嗯？”盛瑶心猛地一跳，立马撇清自己，“没有啊，我什么都没做，是小婶婶本来就怕你……”

空气有两秒寂静，盛瑶觉得小叔的脸色好像冷了一些，细看又似乎和之前并无两样。

初霜换好衣服出来，盛庭走过去："陪我去吃点东西？"

"噢，好。"

盛庭对盛瑶道："一起。"

盛瑶摇头如拨浪鼓："不了，不了，我刚刚吃了好多小吃，吃不下了。"

初霜："一起去吧，请你吃好吃的。"

无论初霜怎么暗暗使眼色，盛瑶就是装作看不见。

"这点眼力见还是有的，我就不打扰你们夫妻二人小别重逢了，跟着去该惹人嫌了。"

咖啡馆门前已经停下一辆车，开车的不是陈助理。

盛庭见初霜打量着驾驶座，开口："陈嘉州已经将亨瑞副总送回去了。

"刚刚那人就是亨瑞副总，过来签入会协议的。"

这算是解释吧。

初霜点头："噢。"

天黑之前车子驶进岭翠阁的花园。

上次与冰冰见面便是约在这儿吃饭，当时还闹了一场乌龙——黎冰冰在外面蹲点，遇见了政泽他们。

看来盛庭挺喜欢来这边吃饭的。

园子里光线幽暗，两人并肩走在鹅卵石小道上，地面身影相依，那种相识已久的感觉又来了。

悄悄看一眼男人的侧颜，轮廓清晰分明，黑眸沉静，睫毛投下的阴影落在下眼睑。

这张脸，总给人似曾相识的熟悉感，从一开始初霜就有这种感觉。

盛庭蓦然侧头，问她："冷不冷？"

"不冷。"

二人穿过曲水回廊，侍应生领着他们去厢房。

菜品全是初霜点的，上菜时却多了几道硬菜，她以为弄错了，侍应生恭敬地回应："这是我们魏总送给先生和夫人的，是岭翠阁的招牌镇店菜。”

初霜并不认识什么魏总，想来是盛庭的朋友。

盛庭应了声：“魏亦则在这边？”

“在的。魏总跟小盛总他们在西厢，知道您带着夫人过来，他说不好打扰，吩咐厨房多做了几道菜。

“这坛露浓笑也是赠夫人的。”

“有心了。”

那几道硬菜看着像是艺术品，其中一道菜肴雕花精美绝伦，一只翱翔的金凤凰像要飞向天际，生动万分。

“这个是金凤呈祥，”盛庭将盘子往她面前推了推，“这个是佛跳墙、松鹤延年、五彩炒驼峰……”

初霜看着最后一道菜：“金蟾玉鲍。”

“嗯。”

“这都是国宴标准了，你朋友真不错。”

小时候初霜跟着外公沈老先生去参加过不少国际级宴会，对这些有名的菜肴都了如指掌，而那道金蟾玉鲍，她记忆尤为深刻。

一次国学泰斗迎春会上，她就是吃了这道菜后身体不适，泪如雨下，吓坏了一群老艺术家。后来她才知是她吃了鲍鱼后又偷吃了牛肝，小孩子消化不良才导致的腹痛。

自那次之后，她便记得了鲍鱼和牛肝不能一起吃。

初霜不是很饿，可惜了那么多美食在眼前却吃不了多少。

盛庭见她早早停了筷子，慢条斯理地说：“再吃点，这金凤呈祥一个月只做一次，下次再想吃就没这么容易了。”

他说的话起了效果，初霜又吃了些。

回到清御园已经是晚上九点，小金毛瞧见许久不见的男主人，摇着尾巴兴奋地围在盛庭脚边。

它围着人摇尾吐舌的模样实在傻气，初霜嘴角带笑：“看它高兴的。”

盛庭轻拍了一下金毛的头，径直走到客厅。初霜抬眼看去，目光顿住。

大理石桌面上摆着几个漂亮的礼盒，旁边一束浅紫色玫瑰娇艳欲滴。

“过来看看。”

初霜走过去，盛庭将玫瑰递给她。

她本以为他公务繁忙，忘了这件事。

“谢谢。”

她低头嗅了嗅，花香怡人，是比其他品种的玫瑰更别致的香气。

盛庭道：“呼口气试试。”

初霜看他一眼，朝一朵玫瑰花心呼了口热气，只见眼前色彩渐变，几片花瓣竟成了蓝色。

“这是……”

“京畿道变色玫瑰。”

初霜微怔，朝另外几朵玫瑰呼气，而后它们都变成了淡淡的蓝色。

“好美。”

将她眼里的惊奇和喜悦看在眼里，盛庭不疾不徐地动唇：“打开礼物看看。”

小巧精致的黑丝绒锦盒里躺着一条项链，正中最大的水滴形状碧绿色坠珠清透水润，除此之外，周边对称点缀的几颗宝石也同样璀璨。

项链在顶灯照耀下反射出浅绿微光，一眼看去只觉华丽无比。

指尖掠过宝石表面，触感微凉。

“镶了这么多宝石，很贵吧？”

“喜欢吗？”

初霜认真点头：“当然。”

“喜欢就行。”盛庭解了腕表，看了一眼时间，“剩下这些你慢慢看，忙活一天了，我去洗个澡。”

“好。”

一一拆开礼盒，口红、香水、高跟鞋、限定款高奢衣裙……全是珍藏版。

他这是把他能想到的礼物都买回来了？

高跟鞋是红色哑光细闪，弧形设计优美，亮晶晶的东西光是看着都叫人喜爱。

这些礼物中，有一样最得初霜青睐——印着国风清莲图的保温杯。

它以青蓝为底色，白莲亭亭玉立，相互映衬，安宁淡泊。

后来这水杯也成了她办公桌上的“钉子户”。

所有礼物都合乎人心意，不禁让人生出疑惑——他是无师自通还是经验老到？

拆完礼物，初霜开始收拾桌面，余光瞥见不知何时落到地面的一个锦盒，打开一看，她愣怔了几秒。

把礼物一一放进次卧展示柜，在沙发上坐了一会儿，估摸着时间差不多了，初霜才去敲主卧房门。

“进。”

初霜打开门，沙发上的男人正在擦头发。

“有事吗？”

“这个，”初霜走近，将手心的卡露出，“你落在楼下了。”

盛庭掠过一眼，波澜不惊地说：“给你的。”

这可是无限额黑金卡，初霜有些犹豫：“为什么给我这个？”

“我也是这几天准备礼物时才想到。你生活上总有各种开销，我工作忙不能事无巨细、处处周到，你拿着这张卡，想要什么自己买就是。”

“我有钱的。”

“你的钱自己存起来。”

初霜捏着黑卡，知道他一向说一不二，也不扭捏推辞：“好。”

男人刚沐浴过，身上有股冷香，绸面睡衣领口微开，锁骨下方小片肌肤微露。即便如此，他给人的感觉也是矜持疏离的。

出差多日，料想他是疲乏的，初霜轻声道：“舟车劳顿，我就不打扰你了，你好好睡一觉吧。”

盛庭捏了捏鼻梁，点头：“嗯。”

正转身要走，初霜脚步停顿，看向男人：“谢谢你的礼物，我很喜欢。”

回到自己房间，初霜好心情地取出露浓笑品酌。

晚饭时喝的茶，没喝到这美酒，现在一瓶都带了回来，初霜一碰酒便没了节制。

半夜气温骤降，房间窗户没关好，进了风，睡到一半时初霜头脑发热，身体酸痛，无意识地在床上翻滚许久。

后来实在耐不住，她昏昏沉沉地下楼找药吃。

黑暗中她碰倒了楼梯口的花瓶，清脆的碎裂声在静谧的夜里显得很突兀。

顾不得碎掉的花瓶，初霜摸索至楼下翻药箱，头疼欲裂的感觉更甚，伴随着腹部传来的绞痛，令初霜出了一身冷汗。

新一轮的痛感来势汹汹，全身的骨头似乎都在打战，她咬牙继续翻找药品。

这时，头顶大灯倏然亮起。

刺目的光令她有片刻不适，平复几秒后她睁眼去看，楼梯口缓缓下来的男人身姿挺拔。

盛庭也看见了打碎的花瓶和跪在地上脸色发白的人。

她看起来神志不清，眉头紧蹙，一副隐忍到极致的模样。

他迈步过去扶起她，伸手探了探她额头，一片滚烫。

初霜张了张干涩的唇："我好像生病了。"

"我知道。"

将她扶到沙发上坐下，盛庭找到她要吃的药，又去接了杯热水回来。

看见她捂着小腹的动作，他便问："肚子不舒服吗？"

她应了声："有点疼。"

"先把这个吃了。"将药喂到她唇边，她很配合地吃了，盛庭替她顺了顺背，"多喝点热水。"

初霜把杯子里的水都喝完。

"现在几点了？"她嗓子有点哑。

"凌晨三点。"

"这么晚了……"初霜看着五官英俊的人，"你怎么下来了？"

"我听到了花瓶摔碎的声音。"

盛庭浓眉微蹙，他早就闻到了她身上那股酒味："睡之前喝了多少？"

"嗯？"

“那坛露浓笑。”

初霜没吱声，闭眼靠着沙发微微喘气，鼻尖有些细汗。

她装听不见是真的，不舒服也是真的。

端详她几秒，盛庭出声：“我扶你上楼休息。”

将人扶起，瞥见沙发上一点殷红，男人顿住，视线落在她睡裙后面。

“你……”盛庭斟酌启唇，“特殊日子？”

初霜云里雾里：“什么？”

看着她不明所以的模样，盛庭闭眼吐气。

“我先带你上楼。”

推开次卧门，酒香若有若无地萦绕在鼻间，他定睛往桌面一看——酒杯翻倒，一坛酒见底。

男人薄唇紧抿，开口时声线冷了几分：“初霜，你是个成年人。”

“不记得自己的生理期就算了，酒是那么喝的吗？整整一坛酒，你一口气就喝完。”盛庭凝眉，“你以前就是这样的？”

小腹绞痛越来越严重，初霜费力地看他。男人眸光淡淡，神情紧绷。初霜即使在病中也知道，他生气了。

心头莫名一紧，她开口要解释：“不是，我喝到一半不小心打……”

男人直接推开卫生间的门：“自己处理一下。”

将人放在马桶盖上，他就出去了。

还未说完的解释就这么堵在喉咙，初霜愣怔两秒，小腹一阵抽痛。

她刚伸手摸到柜子里的卫生棉，男人却去而复返。

盛庭手里拿的是她的睡裙和贴身内衣，他递过来时，初霜低声道：“谢谢。”

退出卫生间，盛庭一眼看见窗户开了一道缝。

这么冷的天吹着风睡觉，不生病才怪。

他迈步过去，伸手关窗，目光却被外面的夜景吸引住。

夜空中簌簌落着雪，楼下园子里几盏灯立于雪夜，昏黄困在无尽黑暗中，萧条又浪漫。

究竟是昏黄割裂黑暗，还是黑暗囚禁昏黄？

身后有声音，是初霜换好衣服出来了。

关好窗户，盛庭拉开被子，又将她抱到床上：“好一点没有？”

初霜仍旧呼吸沉重，她点头。

额头贴上温暖的手背，男人睨着她难耐的模样便知她点头只是敷衍——她额头烫得吓人，右手揉小腹的动作说明了一切。

“先躺下。”替她掖好被子，盛庭问，“喝热水吗？”

“不用了。”初霜声音很低，说话都费力的样子。

凝视她一会儿，男人沉默不语地离开房间。

直到看不见他，初霜端着的平静才开始破裂。

身体里冰火两重天，小腹像拴着千斤重的铁，痛感一阵强过一阵。

她皱着眉头将自己缩成一团，思绪凌乱，慢慢催自己入眠。

不知过了多久，身边又有了动静。

半梦半醒间，初霜被扶起身。她艰难地睁眼，一碗红糖燕窝已经喂到唇边。

她喝了一口，燕窝温热清甜，有股很香的玫瑰味。

这么晚了，阿姨也不留宿在这里，那么这红糖燕窝……应该是他炖的。

“我自己喝……”一开口她才发现嗓音已经沙哑得不成样子。

盛庭充耳不闻，继续一勺一勺地将汤水喂完。

放下碗，他探了探初霜的额头，然后去浴室取来湿毛巾给她敷上。

他做这些事情时都是有条不紊的，并不多话。

喝了红糖燕窝，初霜眼皮渐重，不知不觉中又睡了过去。

迷糊间她感受到有只手伸进被子，在她小腹处贴上一个暖融融的东西，渐渐地，小腹的坠痛开始慢慢缓解。

她微蹙的眉慢慢舒展，脸上终于有了一点血色，盛庭垂眸静静看着，不知在想什么。

这一觉睡得并不十分安稳，初霜中途醒过一次，发现盛庭还守在床边。

男人浓眉微敛，睫毛在下眼睑投下阴影，手里拿着电子测温仪在查看。

光线正好将他优越的面部轮廓勾勒出来，下颌凌厉，薄唇紧抿，鼻梁线条完美。

满室昏暗寂静，床头这盏孤灯的灯光将两人圈在同一画面。

端详着这张侧脸，初霜久久没眨眼，分不清自己究竟是清醒还是迷糊，有一点却很明确——她心里刚刚疼了一下。

转瞬即逝的两秒，心尖掠过的酸涩与微微窒息感让一切反应都变得迟钝。

眯眼缓解了那点不适，初霜一眨不眨地凝视这张脸，呼吸微促。

之前那种熟悉感前所未有地强烈，甚至到了牵动神经的程度。

记忆深处某个灰蒙的画面呼之欲出，有些地方开始与眼前的景象重合。

许是她的视线太过灼热，男人转头，看见了她发红的眼尾。

“我们，”初霜看进他沉静的眸子里，一字一句道，“是不是在哪里……”

见过。

不知为何，说到后面她喉头一紧，眼眶湿润。

盛庭将一切看在眼里，伸手覆上她的眼睛：“天还没亮，继续睡吧。”

那嗓音低缓，充满磁性，令人心安，初霜像被按了开关，仅存的那点意识消散。

陷入混沌的前一秒，她的眼角滑下一滴泪，被男人轻轻拭去。

天光大亮，初霜醒来时蒙了一瞬——这不是她的卧室。

一看身上的被子——高级灰，这分明是盛庭的房间。

她正发蒙，房门被人推开，盛庭端着早餐进来：“醒了？”

“嗯。”初霜拉了拉被子，起身坐好，“我怎么会在这里？”

把早餐一一摆好，将红豆薏米粥递到她手上，盛庭启唇：“你房间的地暖坏了，昨晚又没关好窗户，那房间冷得像冰窖。”

“原来如此。”

她睡觉之前喝了不少酒，夜里又被寒风冻到，加上突然造访的生理期，说病就一下子病倒了，昨晚给他添了不少麻烦。

“那酒我不是故意喝多的，只喝了三杯左右，酒坛被我不小心撞倒，剩下的全洒在地上了。”

记得他昨晚以为她把所有酒都喝完时那冷峻的神情，初霜觉得还是有必要解释一下。

“三杯还少吗？”盛庭淡淡反问，“你连自己的生理期都记不住？”

“提前了，”初霜低头，“还差几天呢。”

谁知道这次生理期会提前。她的生理期一直都挺难挨，但像这次一样痛到打滚已经很久没有过了。

“你以前也是如此？”

“没有。”初霜摇头，“我不会在特殊时期喝酒的。”

盛庭睨着她微翘的睫毛：“我是问，你以前生理期也痛得这么严重吗？”

初霜微顿，道：“十几岁那会儿很严重，经常痛到打滚，家里时常给我买中药调理。上大学后轻松了些，但比起大多数女生来讲还是要吃些苦头。老中医都说我这种体质是……”

盛庭：“体寒。”

“嗯。”

“我会找人修好次卧的地暖，这几天你先住主卧吧。”

“好。”

盛庭眼下有些淡淡的乌青，毕竟昨晚照料她到那么晚，好几次她睁眼都看到他在床边。

本就出差多日，回到家还没好好休息便连夜照顾她这个病人，他完全尽到了丈夫的责任。

其实昨晚他大可以打一个电话找人来照顾她的，但他还是亲力亲为。

或许他们之间，并没那么泾渭分明。

盛庭这个人，内敛过头，内里还是温和的。

“谢谢你昨晚照顾我那么久。”初霜目光赤诚，语气极认真，“你本来就舟车劳顿，还劳烦你照顾我一晚，给你添麻烦了。”

瞥见她眼里的认真，盛庭薄唇轻启：“希望是最后一次。别再生病了。”

“嗯。”

吃完早餐，初霜要找手机，盛庭问她要做什么，她说跟公司请个假。

“我替你请过了。”

“啊？你怎么知道我在哪个组？”

盛庭：“我打给了盛炀，他底下的人会处理。”

这个途径倒是简单高效，只是哪个员工请假会是从大老板那儿下达到部门的？那不等于告诉部门那些人，她上面有人？

瞧着她的神情有些复杂，盛庭问：“怎么了？”

初霜勾唇：“没怎么，谢谢。”

“给你请了三天假，好好在家休息吧。”

“三天？”

“嫌少？”

“也好，那这周过得还挺快的。”

上两天班就接着过周末，很好。

盛庭递过来一个暖宝宝：“贴着。”

看见暖宝宝，初霜想到昨晚睡得迷迷糊糊时小腹贴上的温暖，以及心绪最脆弱时那股强烈的悲戚与熟悉感。

男人侧身伫立于窗前，手里的杯子冒出热气，目之所及是接天连地无尽的白。

初霜细细凝视他的身形轮廓——黑衬衣下背脊挺拔，衣服下摆扎进裤头，长腿显眼，雪景衬得他清冷矜贵。

自己究竟是什么时候见过他呢？

在窗边喝完早茶，盛庭一回头便对上了某人一直未挪开的视线：“想喝茶？”

初霜轻咳一声：“没有。”

“天冷，你多睡一会儿。”

收了餐具，男人退出房间。

初霜在床上发了会儿呆，拉被子躺下，深呼吸，鼻间萦绕着清冷的香气，是独属于他的味道。

将被子拉过鼻尖，她眼睛一眨不眨地看着天花板，心尖有点热。

不久后，门外一阵窸窣声，她蓦地侧头看去——是小金毛。

“是你啊。”

金毛小跑进来，摇着尾巴在床边看她，前腿时不时扒拉一下床单，一副跃跃欲试想上床的模样。

“不行，”初霜出声拒绝，“你会掉毛的。这是别人的床，你不能淘气。”

生理期身体虚弱，昨晚的病也没痊愈，不久后初霜又感到困倦。

主卧的床确实比次卧的床柔软舒服得多，初霜这一整天都在醒醒睡睡中度过。

房间灯再次被打开时，她还在深度睡眠中，全然不觉已到夜晚。

盛庭在床边看了她一会儿，伸手探了探额头，还有些低烧。

将晚餐摆放好后，他才将她喊醒：“初霜，起来吃点东西再睡。”

她睫毛颤了一下，拉起被子将脸全蒙上，又沉沉睡过去。

盛庭停顿两秒，伸手拉开被子，露出她白皙的脸庞。

“吃好再睡，五分钟。”

她却一点反应都没给。

盛庭伸手捏住她的鼻子，不出五秒，被憋住的人凝眉扭头。

“醒了？”

初霜怔怔地看着面前放大的俊脸，反应了三秒才慢慢起身。

她不知道现在的自己是怎样一副凌乱的模样，秀发蓬松，双目空洞，有种睡到天昏地暗的迷茫。

“头晕吗？”盛庭低声问。

“晕，天旋地转。”

“先吃点东西。”

瓷碗里盛着香气扑鼻的灌汤包，初霜终于感觉到饥饿，不假思索便张开了嘴。

汤包并没那么快到嘴里，男人看了她一眼，才将食物送到她嘴边。

吃完第一个汤包后，初霜终于回过神来。

她刚刚那饭来张口的反应……为什么她下意识地张嘴等投喂？

她悄悄瞥了一眼盛庭，只见男人泰然自若、风轻云淡，似乎什么都不足以令他惊讶。

原来生病真的会影响反应能力，降低智商。

后知后觉感到尴尬，初霜伸手："我自己吃。"

"拿得动碗吗？"

初霜点头："拿得动……"

看着她吃完晚餐，盛庭开口道："药膳二十分钟后再吃。"

"噢。"

留下一句交代，他便进了浴室。

听着浴室里哗哗的流水声，初霜默默扫了一眼宽阔的大床。

又不是没有同床共枕过，她根本不紧张。

十分钟后，浴室门被推开，初霜让自己的目光坦荡自然，抬头看去——身高腿长的男人穿什么都好看，黑色睡衣质感极好，边缘洇湿贴肤，胸前肌肉线条明显，浴后整个人散发出的慵懒气场，既随性又不可冒犯。

盛庭看向她，薄唇轻启："晚上需要我照顾你吗？"

"今晚好多了，不用怎么照顾，我喝点药就没事了。"

男人点头："有事随时叫我，我就在隔壁。"

等他放了毛巾出门，初霜才反应过来他今晚不在主卧睡。

原来他刚刚问她需不需要照顾是这个意思——如果她需要照顾，他才会留下来。

盛庭会不会以为，她是不想和他睡一起才拒绝他照顾的？

…………

几天没进菜园，等初霜突然想起来时，外面的雪已经堆了两天，这么冷的天，那些小菜苗都要冻坏了。

大清早听说她要出去，袁姨吓坏了，正好看见下楼的男人，便告状："夫人说要去后园。"

盛庭看了一眼外面的冰天雪地，径直入座，波澜不惊地说："看菜？"

初霜微顿，说："嗯，我去看看菜苗冻死没有。"

"没死，有保温菜棚。"

“菜棚？”初霜疑惑，“是你让人搭的吗？”

“嗯。”盛庭慢条斯理地倒了杯牛奶，“坐下吃早餐。”

沉默两秒后，初霜在他对面入座：“谢谢你照顾我的菜园。”

他总是很细致。

“几天没看，菜苗有多大了？”

盛庭：“中指长度。”

“这么大了？”初霜语气轻快，“不久我们就可以吃小菜火锅了。我们南方很喜欢吃菜苗涮火锅，鲜嫩又有营养，你们会这么吃吗？”

“很少。”

“那等它们再长大一点，我们就吃小菜火锅。”

“好。”

盛庭发现她今天的话比以往多一些，神情也轻快不少。

“恢复得怎么样了？”

“好多了，身体轻盈不少，脑子也不昏沉了。”

吃完早餐，男人似乎没有要出门的意思，初霜问：“你今天不上班吗？”

“不上，陪你两天。”

安静片刻，初霜慢慢点头：“对了，你要吃柿饼吗？”

盛庭：“可以。”

“稍等。”

初霜去暖房取柿饼回来时，男人正在落地窗边接电话，初霜坐进沙发，拿起一个柿饼慢慢吃着。

柿饼香甜软糯，初霜吃完一个后去看盛庭，他还在讲电话。

他衬衫袖口微微卷起，露出一截结实的小臂，腕间手表折射出清冷幽光。

注视着他，初霜默默摸了摸项链。绿宝石触感冰凉，和他的表盘颜色很像。

初霜吃完第二个柿饼后，男人终于结束电话，迈步过来。

初霜递过早就挑好的柿饼：“尝尝好不好吃。”

盛庭咬了一口，像是在认真品尝：“确实甜，难怪你喜欢。”

初霜突然忆起领证那个午后，两人在咖啡馆，盛庭说不喜欢吃甜品，在一旁默默等她。

“你好像不喜欢甜食。”

“这种程度的甜还能接受。”

初霜牵唇：“那就好。”

吃了柿饼，初霜窝在沙发上看电视剧，盛庭戴了眼镜看报纸，两人难得有这样的相处时间。

两人都喜静，即便没什么交流，也并不尴尬，默契地维持着松弛而舒适的氛围。

看完两集电视剧后，初霜扭了扭脖子，眼睛悄然往侧面瞥去。

盛庭眉目清朗，银框眼镜架在鼻梁上，镜面反射冷光，显得人睿智而矜贵。

初霜的视线不自觉向下，停留在他扣得一丝不苟的衬衣领口上，往上一点便是喉结。

朦胧梦境里，她曾有过骇人举止——经不起深想，心口便发烫。

盛庭从报纸上移开视线：“无聊不无聊？”

初霜一顿。

“无聊的话，要不要下盘棋？”

“好啊。”

盛庭拿来棋盘，问她：“给你黑子？”

“好。”

黑子先行，有先着之利。

双方你来我往，开始布棋。

男人的棋风缜密，布局严谨，运子游刃有余，也不贸然进攻，二十多分钟过去，一颗黑子都没吃。

而初霜，一开始的布局便很随意，见招拆招，围攻白子也是随心所欲，偶尔吃掉一颗打断对方的布局，偶尔又兀自规划自己的阵营，看起来毫无逻辑，有点像刚学了一点皮毛、不懂深谋远虑的新手。

在她落下一子围堵掉自己又一枚棋子后，盛庭抬眼看她：“确定了？”

“嗯，落子无悔。”

初霜还是过于稚嫩，毕竟年龄也小，想事情太单纯。

男人布局完成，开始收网，黑子阵营死伤一片。

初霜见了也不急，倒像早已预料到，指尖摩挲棋子，开始布局。

时间一点一点流逝，白子缜密势众，棋盘上的黑子被攻散。

初霜一直很沉稳，这倒让盛庭多了点好奇。

不久后，他得到了答案。

之前他不放在眼里的黑子竟每一枚都有其用处，初霜将微小的优势逐步放大。之前她放弃全局上的稳定，适当牺牲，原来是留有后手。

白子几处陷落，盛庭睨着棋盘，嘴角微勾。

哪是什么稚嫩天真，她是洒脱通透，四两拨千斤。

她什么都懂。

黑棋胜，初霜终于露出如释重负的笑容：“承让。”

此刻的她眸子澄净，眼尾弧度恰到好处，目光清透又明媚，不复往日的清冷。

“棋下得不错，跟沈老先生学的？”

“对，跟外公学的。但我总是输。”

盛庭轻笑：“老先生棋艺高深精湛，教出来的自然也是高手。”

看着男人温和的眉眼，初霜愣了神，这还是她第一次看他笑。

他笑起来真好看，哪怕只是浅浅勾唇，那种如沐春风的感觉也足以令人恍神。

这时，她反应过来他刚刚那句话好像是在夸她。

初霜弯眸：“剑走偏锋才险胜你，跟你比还是班门弄斧了。除了外公，你是我见过下棋布局最缜密的人，胸有成竹，目观大局。跟你们下棋如履薄冰，每一步都绞尽脑汁，实在不易。”

“这么伤脑筋？”

“嗯。”

“那还下吗？”

初霜停顿一秒，斩钉截铁道：“下。

“虽然烧脑，但挺有意思的。”

“行，这次争取让你赢得轻松点。”

他刚伸手去收棋，手机嗡嗡振动，有电话进来。

初霜安静地等他接电话，片刻后男人敛了神色，看向她。

初霜看懂了他的眼神，轻声道：“你有事先忙，有时间再下。”

盛庭点头，边接电话边上了楼。

客厅安静下来，初霜凝视着棋盘，拿手机拍了张照。

她转头看窗外，鹅毛大雪纷纷扬扬，地面积雪又深了些。

从她这个位置看出去，外面的世界银装素裹，极有意境。

给雪景也拍了张照片，她更新了朋友圈：“雪天与棋盘的适配度100%。”

袁姨端来热乎乎的羊奶茶和小点心，初霜吃了些，便躺在沙发上看雪景。

原来北方可以连续几天下这么大的雪。

初霜的家乡桂云是南方水乡，冬季没有多少雪，薄薄铺一层在地面，很快就无影无踪。

等病好了，她一定要约盛瑶出来打雪仗。

冷天容易犯困，反正清闲，她便安心睡了过去。

其间有人给她盖毯子，那人身上散发着冷冽的雪松香气，很好辨认。

再醒来时，客厅只她一个人，她下意识地看了一眼手机，下午四点。

她点进微信朋友圈，下面多了不少点赞与评论。

她一一简单回复，直到看见大表哥沈鹤如的评论：“好精彩的棋局，白子布局巧妙至极，黑子可惜了，差点就能赢。”

初霜带着疑惑再去研究棋盘，看细节才知她根本没赢。

这盘棋，乍一看是她赢了，其实她才是被牵制的那方。

初霜愣怔许久。

盛庭是知道结果的，却没拆穿。

无论从哪个方面来讲，他这盘棋都赢得彻彻底底。

看棋如看人，真有意思。

整理好毯子，收拾东西上楼，她习惯性地走到次卧门口，才恍然反应过来，转身去了主卧。

变色玫瑰插在床头柜的花瓶里，娇贵艳丽，随便一瞥也赏心悦目。轻轻朝花心吹了口热气，花瓣受热变蓝。凝视着眼前的绮丽色彩，初霜缓缓勾了勾唇。

她拿了床头的一本书，趴在云朵般柔软的大床上，好心情地晃着脚丫子，拜读他读过的书。

这本书有点深奥晦涩，她又困了。

盛庭忙完去楼下寻她，发现人已不在，走至主卧，一眼便看见酣眠的人。

初霜手里还拿着他那本罗尔斯的《正义论》，他俯身拿过书籍，看到她正在看的第一章。

“正义是社会制度的首要价值，就像真理是思想体系的首要价值一样……正义的对象是社会的基本结构，即用来分配公民的基本权利和义务，划分由社会合作产生的利益和负担的主要制度……”

男人轻嗤一声，合上书放回原来的位置。

倒是难为她了，看着看着居然都睡着了。

他垂眸端详她白皙的脸庞，睡颜安然平和，一副无忧无虑的模样。

盛庭有点好奇，人怎么能有这么多瞌睡，不分时间地点，想睡便睡了——倒是个令人羡慕的能力。

这两天她大部分时间在睡觉，看来生病确实让她不太好受。

见她睡得安稳，盛庭没叫醒她，拿着《正义论》去了沙发。

初霜一觉睡到自然醒，侧着脸的缘故，她一睁眼便看见了端坐在沙发上的男人。

男人手指白皙修长，面容宁静，正在看那本晦涩的《正义论》。

初霜目光茫然地静静打量他——眼睛真的好漂亮，鼻梁高挺，淡朱色的薄唇……这些组合在一起，看上去禁欲又淡然。

盛庭看着书，眼睛都没抬，薄唇微启：“醒了就下楼吃饭。”

初霜微愣，起身问：“你忙完了吗？”

“嗯。”

放了书，盛庭走过来，目光投到她脸上时停顿住。

初霜疑惑：“怎么了？”

“脸上有印子。”

初霜如临大敌般捂住脸，跑进浴室一看，左脸微红，似乎是睡觉时压到手上的银镯子了，有一道浅浅印记，看起来有些滑稽。

这个形象看起来一点都不聪明，她懊恼地揉了揉脸。

门外男人沉稳的嗓音传来：“收拾好就下楼。”

“好。”

洗了把脸，等那印子消了，初霜才起身下楼。

下午那会儿，初霜接了个单，给人设计情侣头像，吃完饭，她拿了平板便在客厅开始工作。

客户说喜欢《犬夜叉》里面的杀生丸和玲这一对情侣形象，初霜搜集整理了好多人物图才开始着笔。

今天她状态不错，不到两个小时就已经将线稿勾勒完上好色，她扭了扭微僵的脖颈，心想细节还是等明天再琢磨好了。

回房途中，她正好遇到从健身房出来的盛庭。

他脖子上挂着条毛巾，濡湿的黑发被随手撩了上去，露出白皙的额头与俊朗的眉宇，五官给人更直观的冲击。

更不用说他的身体是那么健康而富有力量感，宽肩窄腰，肌肉匀称完美，体态上的美感是很多健身人的终极向往。

这么高大的一个人，尤其刚刚运动完的男人，只是往眼前一站，莫名的压迫感便扑面而来。

他走近时，初霜暗暗咽了口口水：“你去健身了？”

“刚结束。”

她笑：“好习惯。”

他一看就是经常健身的，怪不得身材管理得那么好。

盛庭见她抱着平板上楼，问：“你忙完了？”

“没。一晚赶不出来，打算明天再继续，想休息了。”初霜平视只能看到男人的下颌，离得近了，他身上那股冷冽气息钻进她的鼻间，“晚安。”

“晚安。”

推开主卧房门，要踏进去的前一秒，鬼使神差地，初霜扭了扭脑袋，又瞥了一眼走廊里男人的背影——背脊好直，像棵雪松。

在主卧睡了几晚，每天起床后她都会把房间整理回原貌，她总有种占用别人房间的拘谨。

跟盛瑶聊了会儿天，初霜去浴室洗澡，洗完才想起这边没有睡衣。看见柜子里的浴巾，她直接裹上，便打算去次卧取衣物。

推开浴室门，她的身子小幅度抖了一下，整个人定在原地一动不敢动。

看着端坐在沙发上的男人，初霜的脑子有片刻宕机。

盛庭已经看过来，他凝视她两秒，淡淡启唇："洗澡了？"

他越是气定神闲，初霜耳根越烫，又带着做错事被抓包的心虚。

"几天没洗澡，实在是受不了了。"

男人眸光冷静："你自己什么日子，自己不知道？"

揪着浴巾，初霜话说得很没有底气："我觉得好得差不多了才洗的。"

空气凝固，瞥见她身上单薄的浴巾和微湿的乌发，盛庭开口："不冷吗？还不过来穿衣服。"

她低低说了声："衣服在次卧，我过去拿。"

"自己把头发吹干。"话落，男人已经起身出门。

停顿两秒，初霜才插上吹风机吹头发。

盛庭再回来时臂弯搭着好几套睡衣，都是长衣长裤保暖型的。

他将衣物放在床上："换上。"

初霜挑了一套烟青色的睡衣去了浴室，剩下的几套被盛庭挂进了衣帽间。

在浴室平缓了心跳，对镜整理好头发后，初霜才推门出去。

"过来把这个喝了。"

桌上赫然放着一碗淡红褐色的汤水，原来他是来送汤的。

端起喝了一口，猝不及防被浓烈的姜味刺激到，初霜猛然咳起来，问："这是什么？"

"红糖姜茶。"

初霜打小就不喜欢姜，闻言眉心皱起，犹犹豫豫半天，也张不开嘴喝第二口。

身旁的男人视线灼灼，踌躇半晌，她道："我不喜欢姜汤。"

她眼里拒绝的意味明显。

盛庭黑眸沉静，睨着她皱在一起的眉头，缓缓动唇："再难喝也多少喝点。"

听着他公事公办的口吻，初霜低头看着姜汤，无言以对。

在沈家时，家人知道她不喜欢姜，饭菜里从来不会出现姜，也没人会逼她吃不喜欢的东西，哪怕是以为她好的理由。

可盛庭毕竟不了解她，也确实是出于关心。

她屏住呼吸一口气喝下大半碗，只觉喉咙辣辣的，连天灵盖都好像充斥着辛辣姜水味，红糖再甜也掩盖不住。

她白皙的小脸皱在一起，看着确实不喜欢姜汤。

盛庭不知从哪里变出一小包蜜饯："压一压。"

初霜接过。

袋子里浸着蜜的果子们饱满莹润，她挑颗枣子放进嘴里，满口都是果香与蜂蜜的甜。

"还喝吗？"

初霜摇头。

盛庭接过她手里的碗，将剩下那点汤喝了。初霜看得呆愣，下意识地给他递了颗蜜枣。

男人接过："这几晚睡得还习惯吗？"

"习惯的，我不怎么认床。"

"主卧比次卧舒适，以后你就在这边住吧。"盛庭拿着碗起身，"早点休息，晚上别玩太久的手机。"

"嗯。"

初霜去浴室漱了口，爬上床，刚好黎冰冰发了条消息过来："好东西一起分享。"

她紧跟着发来了一个短视频。

视频中的男人上半身没穿衣服，在床上做俯卧撑。

黎冰冰："啊啊啊！看他手上的青筋，紧绷的腰腹，发达的肌肉，这谁看了不迷糊。"

初霜看了，发现这个男人身材确实不错，在网上获得了几十万点赞。

"锻炼得不错。"

黎冰冰又发了一条视频过来。

视频里的人和之前视频里的是同一个人，地点换成了山间小溪边。男人穿着中式薄衫，衣襟湿透，腹肌袒露，拍得很有韵味。

"看这男人的身材，肌肉线条绝了呀，这宽肩，这窄腰……"

后面一串虎狼之词，把初霜看得大惊。

黎冰冰："啧啧，嫁作人妻的人了，还这么纯情。不过你这身娇体软的，还吃得消吗？"

凝视着这行字，初霜想到盛庭，脸颊滚烫。

男人由内而外散发着清心寡欲的气息，对这方面似乎不开窍。结婚两个月，他总是克制守礼，只对她尽到丈夫的责任，其他的不干涉、不强求，给了她应有的自由与尊重。

一个男人对女人有没有意思其实很容易看出来，盛庭的目光总是无波无澜，他对她没有什么男女之情。

今晚她衣衫不整地从浴室出来那会儿，盛庭眼神不避让，依旧很坦然。

缓缓摸了摸心口，初霜说不清这是一种什么感觉。

她看见床头的蜜饯，拿一个放进嘴里，还是好甜。

黎冰冰的话她没法接，说了晚安后便熄灯睡觉。

梦里光怪陆离，她一会儿梦到青年时期的盛庭，一会儿梦到她还没跟顾隋分手，两人逛街时被盛庭看见，随后画面一转，停留在伸手不见五指的房间。

男人的气息侵占鼻腔，初霜认出来这是主卧大床。

她稍稍动一动，发现手腕被压制住，黑暗里男人的面容看不清晰，只有清冽的木质香扰人心智。

# 第五章

Qing Shan Si Yu

耳后有温热的东西贴过来，初霜抖了抖身子，嗓音微颤：“小叔？”

盛庭闻言，情绪不明地轻嗤一声：“小叔？你是随盛瑶叫的，还是随盛炀叫的？”

什么意思？

男人低沉的嗓音响起：“喜欢盛炀？”

初霜察觉到危险，摇头如拨浪鼓：“不，不喜欢。”

男人的长指掠过她的眉眼，顺着鼻尖往下，落在娇嫩的唇瓣，轻按。

“叫我什么？”

心狂跳不止，梦里热得要命，那两个字到了唇边，却怎么也叫不出口。

这似乎在男人的预料之中，他并不恼，反而用行动替代言语，动作强势不容拒绝：“履行一下妻子的义务吧。”

初霜猛地咬唇，脑子陷入混沌。

翻云覆雨的场景很模糊，乍一睁眼，洁白无瑕的天花板出现在眼前。

三秒后意识到做了什么梦的初霜将脸埋进被子里，脚趾蜷缩，喘着粗气，好半晌也不能让自己冷静下来。

洗漱好一推开门，她迎面遇到上楼的盛庭。

看见她，男人步子停住：“比想象中醒得早。”

他端着杯牛奶，穿戴整齐，宝蓝色领带往上是凸起的喉结。

梦里旖旎的景象浮现，初霜迅速移开眼：“我要上班嘛，所以不会睡过头的。”

盛庭将牛奶递到她手里："还以为你忘了。"

原来他是上楼叫她起床的。

跟在他身后下楼，初霜抿了一口牛奶，心境却不如面上平和。

早餐有水晶紫薯糕，看着喜人，口感Q弹。

初霜用餐习惯一向很好，安安静静，不挑不拣。只是今天，她安静得过分了，全程垂眸看碟子，单单盯着一个糕点吃。

察觉她的异样，盛庭出声提醒："吃点别的，别只顾着吃这个。"

"好。"

她夹了就近的蒸饺放进口中，低眉顺眼，小口小口地咀嚼起来。

注视良久，盛庭慢慢抿了口茶。

用餐完毕，余光见他往身边走来，初霜刚要起身，额头蓦然传来温热的触感。

她抬头看他。

盛庭浓眉微蹙，神色认真，探她额头的手移开，又煞有介事地摸了摸自己额头。

"身体还是不舒服吗？"

四目相对，初霜眼前闪过某些不可描述的画面，同一张脸，梦里那位太让人招架不住。

微微偏开头，她尽量让自己看上去平静坦荡："可能还有一点虚，不过没事，我身体底子好。"

"还要不要去上班？"

"要。"

凝视她片刻，盛庭点头："我送你。"

"噢，等等，我去厨房带点红糖燕窝。"

她用盛庭送的那只保温杯装了红糖燕窝，盛庭见了，询问："消过毒没有？"

"袁姨消过毒了。"

庭院里积雪已被清扫，地面仍湿滑，初霜一个不察，脚底打滑，多亏男人眼明手快扶住了她。

盛庭只微微侧过头道："小心。"

他就这么拉着她，越过庭院，迈过门槛。

坐上迈巴赫后座，初霜将包包放在身侧，左手手腕微僵，仿佛还留有他掌心的余温。

他掌心温度好高。

车窗外皑皑白雪与枯木不断退后，下过雪的帝都变了个样子。

初霜看得专注，努力忽略身侧人对自己的影响。

直到脖颈有点僵，她微微转回头，发觉男人正闭目小憩。

卸下伪装，她微不可察地呼了口气。

视线里，他的手指修长，腕骨很漂亮，墨绿色手表低调奢华。她的目光试探着往上——玄黑衬衫藏不住强劲的腰身，薄唇抿成一条线，极致冷静。

梦里那些炽热的画面太露骨，反差感来势汹汹，让她无地自容。

初霜啊，初霜，实在有失雅正。

盛庭睁眼时已经快到风筝动漫公司大楼，他问初霜几点下班。

“五点半。”

男人想了一下，交代道：“可能要等十来分钟，五点四十分我来接你。”

“好。”

下了车，初霜站在路边跟他挥手：“拜拜，路上注意安全。”

盛庭应了声：“进去吧，天冷。”

下班时间一到，办公室里的同事就走得差不多了，初霜转头看窗外，发现竟又下起了雪。

已经五点四十分，手机静悄悄的，盛庭还没到。

“到了给我打电话。”编辑好信息发过去，初霜抱过抱枕准备小憩一下。

分针走了半圈，迷迷糊糊间有人拍了拍她的肩膀，她睁开眼，先是看见笔直的长腿，往上是男人挑不出瑕疵的脸。

“电话也不接。”盛庭居高临下地看她，她白皙的脸庞染着些淡粉，疑心她又发烧，他伸手探过去，“怎么懒洋洋的？”

初霜清醒了，直起身子：“你怎么上来了？”

“来看看你是不是晕倒在公司了。”

这话有点开玩笑的成分，初霜无声地笑了一下。

“不至于。”

外面的雪又积起一些，从大厦走向车子的这一小截路，初霜吹了点寒风，感觉到刺骨的冷。

坐进暖融融的车里，初霜搓了搓手：“北方冬天太冷了。”

男人闻言，将空调热风开大一些：“你从小在南方长大，难适应这里的天气很正常，第一次遇到酷寒天就生了这场病。”

沉默两秒，盛庭开口：“也是我粗心。”

“没有的事，”初霜感觉盛庭把她想得太弱不禁风，这种小病喝点热汤、睡几觉就能好，她并不放在心上的，“我从小爱锻炼，身子骨好得很，大病没得过，小病休息一下就能好。况且……你最近也照顾我挺多的。”

见车子走的不是回家的路线，初霜微惑：“要去哪儿？”

“老宅那边说要吃冬天的第一顿涮羊肉，你侄女早几天就在催我带你过去了。”

初霜眼睛亮了：“涮羊肉呀？听说你们帝都的涮羊肉很正宗，但一直都没尝过。”

想到吃的，她的饥饿感更甚。

盛庭余光瞥见她暗暗抚胃的小动作，问：“饿了？”

“有点。”

打开后座的车载保温箱，盛庭拿出一瓶温热牛奶，又从旁边的储物箱里取出两块巧克力，说：“先垫一垫肚子。”

看见巧克力，初霜微微分神——盛庭是不喜甜食的，怎么会在车里备着这个？该不会是为了她吧？他好细心。

插进吸管，初霜喝了一口牛奶，明明是纯牛奶，初霜却感觉甜进了心里。

他给的两块巧克力都很大，初霜只撕开一块巧克力的外包装，掰下三分之二吃掉，剩下的吃不下了。

她朝盛庭道："你吃吗？"

巧克力这类甜品他可能也不感冒，所以初霜问得很轻。

"吃不下了？"

"嗯。"

盛庭拿过巧克力，把剩下那三分之一放进嘴里，表情波澜不惊，也看不出讨不讨厌。

"甜吗？"

"齁甜。"

初霜蓦地轻笑，男人侧眸注视，她轻咳一声，敛了表情，转头去看窗外的雪景，嘴角一路上也没下来过。

抵达老宅，司机取了黑伞递过来，盛庭执伞，带着她越过前庭。

簌簌白雪落得散漫，伞下空间狭窄，身体偶尔相触间，初霜忆起初次见面时他也是撑着这样一把黑伞，徐徐走进她朦胧的视野之中。

"小婶婶！"在门口等着的盛瑶一身绛红改良旗袍，腰肢盈盈一握，笑靥明媚，好一朵人间富贵花，"你身体好些了吗？"

"完全好了。"初霜细细打量她的旗袍一番，忍不住称赞，"这身衣服好衬你，新买的？"

盛瑶扬眉："新中式风格，好看吧？"

"过于惊艳。"

盛瑶笑意盎然，挽着初霜的手进屋："等了一个月，我昨天才去韵衣坊取的。给你也做了一身。"

"我的？"

盛夫人温柔地笑道："你的身段跟瑶瑶差不多，她说想给你个惊喜，便用自己的尺寸又做了一身。你去楼上试试，看合不合身。"

初霜这身旗袍是天青色，腰身收得极好，凤仙盘扣与白润珍珠成点睛之笔，一上身，美得不可方物。

"腰收得好紧呀。"她掐着腰侧软肉照镜子，与盛瑶的目光在镜子里对视上，"还行吗？"

盛瑶抱臂倚在衣柜边，思量半晌，红唇轻启："我猜到了这衣服适合你，也知道你美，穿上势必惊艳，但这……"

真正看她换上，还是会被她的美貌折服，盛瑶不得不感叹："小叔真的好福气。"

两人一齐下楼，还在楼梯上便被客厅的盛夫人先看到，她忍不住感叹："哎哟，原先还怕以瑶瑶的尺寸做的会不合适，没想到这简直是量身定制的。"

盛庭闻言抬头，看见款款下楼的人——黑发如绸，玉骨冰肌，天青色旗袍尽显柔美曲线，风姿清雅，宜室宜家。

这旗袍穿在她身上何止好看。

初霜知道盛庭在看她，微敛着眉随盛瑶下楼。

还没开饭，盛瑶拉着她一起玩游戏。

两人第一次组团，彼时盛瑶还不清楚初霜的实力。

"小婶婶，上，干掉东南方草丛里那个。"

初霜晕头转向："东南方……哪里有草丛来着？"

眼见屏幕里的人往相反方向走，盛瑶疑惑："你回去加血吗？"

被及时提醒，初霜终于找对方向："我看到那个草丛了，这就去把他打趴。"

盛瑶的眼神从手机上移开："他已经走了。"

"噢，走了吗？"

"没事儿，你跟在我后面，我们一起去打大BOSS捡装备。"

初霜超认真："嗯！"

"我对峙，你偷袭，火力要开猛，速战速决！"

"OK！"

两人你一句我一句说得兴奋，这边喝茶的几人也被她们吸引了目光。

"小婶婶，就是现在。"

"来了。"

初霜加技能开大炮火，雄赳赳气昂昂地冲过去，对准目标就是一击——盛瑶倒吸了一口凉气，手指的动作僵住，整个人不可置信地盯着屏幕，半天说不出话。

反应过来的初霜也愣住了。

盛夫人看得直乐，问盛瑶怎么了。

盛瑶看着初霜，还没从震惊中回过神，不可置信道：“小婶婶……”

初霜虚虚握拳咳了声，心虚又忍俊不禁：“抱歉啊，瑶瑶，太久没打游戏了，我都说我打得不好，你偏不信……”

“你都四星了，不应该这样啊。”

“其实，这号的等级是冰冰帮我刷起来的。有段时间她被限号，我的号就借给她玩了，还回来时已经是四星。”

四目相对，盛瑶呆了几秒，握起来的拳头又无力地松开了。

这人是小婶婶，况且是她硬拉着人家一起玩的。

盛夫人早看出来她心里那些小九九——但凡换成别的朋友，自家这小辣椒可能早就爆发了。

“到底怎么了？”

“说好的一起打BOSS，小婶婶搞错炮火方向，把我轰了。”

盛瑶这话有点告状意味，幽怨的目光看向盛庭。然而瞥见对方平静黑眸的一瞬间，她敛了神色，坐直了身子，移开视线。

“抱歉，抱歉，”初霜是真的被戳到笑点，又不敢笑出来，“我以后会好好练技术的。”

“游戏而已，没事，没事，人都会有失误的时候，哈哈。”盛瑶哪还敢有什么怨言。

“好了，不玩了，先吃饭。”

盛夫人一喊，初霜便放下手机过去，坐在盛庭旁边。

他正在做蘸料，见她过来了，便问：“能不能吃辣？”

“能的。”

将做好的蘸料推到初霜面前，盛庭夹了一片煮好的羊肉放进去：“试试味道。”

初霜尝了一口，眼睛亮了：“好吃。”

男人点头，这才去调自己的蘸料。

刚开饭没多久，盛炀回来了。

看见盛庭他们，他礼貌地点头：“小叔，婶婶。”

初霜勾唇：“你来得正是时候，快过来吃饭吧，我们也才开始没多久。”

“好，我先去洗个手。”

身侧有道清冷嗓音响起，盛庭问：“喝什么？”

初霜回头：“可乐。”

男人往杯里倒了可乐，取支筷子搅掉气体才推给她。

她抿了一口，一点也不辣舌头。

吃的大锅涮羊肉，盛庭一直在往初霜的盘子里夹肉，席间的体贴入微没逃过别人的眼。

盛夫人调笑道：“盛庭原来是个疼老婆的，这细节和觉悟，你大哥怎么就不一样呢？还是咱们阿霜有福气。”

初霜微顿，只是笑。

被老婆点名，盛先生好脾气地给盛夫人盛了碗汤：“冬天喝羊杂汤，补身子。”

盛夫人摇头，对初霜吐槽：“不过兄弟俩这一板一眼不多话的性子倒是像。”

初霜失笑。

“要喝汤吗？”盛庭补充了一句，“没姜。”

“那要半碗吧。”

“嗯。”

从盛庭手里接过汤碗，初霜礼貌地轻声说了句谢谢。

见这边琴瑟和鸣，盛瑶碰了碰盛炀的胳膊：“看到没，学着点，小叔多会疼媳妇儿。”

盛炀点头：“看到了。”

吃到一半，盛瑶手机里进来了一条消息，她立马起身上楼。再下来时她拿着外套和包包，妆容似乎也补过，一副要出门的样子。

盛夫人：“这就吃好了？去哪儿啊？”

盛瑶回答得支支吾吾：“见个朋友……”

“这大冷天的，怎么约在晚上见。开车小心点啊。”

“知道。”

人走后盛夫人嘀咕：“这孩子最是懒散，什么时候有那么重要的朋友，大雪天说见就去见了？有猫腻。”

晚餐后一大家子看着电视聊了会儿天，一晃眼过了九点。

初霜好几次看向挂钟，在担心夜路不好走。

盛庭却端着茶，不疾不徐地还在跟盛先生聊天。

难道他本来就不打算回去吗？

“阿霜困了吗？明天还要上班，困了就先上去睡吧。”

被盛夫人这么一提，初霜也不好再多说什么，起身便上楼。

留在老宅的话，就要跟盛庭同床共枕了。

这么一想，她心跳有点快。

进了盛庭的房间，初霜先去洗澡，吹完头发出来时，男人已经在房里。

“刚刚有人给你打电话。”

她走过去拿起手机一看，是黎冰冰打来的。

电话没接通，黎冰冰又发了消息，约初霜周末一起去看演唱会。

国宝级歌手季筠老师的返场演唱会，一票难求，黄牛票更是炒出天价，冰冰说她有两张票。

懒得打字，初霜直接发了语音：“好啊，我也很喜欢季筠老师，之前忙于学业一直没机会去他的演唱会，听说他的现场氛围超好。那我把周末的时间空出来，我们一起去。”

盛庭出声：“周末要去看演唱会？”

“嗯，冰冰正好有票，去看一看。”

手机振动两声，陈嘉州发来消息：“先生，冰雪世界的门票已经订好了。”

盛庭用长指敲字：“暂时不用了，先取消。”

初霜已经爬上了床，“很认真”地在跟黎冰冰聊天，男人看了她一会儿，脱外套起身，准备去浴室。

不经意抬眼，正好看见他扯领带的瞬间，初霜怔了一瞬，然后默默看了一眼床。

这床比清御园主卧那个床要小太多。

那边黎冰冰还在饶有兴致地跟她分享帅哥视频，她点开看了几个，什么类型的都有，但凡帅的冰冰都喜欢。

初霜却对这些没有什么兴致，手机里的白衣少年和西装男不是太青涩就是用力过猛。

她脑海中浮现盛庭刚刚随手解领带的动作，随意又冷漠，不经任何设计，性感浑然天成。

十分钟后，浴室门被推开，人还没出来，初霜便先睡下。

房间里只开了床头灯，盛庭放了毛巾，似乎犹豫片刻才迈步过去。

他的脚步近了，他掀开被子，上来了……

初霜放在被子里的手下意识地攥紧。

盛庭垂眸，发现她闭得过于紧的眼皮在微微颤抖。

他也不急着躺下，就这么好整以暇地看着她。

某人被子里的手越绞越紧，面上的从容快要撑不下去。

寂静里，男人轻嗤一声："你很怕我？"

初霜心里一紧，知道再装下去显得太假，于是慢慢睁眼。

男人居高临下地凝视她："紧张什么？"

微微抿唇，初霜声若蚊蚋："是个人都会紧张。"

"怕我吃了你？"

盛庭微微俯下身子，这个姿势让初霜能看清他脸上所有细节，当然，他也看见了她脸上不明显的霞粉。

四目相对，呼吸纠缠，气温升高。

初霜睁着清润的眸子静静与他对视，一句话也不敢说，怕开口就会打破这份堪堪维持住的平静。

盛庭用目光描摹她——美目清透，鼻尖小巧，五官精致立体。

她抿着红唇，就这么专注又小心地看着他。

一片平静的心湖微微起了点波澜，好像有什么东西在空气里发酵了。

"初霜。"

“……嗯？”

盛庭慢条斯理地开口：“我们是什么陌生人吗？”

“不是……”

男人用食指轻抬起她的下巴，眯着眼细细观赏一秒，而后俯下身。

初霜心跳如擂鼓，呼吸暂停，画面定格。

清冽的雪松香直入肺腑，男人的气息来势汹汹，丝毫没有给她反应的时间。

这可是她的初吻。

她连一点心理准备都没有。

看着她整个人怔住的样子，盛庭嘴角微勾：“别怕，不会欺负你。”

初霜眨了好几次眼，揪着被子盖到肩头，脸上莫名多了点傻气。

盛庭关灯躺下，女人清幽的发香若有若无地传过来，这种感觉与一个人睡时相差很大。

黑暗中，初霜悄悄顺了顺气，指尖摸到唇瓣，电流蹿上心尖。

猝不及防的初吻，难以诉诸语言——但感觉……还不错。

周六晚，初霜和黎冰冰准时进入举办演唱会的体育馆。

她们的位置在前排贵宾区域，这边有个T型舞台，据说互动环节季老师会走到这边来，到时候可以近距离看他本人。

冰冰兴致不错，带来应援灯牌和发光小发箍，倒是惠及了初霜这个两手空空的人。

蓝色发光应援发箍戴在头上，与偌大会场的浩瀚蓝色融为一体，初霜也有了几分归属感。

季筠老师一出场，场馆气氛高涨，几首歌曲唱进人心里最柔软的地方。

不愧是华语乐坛的中流砥柱，旋律中承载的都是歌迷们的青春。

当大家整整齐齐跟着唱的时候，初霜没忍住被感动了一把，回头一看黎冰冰，她这个铁杆歌迷早眼泛泪花。

“阿霜，这可是我的青春啊。”

点滴汇聚而成的蓝色汪洋里，闪烁着的每一抹微光都是赤诚热爱。

中场休息时，初霜的手机进来了电话，是一个陌生号码。

“喂，你好。”

“久蓝国际602的住户吗？”

周遭声音嘈杂，初霜将手机听筒贴到耳边：“你稍等一下啊。”

她艰难地退出人群，其间那边的人一直在说话，听起来语气有点急，她偶尔听到什么“火了”之类的话。

“不好意思，刚刚有点吵，麻烦重新说一遍。”

刚入场的男人脚步顿住，顺着声源看过去——美人戴着幽蓝色应援发箍，微弱的光芒勾勒出她立挺的五官。

开了免提的手机传出对方的声音：“不得了了，好大的火，你快过来看看吧。”

初霜愣怔一秒，问：“我的房子起火了吗？怎么回事？”

她上次去的时候把所有电器都检查过才走的，不应该会起火啊。

“谁知道是怎么起的，你赶紧过来看一看吧。”那头的人比她还着急。

挂了电话，初霜打给黎冰冰，那边很快接通。

“冰冰，我要回一趟久蓝国际。”

黎冰冰扯着大嗓门：“什么？”

初霜的声音也提高了几分：“我的房子着火了，我先回去了。”

“听不清，等你回来再说……快，快，季筠回来了。”

初霜改为发消息，不紧不慢发送完才收了手机。

她迈步走到出口，中途与一个戴着鸭舌帽的人擦肩而过。

看着她的背影，韩震昊眼里兴味盎然——自家着火了都这么淡定，这温暾的性子倒是有趣。

上次她追着炒饭跑，比今天家里着火了显得更着急。

这么久都没再看见她，他还以为遇不到了呢。

初霜打车到久蓝国际时，楼下已经聚集了好多人，消防员正在灭火。

看着熊熊火光，耳边是嘈杂人声，初霜终于有了点紧迫感。

原来是五楼住户家里起了火，火势蔓延着烧到了六楼。

看着滚滚浓烟，初霜有点庆幸自己今晚没住这儿。

在消防员们专业的救援下，火被扑灭，因疏散及时，所以没有人员伤亡。

火灾后的现场会有安全隐患，今晚也不能上去看看房子的具体情况，配合着工作人员填了些相关信息后，初霜准备打车回清御园。

她一掏包，哪里还有什么手机，停在原地想了几秒，可能落在刚刚乘坐的出租车上了。

她刚转身去路边准备打车，迎面驶来一辆迈巴赫。

这个车牌号……是家里的车。

近了，她果然看见驾驶座上男人硬朗的面庞。

这个点很晚了，初霜有点惊讶："你怎么过来了？"

盛庭下车，视线将她从上到下扫了一遍，见人安然无恙，才开口道："听说这边失火，怕你有危险。"

初霜眉眼弯弯："没有危险，我本来在看演唱会呢，是接到电话才过来的。"

"还好起火时间不在深夜。"看着被烧成黑窟窿的几间房子，男人下意识地皱眉。

如果是深夜发生火灾，而初霜听完演唱会为了图方便顺道来这边过夜，那后果不堪设想。

"以后别来这边住了，太不安全。"

看见她头上的发箍，盛庭问："还回去听吗？"

"不去了。等我到了，估计演唱会也快结束了。"

"那回家。"

"好。"

坐上副驾驶，初霜侧头跟他借手机："我的手机可能落在出租车上了，我打个电话试试。"

初霜接过他的手机，点进拨号界面，开始输自己的手机号，刚输完前三个数字就有保存的联系人跳出来。

最上面那个联系人的备注只有一个字：妻。

妻。

她的心尖似乎被人拨了一下。

凝视着这个字，初霜恍惚片刻，才点击拨号。

电话很快被接通，那头是中年大叔的声音。

“你是找手机的吧？”

“对，对，是我，我是刚刚的乘客，手机好像落您车上了。”

“我猜到了。我现在已经休息了，你要是不急的话我明天给你送过去。”

初霜：“不急，那您明天经过久蓝国际的时候帮我放在物业那儿就行，谢谢。”

挂了电话，初霜把手机还给盛庭。

车内太过静谧，男人率先开口打破沉默：“演唱会怎么样？”

“很棒，歌迷们好热情，现场氛围蛮让人感动的。冰冰还听哭了，她喜欢季筠老师十几年了，以前因为忙于学业去不了演唱会，这次算是实现了心愿。”

盛庭抽空看她一眼：“你也喜欢？”

“算是路人粉吧。季老师可是引领华语乐坛的音乐人，有才华，作风正派，应该没有人不喜欢他。”

初霜看着窗外，看到卖烤冷面的小吃摊，问：“可以停一下吗？”

盛庭将车停下，初霜噔噔噔地跑到那边，不一会儿就捧了些吃的回来。

下去一趟沾染了些寒气，一上车她搓了搓手：“外面好冷，这些叔叔婶婶这么冷的天还在外面卖东西，太辛苦了。”

拆开食盒戳起一颗丸子，初霜的目光状似无意地移到专心开车的人脸上，犹豫两秒她才轻声问：“要吃一个吗？”

男人侧眸，看见她手里的丸子，问：“这是什么？”

“章鱼小丸子，很好吃的。”看着他的侧脸，初霜抬手伸过去，“你尝尝。”

开车的人目光下移，还是张开嘴吃了。

初霜完成任务般松了口气：“好吃吗？”

“好吃。”

她勾唇，戳起一个丸子放进自己嘴里。

丸子外酥里嫩，味道很好。

“再来一个吧。”

就这样，在男人的默许下，初霜边吃边投喂他。

果然，东西还是分享着吃最香。

吃完小丸子后，她又打开烤冷面，照样吃得津津有味。

瞥了一眼她一脸满足的模样，盛庭嘴角微挑。

小朋友似的。

清早初霜开车去拿自己的手机，顺便把公寓的事处理好，等到那边时，才发现屋子里已经有人在收拾。

六楼火势没有五楼那么严重，但家具也都被熏黑了，必须全部清理出去，墙壁和地面也得重新清洗、粉刷。

看着进进出出的家政人员，初霜给盛庭打了个电话：“我看公寓里已经有人在打理，是你让人过来的吗？”

男人嗓音沉稳：“嗯。等重新装修完，最快也得半个月，这段时间你就住家里，以后偶尔想住过去再说。”

“好，”初霜捏着手机，轻声细语，“谢谢你。”

“对了，有没有损失贵重物品？”

“没有，我放在这边的东西不多。你今天也有工作吗？”

一早就不见他，周日他也难得休息。

“早上有个会议，已经忙完了。”

“那你要回来吃午饭吗？”

电话那头停顿两秒，说：“不回，下午要去见个朋友。你要不要过来玩？”

既然是去见朋友，男人的场子，初霜也不好参与：“不去了，我想在家窝着看电视。”

“好，你开车回去的路上注意安全。”

既然盛庭已经找人给她解决问题，她也乐得清闲。

她刚发动车子准备打道回府，车窗就被人敲了一下，她降下车窗。

车外站着的男人戴着鸭舌帽，轮廓硬朗，有点雅痞。

初霜点头："你好。"

"抱歉啊，打扰您一下，"韩震昊指间夹着烟，口音是地道的京腔，"我那车没油了，走不动，想向您讨点儿油，不知方便吗？当然，不会白要您的。"

初霜顺着他示意的方向看去，只见不远处停着一辆科尼赛克，车牌号是8888。

回头查看了一下油箱里的油，还很充足，初霜说："可以，但我这儿没有抽油管。"

韩震昊勾唇笑，灭了烟："我那儿有。"

他取抽油管过来时，初霜也下了车，他抽了一瓶汽油。

"不够的话再多抽点，油箱里还有很多。"

"够了，能开到前面的加油站就成。"

掏出手机滑动两下，男人自然地开口："加个微信吧，我把油钱转给你。"

"不用了，没多少钱，谁都有遇到难处的时候。"

"那不成，"韩震昊近距离打量这张脸，越看越觉得是自己的菜，语气带笑，"我这人最怕欠别人，该怎么样就怎么样。"

见他态度十分认真，初霜也爽快，点开收款码，把手机递过去："行，那就给十块钱吧。"

睨着那个收款码，韩震昊轻笑——

她看着温润天真，做事还挺有头脑。

没想到她这微信也不是那么容易加的。

"得嘞，谢谢姑娘啊。"

"没事儿。"

拉开车门上车，初霜电话响了，一接起，黎冰冰就哀号道："阿霜，你终于接电话了，手机拿到了？"

"拿到了，还好司机师傅拾金不昧。"

韩震昊拎着汽油瓶走向科尼塞克，轻声念叨："阿霜？"

他看向面前这个酷酷的"铁盒子"——他还特意开了这辆车牌号

最特别的，结果美人看都没看几眼。

他轻啧了声。

也是，这样才更有意思。

接到冰冰的电话，初霜将车掉了个头，去找她。

在商场见到打扮时髦的黎冰冰，初霜把路上买的牛乳茶递给她："这么冷的天，你怎么突然想来逛商场？"

"我这不是要回去了吗，得买点礼物哄哄那几个小侄子。"

初霜微顿，问："你要回桂云了？"

"嗯，在帝都待了有一段时间，一是来看看你，二是听偶像的演唱会，现在我也该回去了。"

"也好，黎叔他们也想你。那我们这一分开又要好久不见，你在国外不比国内，要见一面也不容易。"

黎冰冰挠了挠初霜的下巴："过年还得见面呢，你又不是不回桂云，到时候来我家玩。"

在商场逛了一阵，黎冰冰大包小包的东西买了不少。

受她影响，初霜也考虑要买点东西带回去。

之前盛庭给她买了不少礼物，她还没给他买过什么呢。

路过一家男装店时，初霜叫住黎冰冰："我想去里面看看。"

"好啊。"

挽着她的手，黎冰冰好奇心大起："给你男人买啊？"

"看看。"

店员热情地迎过来："有什么可以帮二位的吗？"

"店里最好的西装是哪些？"

"后面这一排都是最上乘的男装，"见两人相貌不凡，店员态度殷勤，"姑娘是买给什么年龄段的男性？"

"三十出头。"

店内明亮的灯光下，每一套西装看着都质感极好，初霜还真挑花了眼。

"这套银灰色西装穿着显得人十分儒雅，藏蓝色绅士，玄黑的比较内敛一些，但版型最好，它还配有英式马甲，这一套的风格就是人们常说的禁欲风。就是衣服挑人……”

见店员欲言又止，黎冰冰问：“怎么？”

“同款仅此一套，是大码。”

“哦，就是要高个子才撑得起来呗。”黎冰冰摸了摸耳环，懒洋洋地笑道，“人家里那位有一米九呢，我看挺合适。”

“一米九的话完全没问题，人高马大的男人穿这身肯定好看。”

黎冰冰看着里面那马甲，碰了碰初霜的手肘，戏谑道：“还是收腰马甲，绝了，已经能想象画面了。”

初霜轻咳一声，看向店员：“我不确定有没有一米九，但……一米八八应该是有的，话说买西装的话一般要亲自试过才知道合不合适吧？”

“您放心，照您说的身高，穿这身绝对合适，我做导购五年了，这点经验还是有的。如果您相信我，可以先带回去给先生穿上试试，不合适的话，随时可以拿回来退换；如果您实在信不过我，也不急着买，下次先生有空再一起过来看，当场试。”

“那好，帮我取下来吧。”

店员眼睛都亮了：“需要帮您配领带吗？”

“可以。”

店员将西装放进礼盒，还用丝带打了完美的蝴蝶结。

初霜刷卡很爽快，看着刷卡机上的一长串数字，眼睛都不眨一下。

两人离开后，导购小姐姐在手机上跟闺密聊天，夸今天遇到的神仙顾客。顾客不到十分钟就买下了店里最贵的服装，提成够她两个月工资。

走了一段，黎冰冰想起初霜刚刚在店里潇洒刷卡的一幕，调侃道：“很少见你花钱大手大脚，给老公买东西就是舍得。之前怎么听说你刚来帝都那会儿，找个房子都不舍得找贵点的。有时候我真是搞不懂你，明明家里那么有钱，抠起来连自己都不放过。”

初霜语气轻飘飘的：“骑单车去酒吧，该省省，该花花。”

黎冰冰乐了：“难怪你存得住钱呢。”

看见卫生间，初霜把东西递给黎冰冰：“等我一下。”

就在她去卫生间的这段时间，黎冰冰发现了一个有意思的东西。

等初霜再出来时，黎冰冰手里多了个手提袋。

“送给你的离别礼。”

初霜好奇：“你以前可不会送离别礼。”

她正要拆开看，就被黎冰冰制止了：“回去再看，逛了半天饿了，我们吃东西去。”

两人吃的是一家川渝餐厅的麻辣小龙虾，味道很上头，临走前初霜又打包了一份带回去。

回到清御园，她把黎冰冰送的离别礼放到一边，先去后园看了看自己的菜。

奶油小白菜、茼蒿菜、菠菜、香菜在各自的地盘长势良好，是时候安排一顿火锅了。

她取了一部分菜放进菜篮子，等着晚餐吃火锅。

下午她在主卧柔软的沙发上看了几集番剧，抬头往窗外看去，天色渐暗了，她打了个哈欠，穿上拖鞋下楼，跟袁姨一起准备晚餐。

“您帮我洗洗那些菜就成，火锅锅底我来做。”

袁姨站在一旁，看她挽起袖子很有干劲的模样，只轻声问了一句：“太太可以吗？”

初霜自信地点头：“当然可以，我厨艺很好。”

盛庭进门时，袁姨正在客厅准备火锅配菜，厨房有锅具碰撞发出的声音，他看过去，初霜正好端着锅出来。

她的秀发用木簪绾起，袖子挽高，露出白嫩的胳膊，身上还像模像样地系着围裙。

看见他，初霜明眸微弯：“晚上吃火锅。”

盛庭看着一桌的绿蔬和牛、羊肉，动作微顿，说：“我吃过了。”

初霜夹鸭血进汤锅的动作顿了一下：“哦，吃过了啊。”

“给你打电话没接，我又发了消息。”

手机一直在楼上，她没听到铃声。

好不容易心血来潮做一次饭，初霜大方地邀请他：“要再吃一点吗？

不饿的话只吃菜不吃饭。这些都是菜园子摘来的最新鲜的蔬菜，我还带回来了超大盒的麻辣小龙虾，一个人吃不完的。”

“好，陪你吃点儿。”

男人脱了外套入座，初霜眼睛弯起，给他递一次性手套：“这个是中午的时候跟冰冰一起去吃的，觉得味道还不错就打包了一份带回来，你尝尝看。”

剥了一个小龙虾放进嘴里，盛庭点头应：“确实不错。”

尝过火锅里捞出来的牛肉后他又说：“我更喜欢这个。盛太太厨艺可以的。”

初霜心跳漏了一拍，慢慢应道：“是吗，那你多吃点。”

盛庭吃了一会儿就没怎么动筷了，客厅液晶大屏电视里正播放着欢乐的小品，初霜边吃边看，觉得无比满足。

再低头时她发现面前多了一整盘剥好的虾尾，抬头看男人，他正戴着手套专注剥虾，认真的姿态怎么看都赏心悦目。

身为丈夫该有的体贴和细心，他展现得淋漓尽致。

吃完饭上楼，初霜说有礼物给他。

男人淡定地点点头，说自己也有礼物给她。

从他手里接过两张薄薄的卡片时，初霜还有点蒙。等看清上面的签名后，她的眼睛微微睁大：“季筠老师的亲笔签名？你怎么得到的？”

“今天下午见的人就是他。”

初霜傻傻地问：“所以你是为了我才去找他要签名的？”

盛庭淡笑：“不是。

“本来就有约，想起你说你朋友喜欢他，就顺便要了两张签名照。”

“原来你说的朋友就是季筠老师啊。”

见朋友都记得帮她要签名，这个签名照要是给冰冰看到，冰冰会高兴坏的。

看着她喜悦的模样，盛庭不疾不徐地启唇：“他是盛瑶的舅舅——亲的。”

初霜张了张唇：“原来是你的亲戚。”

“我的吗？”

“哦，那也算我的亲戚了。好奇妙的缘分，瑶瑶之前怎么都没提起过。冰冰看见这个一定会很开心，我代她谢谢你。”

盛庭靠在沙发边：“我的礼物呢？”

“这个。”初霜将西装礼盒递给男人。

盛庭掂了掂：“还挺沉。”

拆开盒子看见衣服的一瞬，他的眉头扬了扬。

“我估量着买的，你试试合不合身。”

盛庭去换衣服的工夫，初霜在给黎冰冰发签名照的照片。

不出所料，聊天框被表情包接连轰炸。

初霜简单给她讲了签名照的来历后，那边又发了一串“亲亲抱抱举高高”的可爱表情：“替我谢谢盛会长，感谢阿霜宝贝儿，这是你老公宠你惠及我了呀，对得起我下午那会儿好礼相赠。祝你们恩爱非常，和谐美满。”

被她这么一提，初霜才想起去拆那份礼物。

礼物包装精致，盒子上的花纹繁复漂亮，还有一股淡淡的香气，令人想一探究竟。

拆开盒子，看见火红色薄纱时，初霜还没意识到什么，拿出上面的一件衣物举起一看——她的眸子瞬间瞪圆了。

这分明是布料少得可怜的……内衣。

内衣款式大胆火辣，光是看着，初霜脸都在发热。

手机里，黎冰冰继续发着消息：“祝你们有个如胶似漆的难忘夜晚。”

换好衣服的男人推开门出来，初霜眼明手快地把东西收好。

抬眼看清男人的一瞬间，她不禁怔住。

在店里看见衣服时，她就在想穿在盛庭身上一定好看，等真正看到，惊艳还是在所难免。

他果然穿出了禁欲气息——领带打得一丝不苟，衬衫下的肌肉线条若隐若现，紧身马甲将窄腰展现得淋漓尽致，西装裤包裹着富有力量的长腿和……翘臀。

盛庭有条不紊地扣着袖扣，嗓音低醇：“眼光不错，挺合身。”

初霜只会点头："你喜欢就好。"

"你脸怎么这么红？"

"啊？是吗？可能是暖气太热了。"

盛庭迈步过来，看到桌上的礼盒，问："这也是给我的？"

初霜一惊，抱过盒子："不是，这是冰冰送我的礼物……"

见她一脸紧张，男人轻嗤："又不要你的。"

盛庭一手撑着沙发，就这么微微俯身看她，面色如常地问："怎么想起给我送礼物？"

二人离得有点近，初霜努力稳住心绪："礼尚往来。"

男人点头："不错。"

目光平视过去就是他性感的薄唇，难免不让人想到在老宅那晚，那个轻巧又旖旎的初吻。

初霜的心有点乱了。

男人抬手，摸到她脑后的发簪，轻轻一抽，秀发披散。

乌发凝脂，明眸善睐——她完全继承了母亲的美貌。

盛庭静静凝视着她，薄唇吐出没头没尾的一句话："明天不是周一就好了。"

他的声线有点哑，初霜微惑，还没来得及说什么，后脑就被大掌带着往前，随即唇瓣覆上一抹温热。

即使心跳失了频率，她也没想过退缩，初霜的眸子渐渐沾染水雾，意乱情迷。

在她失神的当口，盛庭终于肯放过她。

他垂眸看她。

她呼吸微促，眼尾染上霞红，用夏末雨幕里的清荷来形容再合适不过。

"我什么时候睡回主卧？"

被男人幽暗的目光看着，初霜睫毛颤了一下，语气很轻："我哪有那么霸道。"

主卧又不是只有她能住。

他想住，直接住过来……不就行了吗。

盛庭目光下移，盯着她潋滟的红唇，低低嗯了声："还挺霸道的。明天早餐想吃什么？"

话题跳转得太快，初霜慢吞吞道："荷包蛋。"

"行。"

男人最终没留宿主卧。

房间终于回归平静，初霜暗暗咽了咽口水——怎么有点口干舌燥。

垂眸看到那个放着内衣的盒子，她不禁脸一热，赶紧将东西藏进衣帽间底层抽屉。

# 第六章

Qing Shan Si Yu

翌日下楼时，初霜看见在给鱼投喂饲料的袁姨。

往日这时候她应该在厨房，或者已经摆好了早餐。

想到盛庭昨晚问的话，初霜走向厨房。

盛庭正在给盘子里金黄的荷包蛋淋番茄酱，余光看见她，将牛奶递给她："拿出去吧。"

"噢。"

这两个荷包蛋煎得是真漂亮，细细欣赏一会儿，初霜拍了个照。

这似乎是盛庭为她做的第一顿早餐。

在餐桌上等了好一会儿还不见盛庭出来，初霜这才反应过来要去厨房帮忙。

"有什么需要我帮忙的吗？"

盛庭侧头，看见在门口探头探脑的人，指了指身旁的盘子："把这个端出去，自己先吃，我马上出来。"

"好。"

初霜走过去，看见锅里热乎乎的粥，说："我把粥也端出去吧。"

"不用，这个我来。"

初霜回到餐厅开始吃早餐，不一会儿盛庭也出来了。他用帕子垫着装粥的砂锅底部，将砂锅稳稳地放在餐桌上。

"给你盛一碗。"

"谢谢。"初霜好奇地看着冒热气的砂锅，"这是什么粥呀？"

"荷花粥。"盛庭慢条斯理地给她盛了一碗，"可惜不是应季，只能用干花瓣，等明年夏天荷花盛开时给你做真正的荷花粥。”

初霜喜欢这种被人规划到未来里的感觉：“好。”

她尝了口粥，粥里掺着荷花的清香，甜味清淡，是他的风格。

“好好喝，”初霜有点意外，“没想到你会这么多。”

盛庭波澜不惊：“以为我十指不沾阳春水？”

“就是觉得你挺忙的。”初霜用指尖摩挲着勺子，很认真地对他说，“谢谢你早起为我准备早餐，你人真好。”

盛庭淡笑：“做个早饭就值得一句人好，你还挺好哄。既然觉得我人好，之前为什么总躲着我？”

初霜微顿：“没有啊……”

男人注视她片刻，坐直身子拿出手机，长指在屏幕上滑动几下，然后将手机推过去：“我有什么不能看的？”

初霜愕然垂眸，看见页面上是她的朋友圈，上面赫然是一条横线。

“为什么屏蔽我？”

轻咳一声，初霜像是才知道这事：“原来你看不到我的朋友圈啊，我还说你怎么从不给我点赞呢……应该是加好友的时候我不小心点到哪儿了，这就给你开放……”

在自己手机上重新设置好，她有些心虚地笑道：“好了。真是闹了个乌龙，哈哈，我怎么会屏蔽你呢。”

盛庭拿过自己的手机，锁了屏，注视她：“初霜。”

她小声应：“啊？”

“知道你跟盛瑶要好，但她讲的有些话你听听就行。她怕我是因为辈分不同，儿时偶尔会被我管束。她是小辈，你又不是。我也不是洪水猛兽，有什么好怕的？你也跟我相处了一段时间，我是可怕的人吗？”

初霜摇头：“不是。”

“既然这样，以后就别把我当长辈敬着畏着，我没大你多少。”

初霜嘀咕：“九岁呢……”

男人声线清淡：“算虚岁才大九岁。”

“八岁也……”看到男人的墨瞳，初霜识时务地改口，“也不多。”

“我刚刚说的那些话记住了吗？”

“记住了。”

盛炀推开办公室的门，看见韩震昊时微顿，问：“怎么想起来我这边？”

韩震昊斜靠在沙发上，指间烟雾袅袅，嘴角笑意浅浅：“当然是有事找你。”

“说说看。”

“想跟你打听个人。”

他在久蓝国际附近打听过，知道六楼那个单身姑娘在风筝动漫上班。

“你们星娱文化旗下是不是有家风筝动漫公司？”

盛炀喝了口茶：“是。”

“那里面有个长得特好看的姑娘，你认识吗？”

盛炀无语凝噎，敢情这人大老远来他办公室就是为了泡妞。

“你是不是觉得我很闲？”

子公司众多，他在总部待着，每天忙得不可开交，上哪儿认识什么姑娘。

韩震昊了然：“就知道，问你的话什么也问不到。用一下你们公司的系统查查。”

他乱动自己的电脑，盛炀也不拦着，只说：“平时没事就来家里吃饭，看看你姨妈，别一天到晚在外面拈花惹草，这都惹到我公司员工身上了。”

在系统内的员工信息查找那栏，韩震昊输入了一个“霜”字，下方页面显示出七八个员工的信息。

鼠标下滑，瞥见某个头像，韩震昊目光顿住。

与此同时，盛炀也看见了那栏信息：风筝动漫古风二组，初霜。

“初霜……”看着信息栏上女人的照片，韩震昊轻念这个名字，嘴角微勾，“名如其人，有意思。”

盛炀慢慢挑眉：“你找的人就是她？”

韩震昊放大初霜的照片："怎么样，长得漂亮吧？这种恬静的古典美人是我的菜。"

睨着他满脸兴奋的表情，盛炀慢慢低头笑："我好心劝你一句，不是什么人都能招惹的，小心作茧自缚。"

韩震昊奇怪地瞥他一眼："我追个姑娘，怎么就作茧自缚了？你是不是见不得我比你早脱单？听说你那女朋友一心扑在事业上，又出国了？"

盛炀原本轻松的神情微微凝固。

韩震昊本来也只是随口一说，哪知道他会是这种反应，颇为稀奇。

记下初霜的联系方式后，韩震昊用指尖挑起车钥匙，路过盛炀时拍了拍他的肩头："天涯何处无芳草。你这条件，喜欢你的姑娘都排到法国了，别在一棵树上吊死。"

盛炀蹙眉："你要走就快走。"

人类的悲欢并不相通，韩震昊无法理解他，嘴角憋着笑意，潇洒离去："下周去你家吃晚饭，顺便看看姨妈。"

初霜的工位上最近总有人送花过来，每天还都不重样。

那是很贵的一家联名花店的花，天天送，普通人可吃不消。

同事们开玩笑说，单位里终于有人敢鼓起勇气对她这朵高岭之花下手了。

可他们组就两个男的，一个还是已婚的，另一个对她也是坦坦荡荡，压根看不出一点端倪。

黎冰冰知道这事后，第一反应是顾隋送的："会做这种事的人，肯定是你的前男友啊。"

话说回来，好像有一段时间没见顾隋了，他应该不在香城了吧。

"在想什么？"

男人低沉的嗓音在耳畔响起，初霜回神："没什么。我们去哪儿啊？"

"你不是喜欢岭翠阁吗？带你去那里吃饭。"

"好。"

车载音乐轻柔，初霜心里想着事，偶尔看男人一眼。

盛庭多敏锐："有话对我说？"

酝酿片刻，初霜还是觉得有的事说开比较好："其实，婚前我谈过一次恋爱……"

"嗯。"男人的嗓音清淡。

初霜转动着无名指的戒指，斟酌道："他是我上司。刚进公司当实习生时，我遇到了一些不太好的事……类似人们说的职场性骚扰，当时他帮了我许多。

"出于感激，我稀里糊涂地跟他谈了一段时间。其实我们没怎么相处，他是个忙人，感情也浅薄。后来因为一些小事我们就分了，前前后后不过两个月。

"其实也没什么可说的，经历实在太少，甚至没有恋爱的实感。分了就是分了，后来也没什么联系。不过我觉得这件事还是应该告诉你一声。"

开车的人神情冷峻，眸光过于平静。

"知道了。"嗓音平淡，听不出一丝一毫的情绪。

初霜悄悄瞄他，猜不透他心底所想——或许他什么也没想。

她原本以为要耗费口舌解释一番，眼下看来是不需要了。

他应该不在乎她的这些前尘往事，只要不影响他眼前的安宁，就无所谓。

车载音乐还在放，气氛却微妙地寂静起来，好久没有过这种感觉了。

大概过了半刻钟，盛庭意识到身旁人的安静，侧过头看过来。

她低眉垂眼，看着自己的袖扣，半天没眨眼。

盛庭开口问："怎么了？"

初霜微顿，摇头："有点犯困。"

说完她便靠着靠背闭眼休息。

明明他都没过多追问之前的事了，她应该松口气才对。可这种莫名萦绕心头的感觉……

她也不知道自己是希望他在意，还是不在意。

不想了，她先睡觉。

等车抵达岭翠阁时她是真的睡着了，盛庭停了车，就这么看着她。

政源老早就见盛庭的车驶进来，人却迟迟不见出来。

“听说我小叔来了？”盛瑶走过来，老远看见某辆车，嘀咕，“怎么还不下来，我去看看。”

“哎，你去做什么？”

“去叫他们啊。”

政源摇头——这个心大的姑娘，连人家小夫妻的二人世界也要去打扰。

“小婶婶。”

被车外的呼声唤醒，初霜睁眼，看见身边端坐如松的男人：“到多久了？”

“十分钟。”

初霜微讶：“怎么不叫醒我？”

盛庭的语气波澜不惊：“看你睡得正香，不忍打扰。”

“抱歉，下次你可以直接叫醒我的。”

理了理头发，初霜开门下车，盛瑶迎上来：“你们俩在里面干吗呢？半天不出来。”

“我睡着了。”

原来他们今晚来岭翠阁是参加饭局，除了政家兄弟和赵尽舟，来人还有上次没见面的魏亦则。

他们都是盛庭的朋友，对初霜也礼数周到，一口一个“嫂子”，叫得恭敬。

一一笑着打过招呼后，初霜低声对身旁的人抱怨：“怎么不提前跟我说要来见你朋友，应该打扮一下的……”

她下班就这么过来了，衣服没换就算了，口红都没涂。

男人不以为意：“都是熟人，你还需要怎么打扮。”

他将她从上到下打量一遍：“况且，你就算不打扮也好看。”

初霜目光微顿。

这是他第一次直白地夸她好看。

他居然也会夸人相貌的。

她还以为他缺乏审美能力，看什么都一样呢。

不过即便他夸人也是坦然的语气，似乎只是简单陈述事实而已。

“烤鸭要不要？”盛庭低声问。

“要一点。”

初霜不好意思拨动转盘，某道菜只要她多看两眼，盛庭便会夹到她碗里。

这种体贴和细心永远不过时。

时间长了，跟他一起用餐，被他如此照顾，她也就会觉得心安理得了。

男人们席间的谈话，初霜偶尔会认真听一点，更多时候是专心吃饭，或跟盛瑶有点小互动。

跟同龄人吃饭的好处就在于，不用多花心思应付饭桌上的话题，反正总有人接话，话少也不会显得尴尬或没礼貌。

初霜用餐时不喜欢说话，更乐于倾听。

吃饭才是最重要的，一边吃饭一边听他们说些趣事，轻松自在。

她很喜欢这种感觉。

身边的盛庭不疾不徐地说话，手却没停着，正在用筷子将一块鱼肉里的刺一根根挑出来。

他做事总是有条不紊，光是看他挑鱼刺的动作，初霜都可以看半天。

终于挑干净了刺，他推过小碟子，低声对她道：“没刺了。”

原来是给她的。

“你自己吃吧。”

好不容易挑完刺的呢。

盛瑶咬着筷子，乐呵呵地看着。

盛庭用只有两个人能听到的声音道：“快吃，你吃饭太慢了。”

“啧。”对面的魏亦则见盛庭这样，受到的冲击不小，“不活久点怎么能看到这种场面。你这无微不至的，我都想嫁给你了。”

他这话一出口，惹来众人轻笑。

政泽：“要不为什么人家有老婆。”

盛瑶和初霜先吃完饭，去后园散步，逛一圈回来时，远远看见了政源的背影。

盛瑶心下一动，有了坏主意。

她悄悄抓了一把花坛里的雪，揉成一团，就朝人家砸去。

政源回头，看见做坏事的人，以其人之道还治其人之身，两人就这么在雪地里打闹起来。

初霜笑着看了会儿，继续往前走。

穿过园林里的拱门，松树下伫立的男人身影映入眼帘。

他的声音清冽中透着一股矜贵，正与电话那头的人缓缓交谈。

停了脚步安静注视他片刻，初霜微微抿唇。在这清静园林里，她的心境却不太平静。

轻轻摩挲的指尖暴露着她不安分的心思。

手立刻行动起来，抓了身旁小树上的积雪，揉成小小的雪团。

眼睛瞄向男人的背影，她的心跳忽然变快。

手慢慢抬高，她喉头微紧，雪团即将要扔出去的一刹那，一个雪球精准地击中男人的背脊。

雪球粉碎后又沿着男人质感极好的西装外套滑下。

猝不及防被攻击的盛庭转身，墨瞳深邃，视线落在初霜微微举起的握着雪团的手上。

四目相对，尴尬到极致。

他对电话那头说了句什么，就挂了电话，收了手机。他眸子微眯，薄唇漫不经心地轻吐出几个字：“为什么打我？”

男人身上倏然转变的气场莫名令人心惊，见他迈步过来，初霜吓得六神无主，转身逃跑，喊着：“不是我，真的不是我！”

另一边，成功嫁祸初霜的盛瑶早已找地方躲起来，正幸灾乐祸。

初霜闷头逃窜，跑进了另一边更幽深的园林。

在后面闲庭信步跟上来的男人看着她惊慌逃匿的模样，眼里蓄着淡淡的笑意。

这边是个死角，只要进来，很快就没地方可逃了。

盛庭慢慢动唇：“过来。”

见他还真追过来了，初霜解释：“真不是我砸的，你相信我，你看，雪团还在我手上呢。”

男人淡淡瞥过一眼：“那里又没有第三人，除了你还有谁会砸我？你说没砸，那你手上拿个雪球做什么？”

这……

初霜无力地辩解：“可……真不是我砸的。”

眼看男人越走越近，她咽了咽口水。背部抵着冰冷的墙面，她已无路可退。

盛庭已至身前，一只手撑着墙面，居高临下地睨着她。

男人嗓音低沉而有磁性：“你胆子是真的不大，初霜。”

初霜维持面上的镇定：“给，那你也打我一下，我们就扯平了。”递过冰冷的雪球，她闭眼歪头，等待惩罚降临，睫毛都在抖动。

盛庭睇着她纤细白皙的脖颈，目光又落在形状漂亮的薄唇上：“睁眼。”

初霜感觉下巴被挑起，刚睁开眼，滚烫的气息落在唇瓣，心脏蓦地一颤。

眼前放大的俊脸轮廓硬朗，男人的鼻尖抵着她的，霸道强势的冷杉香钻入鼻息。

剧烈跳动的心脏负荷过重，热意从脑门传遍全身。

身后冰冷的墙壁与身前的火热形成鲜明对比，后腰不知何时箍上一只大手，揽着她入怀——不容拒绝的强势亲密，两人之间一丝缝隙不留。

无论生理上还是心理上都受到巨大冲击，她哪是他的对手，不多时就软了身子，头昏脑涨。

被放开时她整个人还倚着他。

不像她已气息紊乱，男人清风霁月，哪有一点失态。

初霜实在被他今天的霸道惊到了：“你……”

“嗯？”声音低哑，带着几分缱绻。

“你明知不是我……”初霜也回过味来了——他明摆着就是故意欺负她。

“不是你又如何？”盛庭眼中带笑，看她隐忍控诉的模样，语气颇为慵懒，“亲你还得找借口吗？”

心尖又痒了一下，受不住他直白的视线和话语，初霜刚打算移开视线，唇上又被轻啄。

他一向沉稳自持：“走吧，回去。”

然后他就牵着还在犯蒙的人离开了后园。

众人见到迟迟归来的两人，彼此心照不宣，看破不点破。

盛庭看起来神清气爽，他那小夫人眼尾泛红，双唇水润，一看就知道做了什么。

二人回到清御园时夜已深，说了晚安便各自回房。

洗完澡后，初霜有点口渴，去楼下喝水，路过男人房间时，听到响个不停的手机铃声。

怎么不接，他不在房间吗？

初霜带着疑惑轻轻推开房门。

屋内只开着氛围灯，电话因长时间没人接通已自动挂断。

浴室玻璃门内亮着灯，看来人在里面。

初霜正打算走开，手机倏地又亮了，这次是信息。

视线扫过一眼，她一下愣住。

“不是说要玩车模吗？最漂亮那个给你留着呢，明晚过来吧。”是魏亦则发来的。

就这样站在原地几秒，直到手机又息屏，初霜的神色才恢复平静，她在男人出来前离开了房间。

回到卧室，她做的第一件事就是刷牙。把口腔里每个角落都刷得干干净净后，她又用了几次漱口水。

她躺回床上酝酿睡意，但效果并不理想。

尝试半小时无果后，初霜干脆起身画画。午夜一点时，终于来了困意。

她晚上睡得晚，早上却醒得早，盛庭下楼时，她已经在吃早餐了。

“起得挺早。”

初霜没看男人，专心吃早餐：“嗯，今天有早会。”

盛庭还没吃几口，她就已经吃完了。

拿上包包和钥匙，她起身："我先走了。"

之前她都是坐他的车，今天见她要自己开车，盛庭提醒："开车小心点。"

女人已经踏出门槛。

初霜走后三分钟，袁姨突然从厨房追出来："太太今天忘记拿保温杯了。"

车子已经驶远，哪里还追得上。

袁姨微叹："以前每天早上她都要我给她装一杯热豆浆带走的，今天怎么这么着急就走了。"

盛庭看着她手里那个清莲国画图案的保温杯，思索着今早初霜的态度为何发生这么大的转变。

下班后，初霜没等他，自己开着车回来，晚饭时她收到男人的消息："晚饭不用等我，晚点回。"

瞥过一眼，初霜专注吃饭，吃完便回房看书逗狗。

墙上的分针一圈圈走过，已经九点了。

想到昨晚看到的信息，初霜目光黯淡。

盛瑶打电话过来，闲聊中，初霜忽然出声："瑶瑶，你真的了解你小叔吗？"

盛瑶顿了顿，开始头头是道地分析："这世上哪有谁完全了解谁啊，母子之间也不是完全坦然的，我就有很多事瞒着我妈。人都是复杂的多面体，每个人都有些独属于自己的隐私，所谓相熟相知不过是相对而言。谁又敢说完完全全了解另一个人的一切，你说是吧？"

"如果是全然不同的反差呢？"初霜的嗓音清凉低缓，有一种陌生的感觉。

盛瑶敏锐地低声询问："小婶婶，你怎么了？是不是跟我小叔吵架了？"

初霜轻笑，语气又恢复以往的轻快："没。跟人吵架这种事，费时耗力，不是我会做的事。"

"吓我一跳，我以为小叔欺负你了呢。"

车灯由远及近，迈巴赫驶进了清御园。

初霜看了一眼，将屋内的灯关闭：“不早了，瑶瑶晚安。”

盛庭下车，下意识地往二楼某个房间看，只见漆黑一片。

“她休息了？”

袁姨回应：“太太一早就上楼了，今天看起来不太舒服的样子。”

男人微顿，问：“生病了？”

袁姨摇头：“好像是心情不太好，可能工作上不太顺心吧。”

盛庭看了二楼一眼，提着路上买的小蛋糕进了门。

初霜将一切尽收眼底，关了手机，掀被上床。

走廊里有脚步声，很快就停在了门前，随即响起了敲门声。

初霜闭眼没应，门外的人又敲了两下。

“初霜？”

盛庭思忖片刻，还是拧开门把手进来。

屋内晦暗，他开了一盏床头灯。

床上的人没什么反应，瞥着她的背影，男人开口：“睡这么早，身体不舒服吗？”

初霜嗓音暗哑：“没，就是困了。”

“要不要起来吃点蛋糕？”

“没胃口。”

沉默片刻，凝视着她单薄的背影，盛庭慢慢动唇：“那我放冰箱里，你明早起来吃。”

翌日，盛庭下楼便遇到已经要出门的初霜，她今天打扮得像一朵圣洁的白山茶。

她上身是绸缎 V 领衫，下身一条黑色鱼尾裙，腰臀比优越，皮鞋在地面敲出清脆响声，臂弯搭着件大衣。

两只银色的小巧耳坠衬得她肤如凝脂，唇色却绝丽。

看见下楼的男人，她点了点头：“早。”

随后她提着包就出了门。

看着她窈窕的背影，盛庭的目光晦暗不明。

那晚从岭翠阁回来后，她便对他态度冷淡，仔细一想，似乎也没什么特别的事发生。

初霜约了盛瑶晚上去梨园听戏。

下班后初霜在公司附近一家生意火爆的甜品店排队买泡芙，轮到她时却刚好卖完。

“不好意思，您再看看别的，店里的榴梿酥也很好吃的。”

可初霜只想吃泡芙，她说好买了带点给瑶瑶吃的。

“等你们现做要多久？”

“可能还得二十分钟。”

“那算了。”

“你要泡芙啊？”

刚转身便听到旁边一道男声询问，初霜抬头，看见戴着墨镜的男人。

她感觉这人有一点眼熟。

韩震昊脸上挂着懒散的笑，抬手往上推了推墨镜：“又见面了啊，姑娘。”

对了，是上次向她买汽油的人。

刚刚排队时，他就在她前面两位，就是他一次性买了五盒泡芙，到她这儿才没了。

初霜点头：“好巧。”

“你也是来买泡芙的？”韩震昊状似不经意地问。

“嗯，这家的泡芙刚好卖完了，我去别的甜品店看看……”

“要多少，我给你两盒够不够？”

还没反应过来，初霜手里就被塞了两盒泡芙。

“不用，你自己吃，我去别处买。”

韩震昊：“我本来是买给朋友的，现在他又不过来了。正好，多的给你吃吧，两盒够不够？”

初霜微怔：“够了，那我把钱付给你吧。”

男人勾唇点头：“行。”

长指在屏幕上滑动几下，点开二维码，他把手机递到她面前。

初霜扫了一下，手机识别出的却不是收款码，而是个人微信页面。

想了想，她还是点了添加好友。

看她操作完成，韩震昊眉头微扬，同意了她的好友申请。

“谢谢。”

“没事儿，上次也托了你的福。”看见她停在路边的车，韩震昊道，“还说送你一趟呢，看来没这个机会了，姑娘有约？”

“嗯，约了朋友见面。”初霜举起泡芙，“谢谢。”

看着宾利远去，韩震昊懒洋洋地倚着墙点燃一根烟，饶有兴致地翻看着她的朋友圈。

看得出来她的生活比较单纯，她很喜欢发美食和美景，偶尔会有一张自拍，发得最多的是自己的画作——有平板绘的精致人物图，有无聊时随手在餐巾纸上画的可爱Q版小人，还有——韩震昊目光顿住——一看就下足了功夫的水墨国画。

险峻天堑、浩渺江水、薄雾轻风——这幅山水画里，她对山、水、雾、风的描绘加入了自己的理解。不仅线条勾勒得巧妙灵动，留白的疏、密、聚、散也体现出精巧的布局之美。画风柔婉中透着韧性，优雅与磅礴融合自然，笔墨神韵实在生动。

韩震昊家里摆着不少名家画作，儿时也学过两年国画，也能赏析一二，看得出来她的画功底蕴深厚，绝非一朝一夕之功。

骨法用笔、勾勒渲染，那些技巧与意境，在她笔下有了传神的诠释。

搞艺术的人需要的天赋和细腻感性表达，她都具备了。

明明国画水准精湛，已是旁人瞻仰的高度，她却甘心在这漫画公司做个画手——有点屈才了。

这是两条截然不同的路，如果她继续沿着国画方向深入，日后必成一方名家。

恰恰又是这种矛盾，让她这个人变得更神秘。

韩震昊将画作照片保存，指尖轻敲手机，轻笑。

真是越来越有意思了。

一开始他只是被对方的美好皮囊吸引，现在，倒真的生出些深入了解这个人的心思了。

时越的咖啡馆里正放着轻缓的纯音乐，在吧台调奶的人看见韩震昊递过来的甜品盒子，微诧："什么时候变得这么有礼貌了，来见我还会带东西。"

韩震昊拉了高脚凳坐在吧台外，语气欠揍："吃不完，给你了。"

"吃不完你买这么多。"时越挑了一个泡芙品尝，"还不错。"

"喝什么？我给你做。"

"拿铁吧。"

时越低头做饮品，看着他俊秀的脸庞，韩震昊忽然开口："老时，你异性缘一直不错，都说你是'妇女之友'，我问你个问题啊。"

"问。"

"你追过女孩子吗？"

时越抽空看他一眼："这个你比我更有经验吧。"

万花丛中过的人来问他一个单身人士这种问题？

"不是，是正儿八经的那种追，你有过吗？"

"没有。"

"我身边就你比较懂女生，"韩震昊思量片刻，问，"怎么才能追到一个不差钱，有稳定工作与兴趣爱好，待人礼貌却疏离的姑娘？"

时越将拿铁递到他面前，不以为意："你又看上谁了？"

"不是兄弟，我认真的，你帮我分析分析。"

时越擦了擦大理石工作台，用温润的语气讲出杀人诛心的话："那种姑娘一般不会喜欢你这样的。"

韩震昊啧了声："认识二十几年，你讲话一定要这么损？"

"你想，物质需求与精神需求人家都有了，感情方面肯定要理性成熟些，没有绝对优势的话，你拿什么博得人家的芳心？"

韩震昊若有所思："那照你这么说，这种高岭之花折不下来了呗。"

"倒也不是完全没办法。"

"说说看。"

"你不是说了人家有兴趣爱好？从这里入手或许有用些。"

韩震昊被一语点醒，懒散地笑道：“可以啊，老时，不愧是学过心理学的人。以前还没发现你这么能耐，以后就当我的军师吧。”

今天梨园唱的戏是《秦香莲》，盛瑶在二楼雅间吃着点心摇头：“秦氏真是可怜人，丈夫高中之后不但不念及结发妻子的好，反而攀权附贵，为了当驸马狠心加害自己妻儿。这种男的就该千刀万剐，剥皮抽筋。”

见她激愤不平，初霜给她递了颗蜜枣，徐徐道来：“其实历史上的陈世美是个清廉好官，仕途通达后，同乡有不少人来行贿办事，他不愿与其同流合污，疏远了那些人。后来同乡记恨，将他写进了话本子，一传十、十传百，好端端一个清官便背了几百年的骂名。”

盛瑶皱眉：“随意造谣的那些人真是可恨极了，让人家背负了世世代代的骂名，生活中最怕遇到这样的小人。”

初霜点头。

盛瑶支着下巴：“世人都更喜欢戏剧性的东西，比起赞美，人们更喜欢指责；比起帮助，更习惯袖手旁观。或多或少，经意或不经意，都会有恶意揣度别人的时候，所以这样的故事才会如此受欢迎吧。”

闻言，初霜慢慢抬眸。

盛瑶不经意间看见她眼里的深意，问：“怎么了？”

“就是觉得，你说得很有道理。”

演完一出戏，演员去后台休息换装，梨园安静下来。

“小叔问我，你这两天有没有遇到什么事。”

“嗯？”

“就早上那会儿，他打电话给我，说你最近看起来心情一般，问我知不知道你怎么了。”盛瑶挨过来，“他很担心你。”

初霜举杯的动作微顿：“他亲口说的？”

“不是，他哪会说这话。你的一点情绪变化他都放在心上，这还不是关心你吗？”盛瑶撑着侧脸，“说说看，让小婶婶近日不顺心的事是什么？”

“我看起来过得不顺心吗？”

“那倒没，看起来跟之前别无二致。不过小叔说你有事，你肯定就有事。”

指尖把玩着青瓷杯，桂花酿的芬芳一阵阵飘过来，初霜思忖着动唇：“魏亦则是个什么样的人？”

“哪方面？”

“男女。”

“他……女朋友应该交了好几个。感情方面算不上认真，但比起其他二世祖来，算是规矩的，毕竟都有始有终。反正大家从小都认识，渣也没渣到自己头上，就姑且说他是个靠得住的人。”

初霜：“有没有不尊重女性的一些……交易？”

“啊？”盛瑶愣怔，“你是指，玩弄……”

“没有吧，应该没有！虽说这些公子哥惯会利用钱权游走欢场，但老魏他们家里管束挺严的，他顶多换女朋友的频率比常人高一点，也是正儿八经地交女朋友。你说的那些权色交易，他们不屑……等等，”盛瑶终于反应过来了，“你是想问我小叔会不会在外面乱来啊？”

盛瑶睁大了眼，忙解释：“绝对不会！我小叔什么人，别说魏亦则他们不会了，就算他们会，我小叔也不会，根本不存在什么近墨者黑的事！

“我小叔那人古板极了，哪会有那种心思。再说了，他要是想，都不需要多做什么，帝都大把的名门闺秀芳心暗许任他挑，他哪里需要偷摸去做那种事啊。你当他三十年如一日的禁欲冷酷是假的吗？这一点盛家每个人都敢保证，何况他都已经结婚了，他绝不是不负责任乱来的人。”

听着她这么信誓旦旦地保证，初霜也有点被说服。其实她私下也想过不止一次，盛庭不像那种没有担当的男人。

他要是真在外面有女人，不会屑于遮掩，大可以在结婚时就跟她说清楚，两人各玩各的，互不干扰。

但他没有。

从领证后的表现来看，他对这门联姻的婚事是本着负责任的态度的，好像也会从别人那儿了解她的近况。

盛瑶生怕她误会自己小叔似的，又苦口婆心地说了好多好话，口都说干了。直到初霜点头说了解了，她才稍稍放下心来。

唉，她为盛家操了太多心，要是没有她，小叔的老婆什么时候没了他都不知道。

初霜回到清御园时已经很晚，本以为遇不到盛庭，一进门却看见男人端坐在沙发上。

他的长指正在电脑上敲字，旁边杯子里的水已经见底，看来他坐了挺久。

听到门口的动静，盛庭抬头："吃饭了吗？"

"在梨园吃了。"

她进屋脱了外套，径直去饮水机旁接温水。

小金毛摇着尾巴在她面前玩耍，初霜被它可爱到，揉了把它毛茸茸的小脑袋，想起去给它拿冻鸭肉小零食。

打开冰箱，她一眼就看到一个精美的小蛋糕——是他昨晚带回来的。

"仓鼠，来。"

给狗狗投喂了小零食，初霜端出那个蛋糕，想了想，取刀切了小块。

她看向沙发上的男人，却不期然地与他对上视线。

她端着碟子过去，坐上沙发，一言不发地吃着蛋糕。

盛庭的目光落在面前的碟子上，里面装着切好块的草莓蛋糕。

过了两秒，男人吃了一口。

他特意没买甜度高的，但还是甜，他只尝了一口便没再动。

初霜用余光静静地注视他，男人抬眼，四目相对。

她目光没闪躲，齿间草莓爆汁，酸甜绽放在味蕾。

刚进门那会儿她就注意到了，他今天穿的是她买的那身西装。

因为在工作，他高挺的鼻梁上还架着一副银框眼镜。

镜面反射冷光，不苟言笑的人清冷过头，光看外表就像一个清心寡欲的上位者。

至于私底下……什么样才算私底下？

仔细一想，她对他了解实在太少。

冬夜寒寂，无人交谈的客厅比平时冷清。

“盛庭。”她喊出这个名字，像往平静的湖面投下碎石。

男人柔静的目光聚焦在她白皙的面容上。

几缕青丝垂在细颈边，她还未察觉。

她的语气轻柔得像是在跟多年不见的老友叙旧，娓娓道来：“介意问你个问题吗？”

“嗯。”

初霜红唇开合：“你在外面有女人吗？”

盛庭显然没料到她会问这样的问题，面上有一瞬的怔然，黑眸深邃：“没有。”

凝视几秒，初霜看不透他眼里的平静，但她唯一可以确定的是，其中没有一丝一毫的心虚。

初霜点头，继续吃蛋糕。

盛庭直接关了电脑：“讲清楚。”

“玩车模是什么梗？”

男人沉默着思考片刻，终于把这没头没尾的一句话跟某件事联系起来：“你那晚来过我房间？”

初霜只是看着他。

盛庭看着她，蓦地笑了，肩头微抖，似乎越想越觉得可笑。

初霜就那样看着他笑。

“Cemcarlect 最新推出的科尼塞克模型，等比例高精度复制，由数百个零件手工组合而成，听说绝美非常，全球限量三十台，是不可多得的藏品。”盛庭睇着她听得微蒙的表情，薄唇微启，“就在我书房，要不要去看一眼？”

初霜慢慢眨眼，反应过来：“所以是……模型？”

“你以为是什么？模特？”

两人就这么对视，片刻后初霜先没忍住笑了出来——是真的被戳到了笑点。

什么呀，所以这些天她的那些胡思乱想竟都是因为一个乌龙。

她笑得眉眼弯弯，越想越觉得自己傻。

这下盛庭算是明白了她这些天为何态度疏离——竟是因为怀疑他在外面乱来。

“抱歉，”初霜暂且收住笑，“我不是故意看你手机的，当时路过，以为你不在房间，本意是想帮你送手机。”

“看到不明所以的东西为什么不当场问我？”没等她回答，盛庭波澜不惊地又道，“归根结底还是因为信不过，你潜意识里觉得我会做不好的事。”

初霜静下来，想到在梨园那会儿瑶瑶说的——人们往往会下意识地恶意揣度别人。

这种做法是不对的。

她当时受到点触动，也沉下心来仔细想过盛庭这个人。

她不想做只凭主观臆测就给人定下罪名的人。有什么疑问就当面问清楚，不内耗自己，这是她的一贯作风。

为什么偏偏这次拖了几天？

表面上看是疏离，实则只有她自己清楚——有逃避的意味在里面。

她潜意识里没那么相信他是真的——与其说是不相信他，不如说是不相信这段婚姻。

不敢面对另一种结果也是真的。

为什么呢？

“毕竟，我不够了解你，信任这东西也不是凭空而来的。”

这就是说他们之间还不够熟悉。

盛庭看着她褪去疏离的脸庞，那种娴静与温婉又回来了。

他心里不是没气，但她说的话也不无道理。

信任确实不是凭空而来的。

男人的声线低醇悦耳：“下次再有事你别憋在心里，直接到我跟前来问。”

“嗯。”

“我既然娶了你，就会承担起婚姻带来的责任和义务，对你负责。对婚姻的忠诚是基本，要是连这个都做不到，那么没种的男人你不要也罢。”一字一句掷地有声，从他嘴里说出来格外有信服力。

初霜微顿，温暾开口："可联姻的婚姻也没那么容易离吧？"

能说不要就不要吗？

盛庭直视她清澈的双眸，嘴角微沉："当然没那么容易——在男方没有过错的前提下。"

初霜点头，表示了解："要有过错才能离啊。"

见她这么认真地打听离婚的事，盛庭心里有股莫名的不悦，他淡声提醒："奶油沾到裙子上了。"

"哎呀。"

初霜低头一看，刚刚只顾着说话，碟子里的那坨奶油什么时候掉到了腿上都不知道。

她刚一蹙眉，身边的人已经抽纸递了过来。

她擦了几下，发现弄不干净了。

"得换身衣服了。"话也谈完了，她起身，"那我上楼啦。"

听到想听的话后，她闪得倒挺快，多一分钟都不留。

盛庭坐了会儿，把客厅收拾好才起身上楼去书房。

二十来分钟后，房门被人敲响，他微诧。

门口的人换了棉质睡裙，披着蓬松的秀发，看样子洗过澡了。

"我来看看车模。"她背着手，一脸从容地走进来，身后跟着毛茸茸的小金毛，她的目光不经意地瞥了一眼办公桌后的男人，"在哪儿？"

盛庭指了指置物柜。

初霜走过去细细观赏，这个科尼塞克模型看起来果然十分精致。

目光看向右边一格，她被一个相框吸引住视线。

那是他们结婚时在影楼拍的照片。

照片中，她捧着花坐在黑皮沙发上，笑容亲和，身侧男人没看镜头，而是在注视她。

以前怎么没发现他的目光这么专注，而且这组照片居然被他摆在了书房里。

看了好一会儿，初霜移开眼。

男人正垂眸办公，态度一丝不苟。

指尖轻敲几下原木柜，她看见了旁边书架上密密麻麻的书。

随手挑了一本，她轻咳一声："可以看吗？"

盛庭眉宇微抬："你随意。"

初霜坐在沙发上看起来，起初还看得认真，之后像是有什么牵引着目光一样，她时不时地看一眼那边工作的男人。

看到他紧抿着的薄唇时，她像被烫到，又欲盖弥彰地低头摸一摸趴在地毯上的金毛。

盛庭再次抬头看过去才发现她已经睡着，趴在地毯上的金毛也睡着了。

他迈步过去，居高临下地看着她安静的睡颜，她的神态跟毯子上躺着的狗狗竟有几分相似。

他抽走她手里的书，一手绕过后颈，一手穿过腿弯，稍一使力便将人抱起。

淡雅的茶香扑面而来，清香怡人。

她给人的第一感受是香，第二感受是软。

女人身材匀称，该长肉的地方长肉，手感其实很好。

走过走廊，迈进卧室，他开了床头灯，将她轻放进柔软的大床。

这时，他的目光倏地顿住。

她睡裙领口敞开，白皙的锁骨往下，是将露未露的曲线美。

软玉温香，咫尺之遥。

男人目光晦暗，凝视片刻，喉间忽觉干涩。

这是此前不曾有过的感受。

薄唇轻抿，他伸手拉过被子替她盖好，又帮她调整好枕头，才关灯悄声离开。

一分钟后，主卧大床上的人慢慢睁眼，看着黑暗的天花板不停眨眼。

心跳频率失常，横竖睡不着，初霜打开手机，意外地看见有人给她发消息。

# 第七章

Qing Shan Si Yu

韩震昊：“睡了吗？

“我看你会画画，有没有时间接私人单子？”

初霜：“你要画什么？”

“想要个独一无二的专属头像，重要的是有特点，价钱好商量。”

“可以，你把要求具体说说。对了，急用吗？”

“不急。”

接了单子又可以赚点外快，初霜心情不错，又跟他具体聊了一下细节，一看时间，已经过了十一点。

“要求我都记下了，明天开始给你画，预计四天给你成品，有不满意的地方随时可以修改。你身边的朋友有需要的话，麻烦帮我宣传宣传。”

韩震昊：“没问题，那就麻烦你了。”

初霜一夜好眠，清晨没等闹钟响就自然醒来。

她哼着歌在浴室洗漱完，挑衣服、化妆花了比平时更多的时间，下楼之前又折回来喷了些香水。

怕显得刻意，喷头离得很远，浅浅喷了两下她才下楼。

男人一身笔挺西装，已经在餐桌旁用餐。

“早。”

初霜妆容精致，乌发用鲨鱼夹夹在后脑，一身丝绒长裙，明艳大气。

盛庭应声：“早。”

初霜入座，看到面前有两个金黄的煎蛋，抬眼看他：“你做的吗？”

“嗯。”

她勾唇：“谢谢。”

“昨晚你先睡着了，本来要跟你说我今天出差的事。”

初霜怔住：“你要出差？去哪儿？”

“利兹。应该不会超过十天。”盛庭看着她，轻声问，“有没有什么想要的东西？我给你带。”

她摇头：“我不缺什么。”

“这段时间你自己一个人，照顾好自己，别再像上次那样生病了，要是觉得孤单就去找盛瑶玩。”

“好。”

“我有空会给你打电话，有事跟我联系，联系不上我的话，可以找陈嘉州。”顿了顿，他缓缓道，“没事也可以联系我。”

初霜戳着盘子里的煎蛋：“好。那你在外面也照顾好自己，不用担心家里。”

男人眼中蓄着丝笑意：“本以为我会带着满腹疑惑出差，既然昨晚解除了误会，也就没什么担忧了。”

听他这么一说，初霜还是有些尴尬。

那个误会真的好让她丢脸。

盛庭走的当晚，初霜回到清御园，久违地感受到了冷清。

一个人吃饭，一个人看电视，一个人逗狗，有点不得劲，她便只好把注意力转移到画画上。

以为第一天他舟车劳顿不会打电话回来，入睡时初霜却意外接到他的电话。

“喂？”

“打扰到你睡觉没？”

“没有，”初霜揪着被子，“我刚躺下。”

“嗯，睡觉前检查一下窗户关好了没有，别像上次一样冻病了。”

“不会的，我没开过窗户。你到酒店住下了吗？”

“住下了。”

“累不累啊？”

“不累。”

电话里有片刻安静，似乎双方都找不到什么好说的。

“先生，您的下午茶准备好了。”有英式口音的女声在电话那头响起。

“送进来吧。”

初霜打了个哈欠，盛庭似乎听到了：“困了？”

“不困。”她的嗓音温软，嘴上虽然否认，但能听出些慵懒的调调。

看着瓷盘里漂亮的玫瑰糖，盛庭动唇：“这边产的玫瑰糖成品极好，听说有美容养颜的功效，我给你带点回去？”

“玫瑰糖还得是北约克郡庄园里农场主自产的最好。”初霜抱着抱枕翻了个身，“可惜利兹在西边。”

盛庭：“你想要，我让人去北边的玫瑰庄园给你带。”

“好。”

初霜听到了他那边勺子与碗碰撞发出的清脆声，想到英国正是下午，便饶有兴致地猜：“我猜你的下午茶有姜汁饼、红茶和约克郡布丁。”

盛庭一顿，看着桌上被她说对一半的下午茶，嘴角微牵：“以前来过约克郡？”

“高考完那年跟冰冰一起去毕业旅行，在那边待了一个月，参观了喷泉修道院和好几座中世纪古堡，要回国的前两天又去了爱丁堡的《哈利·波特》取景地，还去了九又四分之三站台，是一段挺难忘的经历。”

“既然在这边待过一段时间，你应该有不少怀念的东西，想要什么？我给你带回去。”

“我没什么非要不可的东西，你看着带吧，工作要紧。”

盛庭：“地道的姜汁饼想吃吗？”

初霜安静几秒，怀疑他在故意逗她：“谢谢，但我不吃姜。”

男人嗓音清悦，心情似乎不错：“行，我看着给你带。”

“你时差没倒过来，不困吗？吃完下午茶快去睡一觉吧。”

盛庭嗯了声："休息吧，你明天还要上班。"

"嗯，晚安。"

"晚安。"

答应给韩震昊画的头像完工，初霜发过去给那边看了一眼，对方很满意，溢美之词刷满聊天框。

"好看，好看！

"人物肖像描绘得很传神，身旁的赛车衬托得很好，确实画出了我想要的恣意张扬的感觉。

"初小姐手真巧，这头像完全是我想要的感觉，比想象中好看太多了，真不愧是专业的。"

画面中身高腿长的男人一身机车制服，倚在赛车旁，眉眼深邃，下颌凌厉，胸前抱着头盔，微风掀起额前碎发，露出一张硬朗的脸，嘴角勾着丝笑，表情桀骜又漫不经心。

她的画风确实有张力，当初他只是随口一说，自己都没上心，不承想她能描绘得这么好。

韩震昊当下换了头像，转过去一笔钱。

初霜一看，五千块。

"不用这么多，平时简单点的头像也就几百块，你这个虽说要素多，相对有难度，但一千五百块差不多了。"

韩震昊："收着吧，我很喜欢这个头像，看得出来初小姐是下了功夫的，我觉得挺值。"

初霜发了个小熊表情包："再怎么值也没有这么贵，韩先生收回去吧。"

看着"韩先生"三个字，韩震昊默念两遍，想象她当着自己的面叫出这个称呼，心里竟有种细微又陌生的痒意。

"这样吧，你再给我画一张图，这笔钱买你两幅图可以吗？"

初霜："你要画什么？"

韩震昊："还是赛车主题，不过这次难度稍大一些，我想要动态风格。"

“行，具体的要求你再详细说说。”

“嗯……这样的图有实物看着画可能要好些。这周末我恰巧有场比赛，你有时间的话可以过来看看，有助于你构思。”

这条消息发过去两分钟都没回应，韩震昊原本闲适地敲着方向盘的手微顿。

过于明显了吗？啧。他都这么慢节奏了，好像进展还不是很乐观。

按照以前他风风火火的性格，直球式追姑娘，基本几天就成了，现在倒有些束手无策了。

正思考这个方式到底行不行时，手机提示音响起，他立马解锁点进去，看见她回复的消息：“不好意思，刚刚家里的狗狗撞倒水杯，我收拾了一下。目前我周末还没有别的安排，如果后面也没有别的事，我就过去。”

韩震昊勾唇：“好。”

初霜：“那我吃饭去了，改天联系。”

“行。”

退出聊天界面，韩震昊撑着太阳穴发了个朋友圈。

“这五千块花得值。”

配图便是新头像，发的时候他不忘屏蔽初霜。

不一会儿陆陆续续有人点赞。

时越：“什么情况？”

韩震昊回复：“就这么个情况。”

时越：“感觉看见了雄孔雀开屏。”

“滚滚滚。”

盛瑶：“哟，你那用了几十年的头像舍得换了？”

韩震昊：“就说好不好看吧。”

盛瑶：“赛车旁的那人不会是你吧？”

“就是我，帅吧？”

盛瑶：“这个画手是不是对你有什么误解，你是不是威胁人家了，哈哈哈——”

韩震昊：“……”

周末，初霜带着板绘平板去赴约。

韩震昊领着她去最好的观赛位坐下，给她递了一杯温热的奶茶。

“谢谢。”

“你待会儿就坐在这儿，这个位置不仅视野好，看大屏也清晰。”

他边交代边戴头盔，不远处有几个男的喊他：“昊哥，快过来，开赛了！”

韩震昊回头对初霜道：“我是一号，记清楚了。”

“嗯，知道的。”

“那我走了。”

初霜认真点头：“我会认真观察的。”

韩震昊走过去，几个男生意味深长地看了一眼看台处的初霜，打趣：“是正在追还是追到了？”

“这次这个长得挺正，你的审美怎么突然提升了？”

这边离看台还有点近，韩震昊怕初霜听到什么，拍了拍几人的肩：“别瞎打听了，走吧。”

赛车宝贝跳完助威舞，参赛选手齐齐出发。

随着炫酷机车的阵阵引擎声，来观赛的人们兴致高涨，高声呐喊助威。

一辆辆赛车风驰电掣，选手们你追我赶，体验速度与激情。

初霜一直盯着一号选手，双眼看不清晰后，目光又移到LED大屏上。

韩震昊的操作很漂亮，加速、超车、变道急转弯，每一个动作都迅速果决，危险又刺激，看得人心率飙升。

原本抱着敬业态度来采风的初霜，后来直接沉浸在了赛事中。

直到比赛结束时，她才发现手心出了一层汗，放在膝盖上的画板上一笔都没画。

一号选手得了冠军，当他开回终点时，漂亮的赛车宝贝们正在跳舞祝贺。

初霜看着穿得清凉的姑娘们，又看了看自己裹得紧紧的大衣，心里感叹：真的好敬业。

接受胜利恭贺的韩震昊摘了头盔，主办方模样的中年男人笑脸盈盈地在旁边说了什么，随后朝身后最性感漂亮的姑娘使了个眼色。

姑娘识趣地上前来，走到韩震昊身旁，将将要伸手挽到他胳膊，却被他客气避开。

韩震昊拿了奖杯，就转身离开了。

穿过人群走到初霜面前，他扬眉笑："我开得怎么样？"

初霜坐着看他，伸出右手，缓缓竖起了大拇指，表情非常诚恳地说："很有水准，太刺激了，还有……"

韩震昊抬了抬下巴，神情愉悦自得："还有什么？"

"你命真大。"

韩震昊微顿，抱着头盔笑得颤抖。

偏偏她是一本正经地说出来的，没有夸张和玩笑成分。

恰恰是这份真诚让人觉得可爱。

"那你知道怎么构思这幅画了吗？"

"知道了，保证给你画出最飒爽帅气的赛车图。"

室外还是冷，见初霜的肌肤被冻得苍白，韩震昊开口："走吧，我请初画家喝杯热咖啡。"

在咖啡厅等咖啡的间隙，初霜来了灵感，掏出平板便开始构思赛车图。

画画最讲究灵感，有灵感时立马下笔是个好习惯，错过这个瞬间，以后可能就找不到现在的感觉了。

身旁的男人没有打扰，静默地看她勾勒线条。

她的手指很漂亮，葱白细长，指甲圆润干净，没有涂甲油。

她面容清丽，睫毛微垂，专注画画时薄唇习惯性地抿着。整个人给人的感觉温柔又舒服，不需多加修饰，已经美得令人驻足。

不动声色地注视着她，韩震昊无意识地摩挲指尖。咖啡端了上来，他默默喝了一口，压下心里的异样。

他想提醒她喝咖啡，又见她太过专注，最终还是没出声打扰。

店里的复古布谷钟分针转了好几圈，勾勒好底图线条后，初霜恍惚回神，才意识到时间过了好久。

"抱歉，我一画画就会忘了时间，你可以提醒我。"

“没事，反正也闲，在咖啡馆坐着听听音乐、看看美好的事物来消磨光阴，挺好的。”

看了眼时间，初霜把面前的咖啡一口气喝掉一半：“不早了，我得回去了。”

“我送你。”

她扬了扬手里的车钥匙：“不劳烦了，我自己开车。”

实在没有理由留她，人走后，韩震昊又在咖啡厅坐了会儿，直到手机铃声唤回思绪。

“老韩，你赛车比赛完了吗？”

“完了。”

“行，那赶紧过来吧，其他人都到了，只差你一个了。”

今晚和政泽他们组了个局，看时间不早，韩震昊起身离开。

到酒屋时，里面只有政泽、政源。

“这就是你说的大家都到了？”

政泽轻笑：“快了，魏亦则已经到半路了。不这么说你会快点来吗？”

先进门的是赵尽舟，看见韩震昊，他扬眉：“小朋友好久不见啊。”

韩震昊要小他们几个几岁，“小朋友”这个称呼赵尽舟最喜欢喊，尽管被当事人抗议多次，他还是屡教不改。

韩震昊面无表情地倒了杯酒给他：“老胳膊老腿的也来年轻人的场子，也不怕晚上回不去？”

赵尽舟点了烟，姿态闲适地靠着沙发：“你倒下了，我都不会倒。”

时越和魏亦则几乎一前一后进门，跟所有人不同的是，魏亦则带了女伴。

大家当着女孩子没好说什么，私底下都快挬死他了。

也不是对人女孩子有什么意见，兄弟之间组的局，带个娇滴滴的女孩子来算怎么回事？这下聊天都要端着几分，喝酒哪能尽兴？这是兄弟局，又不是家属局。

不过这是魏亦则的一贯操作，大家也习以为常了。

“盛小叔不来吗？”韩震昊突然问。

政源：“去英国出差了。”

“还以为他会带着家属过来。那位小婶婶你们都见过了？”

“见过了。举行婚礼的时候你在国外比赛，只有你没见到他那位夫人。”

韩震昊对盛庭的事蛮感兴趣的，没想到那么有原则的人居然会同意家族联姻：“盛小叔就这么结婚了，他跟那位联姻的夫人怕是生分得很，他不会家都不回、冷落人家吧？”

赵尽舟嗤笑一声：“你想多了，人家是个无师自通疼老婆的，出个差还记得给家里的娇妻置办礼物。他老婆想要花，那段时间我正好在京畿道出差，那变色玫瑰就是他请我顺路带回来的。”

魏亦则感叹：“不得了，不得了，最严肃冷漠的人居然是个宠妻狂魔，盛庭这婚结得有意思。”

听他们几人在一旁说着话，韩震昊半信半疑：“真的假的？难道这位小婶婶是个天仙不成？就算是天仙，小叔也不见得会欣赏吧。”

时越出声：“等你见了就知道了，她往小叔旁边一站，两人还挺般配的。”

见几人对那位小婶婶的评价不错，韩震昊更好奇了：“她是什么来头？”

政泽：“南方姑娘，书香门第出来的闺秀，可能盛庭正好就喜欢这一款。”

“连小叔都能拿下的女人，那我以后还真得见一见尊容。”

话题转换，政泽说这周三晚上里昂皇家马场里有一场拍卖会，内行人透露，拍品都是稀奇珍贵的宝贝。

“能有多稀奇？那些宝贝难道还能有尽舟家里收藏的那些稀奇？”

赵尽舟是出了名的爱收藏古玩字画等稀奇物件的人，他那装满一层地下室的藏品琳琅满目，被他们戏称为藏宝阁。

“都是去见见世面，谁会嫌宝贝多？”

“这次的拍品主题是字画，应当会有些不流于市的名家真迹出现。”

初霜今天格外有灵感，草草吃完饭就按捺不住画画的兴致，在书房一坐就是两小时。

扭头放松时手机进来了消息，她立马放下画笔去看，看到联系人时，眼里的光暗淡了点。

韩震昊：“这周三在里昂皇家马场有一场墨宝拍卖会，拍品都是难得的宝贝，可遇不可求，有没有兴趣去看看？”

初霜：“工作日我没什么时间。”

“是晚上。”韩震昊补充，“听说有很多做印章的上好石料，你们画画的人一般不是很喜欢收集印章吗？”

他这么一说，初霜果然有了兴趣：“品类多吗？不会很贵吧？”

“很多，你想要收集的应该也有，价格……得看跟你竞拍的人多不多，如果没有人跟你竞拍，还是能以相对低价拍到的。拍卖会是会员制，会员可以带一人，如果初小姐想去，可以跟我一起。”

初霜还没想好怎么答复，手机显示盛庭拨来了视频通话。

对着屏幕理了理头发，初霜才按下接听。

映入眼帘的是男人放大的俊脸，初霜抿着嘴笑：“嗨。”

盛庭看见她身后的背景，问：“在书房？”

“嗯，”初霜转移镜头，让平板入镜，“在画画。”

匆匆瞥过一眼，盛庭看到了画面上的赛车。

“别看屏幕太久，偶尔放松一下眼睛。”

他是知道她一画画就长时间不休息的习惯的。

初霜点头：“好。”

“怎么不联系我？”

他出差这几天，初霜几乎不会主动给他打电话，发消息也只是偶尔。

“时差太大了，我不知道你什么时候得空，也怕打扰你工作。”

所以她就只好等他打过来了。

盛庭凝视着她光洁的面颊，低声问：“是不是瘦了些？”

“好像瘦了两斤，最近胃口不是很好。”

盛庭微微蹙眉：“工作压力大了？”

“不是，纯粹是不太想吃东西。”

电话那边的人静默片刻，薄唇轻启：“是不是帝都太冷了，还是适应不了北方的冬天？”

"没有。习惯得差不多了，室内挺暖和的，就是有点怕出门，每天早上都很不想起床。今早闹钟响了又关掉继续睡，差点睡过头了。"

见她轻声抱怨早起困难，盛庭温声问："这么困难？"

初霜煞有介事地点头："太难了。"

"那我回去后负责叫你起床。"

男人的嗓音低沉，神情一本正经，初霜看着他的俊脸，嘴角不自觉地微勾："可不敢麻烦你。"

想到刚刚韩震昊说的那场拍卖会，初霜问他："你有里昂皇家马场的会员吗？听说这周有个拍卖会，我想去看看。"

"里昂马场？"

"嗯，好像只有会员才能去，你是会员吧？"

"不是。"

"好吧……"

"马场是我的。"

初霜微怔，慢慢张唇："你的呀？"

"嗯。你要是去的话，我跟那边说一声，到时候会有人领着你进场馆。"

"好。"初霜换了只手拿手机，"那不如也给我办张会员卡吧。"

"没必要，他们认得你就行。"

她杵着下巴打趣："让我刷脸进出吗？"

盛庭不疾不徐地喝了口茶："盛太太当然可以刷脸出入。"

初霜的心不受控制地猛跳了一下。

聊了会儿，他那边好像有事，便催着初霜去睡觉。

"别熬太晚，画不完的明天再画。"

"好，那我去睡了。"

挂了电话，发现一直没回韩震昊的消息，初霜在聊天框编辑："谢谢，还是不麻烦你了，要去的话我自己过去。"

初霜发现最近两天袁姨做的菜都是她的家乡菜，一开始她还以为是偶然，结果连续几次都是这样，她便好奇地问了袁姨："怎么想起来做南方菜？”

袁姨：“是做得不好吗？”

“没有，很好吃。您还会做桂云那边的菜啊？”

袁姨笑笑：“是先生说你最近食欲不振，有些消瘦，让我做点你的家乡菜试试。”

“原来是他……”

“先生是真的很关心你，别看他寡言少语，其实什么都懂，男人少有他这样细心周到的，夫人是有福气的人。”

袁姨一般不会多嘴，只是近来发现两人的相处比以前有温度许多，这豪门婚姻好像没她想象中的那么冷淡。

先生不错，夫人也是个知书达理的，对她也客气尊重，有些话她该说的还是想提点两句：“袁姨以前也在不少富贵人家做过事，看人还是准的。姻缘这事不能强求，但来了也挡不住，遇事只管顺从本心，别的自有天意。太太和先生都是良人。”

袁姨一席话令初霜深思许久。

许是家乡菜太合胃口，她今晚吃了许多。

上楼后她没有立马去画画，而是翻出主卧柜子里的影集。

这是他们结婚时在影楼拍的。

当时她只觉得在走流程，摄影师怎么指挥，她就怎么做，拍完后她都没好好看过。现在突然翻出一看，她的心中有些别样的感觉。

认认真真看完每一张照片后，初霜坐在桌边发了会儿呆。

她打开手机，微信界面空荡荡的，没收到他的消息。

思忖片刻，她主动发消息过去：“在忙吗？”

等了好一会儿没回复，她打算先去洗个澡。

十五分钟后收拾好一切回来，她第一时间看手机，终于看到他的回复。

盛庭：“马上有个会议，得两小时左右，今天可能打不了电话了，你先睡觉。”

眼里闪过一丝自己都没察觉的失落，初霜打字：“好吧。”

懒洋洋地涂了身体乳，她打开平板又画了几分钟，不太满意，又擦掉。

看着画面里坐在赛车里的男人，初霜退出，新建了个画布。

画笔在指尖转了几圈，脑海里有个身影浮现，巧思泉涌，再下笔时，她比刚刚轻快不少。

夜很深了，初霜打呵欠时无意识地抬头一看时间，自己先被惊讶到——居然熬夜画稿了。

看着平板中的画面，初霜的嘴角微微翘起。

高墙大院，青瓦白墙，池子漾起水波，画面中撑黑伞的男人身影落拓，清冷的面容氤氲在雨雾里。

画画时这一幕在脑海里总是很清晰，也是这一刻她才惊觉，那次初见她竟记得这么清。

她小心翼翼点了保存，这才关灯睡觉。

拍卖会当晚，初霜刚下车，工作人员就迎了过来，亲自带她进场馆。

她为着上好的印章石料而来，拍品也果然没让她失望。

来之前她想过拍卖会上可能会有好东西，防止自己花钱大手大脚，她给自己定了规矩——最多拍三个品。

可她拍完三个品后，工作人员又推出一块红色朱砂冻，初霜瞬间瞪大双眼。

这个才是最好的，这些人把好的留到后面，让她前面花了那么多钱。

这块朱砂冻色泽红艳，细腻凝润，在专业灯光的照耀下美得不可方物。

要是把它做成印章，用在自己的画作上……

初霜哪受得住这诱惑，毕竟好东西可遇不可求，她一咬牙参与了竞拍。

“十万。”

“十五万。”

“二十万。”

看着那些一次次将价格抬高不少的人，初霜心在滴血，举了牌子：“二十一万。”

“三十万。”

“四十万。”

价格已经远超物品价值了，听到四十万，先前跟着喊的人望而却步。

拍卖师清了清嗓子：“四十万一次，四十万两次……”

初霜看着台上锦绣托盘里的朱砂冻，抿抿唇，举牌出声：“四十二万。”

以为朱砂冻快到手的韩震昊蹙眉，转头看向远处跟拍的人，一眼认出初霜。

他心下惊讶——原来她也来了。

他为了这块朱砂冻而来，刚入席不久，不承想刚刚一直与他竞拍的人竟是她。

离得太远，又想着她不一定会来，他刚刚竟都没听出她的声音。

韩震昊没再出声竞拍。

反正他也是为她而拍的，既然她来了，也就没争的必要了。

最终初霜以四十二万的价格拍得那块极品朱砂冻。

拍到了想拍的东西后，初霜正准备离席，看见新展示的拍品，就又走不动路了。

这次的拍品不是印章，而是一副上好的围棋。

红木棋盘镶嵌银丝，三百六十一颗棋子颗颗都是珍品，一百八十一颗黑子是墨玉材质，一百八十颗白子则是用和田玉中的极品羊脂白玉制成，看着极为赏心悦目。

想起多日前的午后与某人切磋棋艺的闲适时光，鬼使神差地，初霜很想拍下这副棋。

如果她没记错的话，盛庭的生日快到了。

这场拍卖会还真是来对了，她都不用愁于挑选他的生日礼物了。

这次竞拍比之前任何一次都要激烈得多，初霜前面一直没喊价，等着竞拍者们较劲，直到最后几轮她才参与进去。

最后这副棋的价格竟攀升到了四百万，初霜没带一丝犹豫，紧跟不放，最终成功拍下。

她出手阔绰，引来场内许多人的注目，包括韩震昊。

之前就看得出来她不差钱，但他以为她只是小富。今晚她光在这里的消费就超过了五百万，能随便拿出这笔钱，看来之前他还是小看她了。

也是，能进入这里的人自然不简单。

现在他更好奇她的身份了。

拍卖结束，主办方为尊贵的会员们准备了精致茶点，初霜在包厢等候工作人员把拍品包装好送来时，却看见了意料之外的人："韩先生也来了？"

"是啊，刚刚那会儿我还跟你竞拍那块朱砂冻呢，"韩震昊自顾自地走过去，"不介意我跟你拼桌吧？"

"你随意，"初霜推了杯龙井茶过去，"原来那时和我一起竞拍的人也有你，我光顾着竞拍了。"

韩震昊摇头笑："原来你说不需要我带是真的不需要，我还以为你说的是客套话。今天初小姐收获颇丰啊，我倒是一样都没拍到。"

初霜说了句客套话："夺人所爱了，不好意思。"

目光落在她执杯的左手，无名指上的戒指璀璨耀眼，韩震昊随意地问："你这戒指挺好看，但看起来跟右手这个不是一对。"

"对，右手这枚戒指是十八岁生日时家人送我的生日礼物，左手这枚是婚戒。"

韩震昊蓦地抬眼，嘴角的笑意微僵："婚戒？你结婚了？"

初霜愣愣地点头，晃了晃戒指："不明显吗？"

她一直以为他知道的。

男人沉默半晌。

之前他不是没看见她左手的戒指，只是她右手上也有一枚，现在很多人戴戒指也没那么多讲究，他便没联想到结婚。

况且她平时看上去就是单身女性，他从来没见过她身边有别的什么异性。

谁能想到，自己暗里追了一段时间的姑娘居然已经结婚了。

本来对高岭之花他就束手无策，多日一直没有进展更是让他郁闷，现在倒好，居然发现她已经名花有主了。

心情一落千丈，让韩震昊半天说不出话来。

工作人员排着队进来了："夫人，您的东西都包装好了。"

初霜起身："好，麻烦送到我车上去。"

她回头对还在原地发怔的男人告别："那我就先走了，韩先生再见。"

韩震昊点头。

过了一会儿，他缓缓回过神，拉过一个工作人员问："刚刚那位女士，是哪户人家的？"

这里的员工职业素养很高，道："抱歉，先生，我们不能随便透露客户信息呢。不过那位夫人也是帝都的。"

帝都有名有姓的家族他基本上都知道，怎么从来不知道有这么个人？以她那相貌、气质、学识，要是帝都人，他应当早就有所耳闻了，不可能这么多年了才看见。

他缓缓吐了口气，捏着鼻梁骨，感觉自己现在满腔浊气，呼吸不畅，很不爽。

躁郁中又有一股心尖泛酸的微妙感，深呼吸几次也难以排解，他有点想喝酒。

时越正准备打烊时，门口突然进来一人。

看见来人，他微诧："这么晚了，你找我有事？"

"你这里有没有酒？"

韩震昊的嗓音低沉，一看他表情，时越颇为新奇。

一向玩世不恭的韩家小少爷，何时露出过这样颓废的神情。

"我这是咖啡馆，又不是酒吧。"见这小少爷情绪低迷，时越妥协，"行吧，真是欠了你的，上楼。"

楼上大平层是他的私人空间，有时工作太晚不想回家，他便会在这边休息。

日落灯橘调光晕笼罩着沙发区，时越去酒柜里取来好酒："说说，遇到什么事儿了？"

接过酒杯，韩震昊一饮而尽，垂眸沉默好一会儿才开口："那个姑娘，居然结婚了。"

时越愣了几秒，不可思议道："不是……老韩，你来真的？"

韩震昊抬头瞥他一眼，声音低涩："不知道。"

他以前从没有过这样剧烈的情绪波动。

今天之前他只当自己对她比其他人多几分兴趣，本质上与以前对其他女孩的感觉没什么区别。

可从得知她已婚的那一刻起，心情忽然变得酸涩堵闷，这让他意识到了自己的异常。

时越叹了口气："有缘无分也是人生常态，你这好不容易动一次心却没有机会，确实挺让人难受的。"

"不过，"他正色道，"既然对方已经结婚了，你就别惦记着了，破坏他人婚姻的事咱可不能做。"

韩震昊淡淡点头："嗯。"

见他情绪实在不高，酒一杯一杯地往嘴里灌，时越真想把他这样子拍下来，等以后给他看看。

虽说他嘴上应了，但看他的状态，时越总觉得不放心，毕竟这小子叛逆起来什么事都做得出来。

可不能让他放纵自己，破坏别人的婚姻。

这一晚时越苦口婆心地在他旁边千叮咛万嘱咐，温声安慰，陪他喝了不少酒。

第二天韩震昊一觉睡到下午，起来时头疼欲裂，靠着床头缓了半天，不适感才消失。

想到昨晚的种种，他深呼吸几次，按了按太阳穴。

他伸手去拿手机看时间，第一眼便看见微信上初霜发来的新消息，他立马坐直了身子，点进去。

初霜："画稿完成了，你看看有没有什么需要改进的地方。"

看着她发过来的图，韩震昊沉思良久。

坐在赛车里的人洒脱自在，张扬恣意，这是她眼里的他。

韩震昊："画得很好，没什么需要改进的地方。

"辛苦了。"

初霜过了会儿才回复："不辛苦，这是我应该做到的。"

昨晚初霜回去后，把在拍卖会上拍得的几块印章石料拍照发给盛庭看了，他回复的时候已经是凌晨，那会儿她已经睡着了。

至于那副拍下来的围棋，她准备留着当惊喜，没告诉他。

初霜：“你大概多久回来？”

距离他的生日只有几天了，她得算算他能不能回来过生日。

这会儿英国时间是早上七点，他可能还没起床，初霜也没守着手机等消息，起身去茶水间冲了一杯咖啡。

几位同事在讨论周末去团建的事，初霜疑惑：“周末有团建吗？”

徐姐：“咱们听说主编要走了，周末打算为她举办欢送宴。”

“怎么这么突然？”

“我们也是今天才得知的，好像是主编要回家待产。下午开会会说。”

主编姐姐人不错，当初对还是新人的初霜多有照顾，工作上也从不刁难。

听说她要走，初霜有点不舍。

“待产的话可以请假，为什么要辞职呢？”

“人到了一定的年纪都会想回归家庭，咱们主编当了那么久的女强人，可能是觉得累了吧。听说她家那位对她极好，又是个有钱人，这次两人好像要去新西兰生活了。”

女同事羡慕道：“真好，这是嫁给爱情了呀。结婚多年，丈夫一心支持她的事业，也不逼她要孩子，现在她想把重心放在家庭上，人家丈夫也能给她好的物质生活。爱情事业双丰收，女人活到这份上，实在让人羡慕。”

跟她们闲聊了会儿，初霜回到工位，看见盛庭回复的消息：“三天能回来了。”

那来得及，她能给他过生日的。

下班后初霜想吃CBD旁边的一家香酥鸭，排队买了一份才去开车。启动车子前，她似有感应地看向马路对面。

没人。

奇怪，刚刚感觉有人在看她。

她的车子开走后，后方某辆普通路虎里的男人抬起头。

看着远去的车子，韩震昊目光深沉。

她总是独来独往，丈夫从没接过她上下班，怎么看都不像是幸福的婚姻。

给主编举行的欢送宴，地点在娱乐城。

包间里大家说着祝福的话，有同事在台上唱歌，气氛有点煽情。

在这样的环境下，喝酒是逃不掉的，大家都在喝，初霜也不能扫大家的兴。

饶是初霜控制着量，喝了几轮后也有点上头。

跟同事说了声去洗手间，她便起身出门，在外面短暂逃避一会儿。

露台上冷风一吹，初霜恢复了几分清醒，靠着栏杆打开手机。

和盛庭的聊天界面上，最后一次聊天时间停留在中午，她跟盛庭说晚上部门有聚会，男人嘱咐她少喝点酒。

算算时间，他明天就能回来了。

入口处有响动，她转头一看，一个中年男人点着烟上了露台。

初霜收了手机准备回去。

离开露台，她缓缓松了一口气，按着包间号找回去。

她打开包间门，里面灯光迷离闪烁，台上唱歌的人似乎换了一个。

她坐进沙发，很明显地闻到了一股烟味。

可是他们部门的两位男士从不在她们这几个女同事面前抽烟。

初霜往四周看去，借着昏暗的灯光，她才发觉周围都是不认识的人。

包间内有男有女，其中两对直接搂在一起。

从她进门起，那些男男女女的目光就一直落在她身上。

初霜心一惊，连忙起身："不好意思，走错了。"

她刚走了两步便被人挡住了去路。

叼着烟的男人笑得散漫："来都来了，坐下一起玩啊，美女。"

听着这个称呼，初霜心里有些不舒服："不了，我朋友们还在等我。"

她绕过他要走，另一个男的又堵住了路："相遇即是缘，喝杯酒再走吧，要不咱加个微信？”

他们身上烟味很重，初霜蹙了蹙眉，淡声开口：“麻烦让开一下，我的朋友在催我过去，他们很快就会找过来的。”

男人们并不买账：“正好，你朋友是男的还是女的？让他们一起过来玩。”

不再跟他们多费口舌，初霜推开男人就往门口跑。

男人早有预料，没费什么劲就抓住她的手腕往后一带。

“滚！”

初霜用力反手捶打，男人拉扯的动作并不收敛。

“够了啊，别吓坏人家小姑娘。”角落里传出慵懒冰冷的男声。

侧目看去，初霜微顿。

居然是顾隋。

“不会好好请人家过来吗，非要这么吓唬她。”

他一只手懒懒地搭在沙发扶手上，指间香烟猩红的火光忽明忽灭，目光疏离冷漠。

许是他身上的冷漠感太强，没有女人敢凑到他身边。

对视几秒，顾隋拍了拍身边的沙发：“真巧。”

假装看不懂他的暗示，她冷静地注视他：“我要出去。”

男人灭了烟，语气懒散：“跟谁来的？”

“部门聚会。”

瞧着她一脸的防备和疏离，顾隋淡笑，长指推了推桌面的一杯酒：“想出去可以，喝了它。你要是不想喝，也可以求我。”

初霜第一次见到声色犬马场所里的顾隋，那种致命又漫不经心的危险，让她觉得自己之前真的是一点也不了解他。

那时她是个实习生，接触不到他，只在进公司第一天远远地见过这位顾总。

部门主管对她心怀不轨。某次加班到深夜，同事陆续走完，她留到了最后，那个油腻的中年男人趁着公司没人露出本性。

初霜差点以为自己难逃厄运。

恰好那天顾隋在公司过夜，临时从楼上下来取份文件，便撞见了那一幕。

对那时救了她的顾隋，初霜十分感激，从那之后便跟他有了交集。

那时在初霜的认知里，顾总威严正直，是个很优秀的男人。

一个月后顾隋跟她提出要交往时，她还觉得挺不可思议的。

二人也有甜蜜的时候，偶尔他会陪她一起看电影、逛街，他的温文尔雅和有礼有节让初霜开心过一阵子。

事情的变故是从陆陆续续有女人来挑衅她开始，各色女人都以为她没身份、没背景，好欺负。

这些事已经影响了她正常的工作和生活，开始她还会跟顾隋说，后来发现没什么实质性改变，她也就不说了，何况有时候他还说不认识那些女人。

顾隋也是从那时候变得忙起来，二人聚少离多，这段感情还没热起来，便慢慢冷却了。

初霜是个很怕麻烦的人，上头了那么一阵子就很快冷静下来。

钱韵影响她工作的事只是导火索而已，其实根本原因是日积月累的失望。

好像分手之后，初霜才开始认识他这个人——原来以前那些形象都是她主观上想象出来的。

看着面前这杯酒，初霜动唇："说话算话。"

她举起酒杯一饮而尽。

她喝得太猛，烈酒入喉，呛得她不停咳嗽。

顾隋皱了皱眉。

她还真够倔的，宁愿喝烈酒也不愿对他低头示弱。

"你真是……"

旁人见初霜乖乖喝了酒，嬉笑打趣："现在的姑娘是不是都看脸的啊，人顾总一句话比我们好使多了。"

初霜忍着喉间的辛辣，明显感觉身体温度在渐渐升高，头也有点晕。

顾隋拉着她的手腕起身，在其他人揶揄的目光下带着她出了门。

一到露台，初霜就挣脱开：“谢谢。”

睨着她变粉的脸颊，顾隋语气清淡：“大晚上的来娱乐城喝酒，你现在胆子大了不少。”

“都说了是部门聚会。”

男人沉默片刻，问：“那你待会儿怎么回去？你这样子路都走不稳。”

“找代驾。”初霜感觉头有点晕，视野里的物体已经在转，她不想再待在这儿，“我走了。”

顾隋拉住她的手腕，看着她，声线低哑：“你结婚是骗我的吧，你身边根本没出现过别的男人。”

“我真的结婚了，”初霜嗓音有些沙哑，靠着栏杆才能站稳，不知道是不是酒劲太大，她觉得浑身无力，连动一动手都没力气，“结婚照都保存在我的手机里，你不信的话，可以给你看。”

看她的意识已经涣散，顾隋上前扶着她，垂眸凝视她挺翘的鼻梁，声音飘进夜风里：“是父母安排的婚姻吧。那你喜欢他吗？”

初霜挣扎的动作顿住两秒，又退出他的怀抱：“喜欢啊，他是很好很好的人。”

顾隋冷嘲：“既然这么好，怎么不见他跟你出双入对？你喜欢他，那他喜欢你吗？”

“放开，”初霜越发觉得浑身使不上力，脚也开始软了，“顾隋你让我走！我老公会找你算账的。”

她的几句话让他的心沉入谷底，看她避如蛇蝎的模样，想到在一起时她的温柔似水，反差感和占有欲冲撞得他躁郁难平。

女人身上的淡香若有若无地传过来，顾隋眼神微暗，视线落在她漂亮的唇上，一手按着她的后脑，将人贴近自己。

灼热的吻落在侧脸时，初霜瞪大眸子，剧烈挣扎，脑子都清醒了几分：“走开，你缺女人就去找，欺负我算什么本事！”

“霜儿，这算什么欺负。”

顾隋置若罔闻，欲再俯身讨便宜，侧边忽然袭来一股劲风，随之而来的是强硬的拳头。

他被打到后退几步，口腔内一股铁锈味弥漫开。

对方用了十成的劲，他感觉脑袋都跟着嗡嗡响。

顾隋抬眼，看见一身黑大衣、面容冷肃的男人。

顾隋认得他——京都商会的会长。

盛庭凛冽肃杀的气势同样吓到初霜，刚刚离得近，她知道那一拳他用了多大的力气。

无暇去想他怎么会在这里，光是想到刚刚自己和顾隋在一起的画面，以及他与往日大相径庭的举动，初霜就知道他有多大的怒气。

张了张嘴，她却发现自己不知该说什么。

盛庭身后有个紧跟而来的女人。

女人看见眼前的一幕，捂了捂嘴："怎么打了人？"

盛庭嗓音冰冷，目光一直都定在顾隋身上："朝妤。"

女人应："嗯？"

"带她离开。"

叫朝妤的女人反应了一秒，走过去扶住愣怔的人。

初霜看到盛庭眼里的危险，怕他做出格的事情，无措地摇头："别，别打了。"

她拉住男人的手，嗓音有些颤抖："我们回家好不好？"

盛庭垂眸看她，指腹带走她眼尾的一点水意。

他一字一句地对朝妤道："带她走。"

朝妤上前来拉住初霜，走之前看了一眼盛庭，终究是什么也没说，带着不愿走的人离开露台。

被安顿在包间沙发上，初霜尝到嘴角的咸味，手一摸才发现流了泪。

她头疼欲裂，脑子像被人狠狠晃过，又晕又疼。

朝妤给她递了杯温水，初霜只是看着，没喝。

不知多久后，包厢门被推开，初霜蓦地抬头，看见男人微乱的衬衫和挂了点彩的脸庞。

初霜眼眶一酸，泪水汹涌而出。

盛庭走过来，多余的话没说，只扶起她："回家。"

出了包间，初霜下意识地往露台的方向看去，却被男人扳回头。

下一秒，她身子一轻，被他公主抱着离开。

坐进车里，初霜惊魂未定，想问什么，又因为车内沉凝的氛围不敢问出口。

“我得跟同事们说一声。”

“早散了。”

盛庭一下飞机就来了娱乐城，初霜的电话一直是未接状态，他找到了她们的包间，却被告知她出去很久了。

他一间间包间找过去，直到在一个包间看到她落在沙发上的手机。

那些纨绔公子哥戏笑说闯进门的姑娘被人带去开房了。

天知道在露台看见她被欺负时，盛庭心里有多愤怒。

担心了一晚上的人被灌得意识迷离、手脚发软，要是他再晚来一步，后果不堪设想。

盛庭抽纸巾给旁边泪流满面的人擦了擦脸，僵着的声线柔和下来：“不怕了。”

本来已经止住眼泪的人被这么轻声一哄，泪水再次夺眶而出：“我没做不好的事。”

“我知道。”

“我不知道他也在那里，是意外遇见的。”

盛庭用纸巾擦过她的下巴：“嗯。”

“你嘴角破了。”

男人面色如常：“没事。”

初霜想起他在露台上时肃杀冷漠的气势，还心有余悸：“你们……”

想了想措辞，她说：“他有没有伤到你？”

“他伤不到我。”盛庭抽出湿巾，慢条斯理地将每一根手指都擦干净。

“那……”

“他死不了。”

初霜哑然。

盛庭启唇：“我心里有数，你别担心。”

凝着她泪湿的睫毛，男人伸手抚过她的眼睑：“今晚吓到了？”

四目相对，初霜实话实说：“被你吓到了。”

盛庭拿湿巾给她擦脸，放软了声音："别怕。"

他离得太近，紧张感散去之后，昏沉感卷土重来，初霜不仅头重脚轻，身体里还一阵一阵泛着热意。

"喝了不少。"

盛庭闻到了她身上的酒味，也看到了她迷离的眼神和泛起不正常红晕的脸颊。

感觉眼前放大的俊脸在转，初霜艰难地吐出几个字："下次不会了。"

然后她便靠着靠背开始闭眼休憩。

盛庭摸了摸她的额头，有点烫，便吩咐司机调低空调温度。

一路上她的呼吸都有些急促，头晕目眩，心里已经有几分燥意。

醉酒是这样的吗？

车子行驶得很快，没多久就到了清御园。

盛庭转头看她，见她已经没几分清明，直接抱着她下车。

突然接触到冷空气，初霜打了个寒噤，男人察觉到了，步子快了些。

进屋后，盛庭将她放在沙发上："我给你找点药。"

男人沉稳的木质香远离，让初霜心里没来由地失落了一下，她努力调节着呼吸，目光追随着他。

他翻出药箱找药，又去饮水机旁接了热水，回来后坐在她旁边，神情专注地喂她吃药。

初霜口干舌燥的感觉更甚，一杯水很快见了底，盛庭又去给她倒水。

沙发上的人手指慢慢蜷缩，薄唇抿成一条线。

身体里的燥意根本忽视不掉，她一看见他就心率飙升，这种感觉到底……

盛庭走回来，发现她在看着自己发呆，把水递过去："怎么了？"

初霜吸了吸鼻子，回避他的目光，没接水杯。

"我头好晕。"她声音闷闷的，有些无奈，看起来像是对醉酒无所适从。

"喝了那么多，哪能不晕，"盛庭放下杯子，"我带你上去休息。"

重新落入宽大温暖的怀抱，初霜有了安全感，可内心的燥意仍无法纾解，她只能揪着他胸前的衬衫，努力压抑自己。

上楼过程中盛庭感受到她身体的灼热，瞥见她紧紧攥着自己衬衫的手，视线上移，他看到她在大口大口地呼吸。

浓眉微凝，男人将她抱紧了些，快步上楼。

将人放在大床上，盛庭给她调好了房间温度，确保她不热又不着凉。

初霜脱了外套，趴进柔软的大床，终于有了片刻放松。

盛庭的目光扫过她的细腰长腿，出声问："要不要洗澡？"

初霜一顿，说："要。"

"我给你放水。"

"不用了。"留着那丝理智，她拒绝，"你去休息吧，我自己来。"

男人并不理会："你现在这样，我怎么休息。"

听到浴室哗哗的水声，初霜慢慢咬唇，心里有点慌。

他再不走，她不确定待会儿她还能保有最后的理智控制自己。

# 第八章

Qing Shan Si Yu

在那个包厢喝的那杯好像不是普通的酒。

感受着体内从未有过的感觉，初霜觉得，她好像遇到了电视里说的——下药……

刚刚在客厅看着盛庭时，内心的燥热根本按捺不住，她想接近他，贪恋他的温度和怀抱，当时她就觉得自己不对劲。

而盛庭对此一无所知。

她现在能想到的办法就是离他越远越好，时间再长些，她真的不知道自己会做什么。

脑子里一片混乱间，她想到很久之前那个旖旎的梦境。

梦里的内容太露骨，她花了好长时间淡化，现在突然忆起，心狠狠跳了一下。

放好水再出来时，男人颈上的领带已经不见了，衬衫袖子卷起一截，露出强劲有力的小臂。

他走过来，刚触到初霜，她便一惊，躲开了，说："我自己过去。"

盛庭停顿在一旁，也不强求，看她翻身下床。

她刚走两步就颠颠倒倒，四肢无力把控平衡。

盛庭看不下去，大步上前，一言不发地抱着她进浴室。

超大浴缸里放了四分之三的水，初霜扶着浴缸边缘，说："你出去吧。"

"要不要我帮你？"男人的声音四平八稳。

心又是猛地一跳，初霜去看他，只见他神色如常，好像真的只是好心提出帮忙。

“我可以的，你快出去吧。”初霜感觉自己的呼吸又粗重了些。

凝视她几秒，男人才退出浴室。

泡进温暖的浴缸，初霜往自己脸上浇了几捧水。

侧过头看到浴室另一面墙的镜子里自己泛着红晕的脸，她不好意思看，移开视线继续泡澡。

不知过了多久，浴缸的水开始变凉，女人垂头靠着浴缸，一点动静也没有。

等在外面的男人察觉不对，敲了敲浴室门：“洗好了没？初霜？”

盛庭犹豫两秒，拧开把手进门。

浴缸里的人白得发光，浓密秀发散落在身前，挡住一些风光。

而人已经没意识了。

男人微微凝眉，取了浴袍走过去，利落地把她抱出来，用浴袍包住。

盛庭抱着她出门时，她恢复了些意识。

睁开眼看见男人硬朗的下颌，她动了动干涸的唇，声若蚊蚋：“那好像不是普通的酒……”

盛庭眼里闪过一丝冷鸷，他将人放在床上。看她的样子确实不像普通醉酒。

锁着眉点开手机，他打了个电话。

打完电话，盛庭探了探她的额头，问她：“很难受吗？”

视线扫过他的眉峰、鼻梁、薄唇，初霜微微偏开头，一言不发。

盛庭以为她意识不清，听不到他的话，也就不多言了。他给她拉好被子，就下了楼。

深夜，别墅一楼大厅的玻璃上映出男人紧绷的面容。

他倒出一杯热水放在旁边，又给自己接了杯冷水，一饮而尽。

放心不下楼上的人，他很快上楼。

再次进入主卧，看见初霜洇湿发红的眼尾，盛庭动作微顿，轻抚她的发顶，低声安慰：“快了，医生快到了。”

初霜刚刚以为他就这么走了，身体的不适加上说不出口的话，使得内心滋生出细微但清晰的委屈。

她都这么难受了，他为什么还在闲眼旁观。

各种情绪涌上心头，初霜的眼角滑下了一滴泪水。

男人叹了口气，将她捞起来抱进怀里，大掌慢慢顺着她的背。

“知道你难受，先让医生看看情况，得知道酒里的东西对身体有没有危害。”他的嗓音好听，语气比平时温和许多。

额头抵着他的胸膛，初霜那股难受劲缓和了一点。

女人的身体柔弱无骨，盛庭抱着她，心中满是怜惜。

他抬起她的下巴吻上去，清甜的气息诱发出身体里的燥意。

他吻得轻柔又旖旎，初霜轻易就沉溺进温柔编织的网。

此时响起了敲门声。

盛庭用大拇指揩去她唇边一点晶莹，声音喑哑：“进来。”

袁姨推开门，站在门口：“先生，朝小姐来了。”

盛庭点头：“让她进来看看。”

朝妤穿着英伦风衣，挎着药箱，大晚上被人这么叫过来似乎也不恼，探头先看了看屋内情况才迈步进来。

盛庭起身给她让位置。

放下药箱，朝妤细细给初霜检查，旁边的男人一直注视着。

“怎么样？”

“没什么大碍。”朝妤取出一支口服液递给初霜，“就是那种会暂时让人疲软无力的药，没什么副作用和后遗症，喝了这支口服液再睡一觉就好了。”

盛庭睨着朝妤，问：“确定没有别的？”

她抬头：“什么别的？”

初霜喝掉口服液，脸颊上不正常的红晕让她看起来确实不太好。

朝妤关上药箱起身，说：“酒精摄入太多而已，没有中催情药。”

被她这么直白地点出来，初霜略感尴尬的同时也有些怀疑。

没中催情药的话，那她今晚的种种异样……都只是单纯对盛庭心怀不轨吗？

“真的没事，中催情药的症状不是这样的。现在让她好好睡一觉吧，我也要回去补一觉了，下飞机后都没好好休息过。”

盛庭动唇：“有劳了。”

袁姨去送朝妤离开。

初霜看着女人优雅的背影，问盛庭：“家庭医生吗？”

“不是，一个朋友。”盛庭看了一眼时间，午夜一点，“不早了，快睡吧。”

初霜点头，闭上眼。

啪嗒一声，灯灭了，预料中的脚步声却没响起。

黑暗里一阵窸窣声响起，随后男人上了床，清冽的气息靠近。

初霜蓦地睁开眼，视野里一片黑暗，手捏住了被子。

终归还是醉得厉害，没多久她便沉沉睡去了。

静谧的环境里，女人规律的呼吸格外清晰，盛庭喉结微动，闭眼催自己入睡。

许久后有道浅浅的叹息声传出，盛庭侧身将软玉温香抱进怀里，左手轻轻拍着她的背脊，不知是在哄她入睡还是在哄自己入睡。

一夜无梦。

天亮时盛庭第一反应是去探初霜的额头，她的体温已经恢复正常了，再看她清秀的面容，脸上已经没有不正常的红晕。

晨光里的人睡姿乖巧，乌发蓬松，显得脸庞柔美精致。

盛庭静静了注视一会儿，都没意识到自己的眼神有多柔和。

他屈指轻轻刮了刮她的鼻梁，起身去浴室冲澡。

他收拾好下楼时，袁姨已经把早餐和醒酒汤做好了。

他再上楼时初霜已经醒了。

但她似乎还不是很清醒，保持着睡觉时的姿势，目光有些迷茫，眼睛一眨不眨地看着门口。

盛庭把早餐摆好，扶着她靠坐在床头：“喝点醒酒汤。”

初霜很顺从地喝完汤，又想躺下睡觉，被男人拦住：“吃点早餐。”

“头晕，不饿。”

宿醉的感觉真的不好。

盛庭把奶香小馒头拿到她面前：“吃点东西要好一些，胃不能空着。”

初霜咬了口小馒头，有点干。

“喝豆浆。”

看着那个吃了一半的小馒头，盛庭问她还吃不吃。

“不吃了。”

“那吃这个。”

递过来的是香糯的南瓜饼，初霜喝了豆浆后稍微有了点食欲，一顿早餐在男人的悉心照料下很快解决。

有种完成任务的轻松，初霜终于可以重新躺下睡觉。

她闭上眼，睡意又渐渐袭来。

盛庭看她一会儿，指腹抹去她唇边的一点残渣，为她拉好遮光窗帘才离开。

初霜再次醒来时已经过了中午，起身坐在床上缓了会儿，昨晚的一切全在脑海里过了一遍。

她拿过手机一看，微信里全是公司同事们关心的询问。

昨晚她出去上洗手间就没回去，大家都担心坏了。

她一一回复，报了平安，下床穿着拖鞋去浴室洗漱。

看见那个大浴缸，昨晚的那些回忆汹涌而来。

男人怎样将她从水里捞出擦净，怎样给她穿衣抱她出去，她又是如何被自己洗脑、被情绪裹挟，以为自己被下了药……

吐掉嘴里的泡沫，她捧起水往脸上浇，脑中画面倏地跳转到两人亲密拥吻的一幕。

那时气氛旖旎火热，最后却什么也没发生。

镜子里的人耳根发红，初霜扶着洗手台冷静了会儿，开始化妆。

她化了看起来很清透的雾面妆容，梳了高颅顶的马尾。

她穿好衣服下楼时，男人正在喂鱼缸里的鱼。

见她穿戴整齐，妆容精致，盛庭放下装鱼食的碟子：“身体还难受吗？”

“不难受了。”

初霜走至鱼缸旁，看着水中几尾漂亮的鱼穿梭在水草之间，她指着其中一条说：“每次喂鱼食时都是这条抢得最厉害，你看另外几条都没有它长得胖。”

盛庭看她一眼：“是吗？”

“对。所以我喂食的时候都是分开来喂的，把这条大的引开才去喂那几条小的。”

“你还会喂它们？”

“会啊，我经常帮你喂着呢。”她敛眉轻声道。

盛庭这几条鱼养得娇贵，水底布置得很漂亮，初霜也觉得赏心悦目，他不在的时候她就会帮忙喂食。

今天是冬日里难得的暖阳天，柔和光线恰好洒在她半边身子上，高高扎起的马尾发尖沾染细碎浮光。

一副岁月静好的模样。

“饿不饿？吃饭吧。”

“你吃了吗？”

盛庭：“没有。”

初霜微顿，看时间都快一点了。

“那一起吧。”

吃完饭，初霜坐在客厅阳光最好的地方，取了那晚拍来的朱砂冻，拿出工具开始小心翼翼地刻字。

这是个大工程，全靠手工篆刻成印章需要不少时日。

她不打算送去请匠人做，自己抽时间慢慢刻出来的才比较有成就感。

而且，这也是件修身养性的事。

盛庭把水果拼盘放在她面前的桌子上，看见她那些质朴的工具，问：“你要自己刻？”

“嗯，自己刻的更有意义，我之前那些印章全是自己刻的。”她的语气里有隐隐的骄傲。

男人盯着她露出的一截细嫩脖颈看了会儿，动唇：“你跟沈老先生学了很多。”

“外公收藏的那些印章全是稀奇宝贝，从太太公手里传下来的几枚都是传家宝了。小的时候他还会拿给我玩，我长大后就不给我玩了。”

手上认真做着事，初霜有闲心聊天，便讲起从前，“外公第一次教我刻印章是在我八岁那年，那时候小，每次刻到‘霜’字都会被麻烦的笔画难哭，我就偷懒只刻‘初’字。有一次冰冰来家里玩，外公带着我们用橡皮泥刻字，我发现冰冰的‘黎’字刻起来比我的‘霜’字还麻烦，心理平衡了，后来就不讨厌这个字了。”

盛庭薄唇轻启，声音温润：“为什么要讨厌这个字？我觉得很美。”

初霜指尖微顿：“小孩子嘛，最怕笔画多的字了。

“你的字那么好写，肯定没这种烦恼。”

“嗯，没有。”

陪她聊了会儿，盛庭从书架上取来一本书，在一旁静静阅读，不再打扰她。

墙上布谷钟走得缓慢，金毛叼着它的小玩具趴在两人旁边的地毯上，乖巧地玩着，也不闹人。

初霜抬头扭了扭脖子，颈椎酸，手也酸，印面上刻出来的却只有浅浅几道笔画。

今天的阳光太好了，初霜眯着眼缓解了一下眼部疲劳，突然觉得有点口渴。

她想喝饮料了，于是打算点个外卖。

打开外卖软件，她想了一下，在搜索框输入“快乐水”，想看看有什么好喝的推荐。

网页跳转了一下，显现出新画面。

看到的第一眼，她一愣；第二眼，她疑惑不解；第三眼，眸子蓦地变大！

软件推荐的哪是什么饮料，全是某些不可描述的东西。

头一次看见这些商品的初霜像发现新世界，此前她怎么不知道情趣用品产业已经发展到这个地步了。

这些东西怎么有这么多品牌、用途。

赶紧退出界面，她心虚地往旁边一扫——心倏地跳了一下。

盛庭的目光俨然落在她的屏幕上，似乎还在消化刚刚看到的东西。

耳朵一下热了，初霜忙解释：“不是，不是你想的那样……我想点个饮料，就搜了‘快乐水’，没想到跳出来的会是这些。平时大家对喜欢的饮料都会称为肥宅快乐水啊，我、我只是想看看有没有什么好喝的饮料……”

她一副努力辩解的模样，白皙的脸颊都有些泛红了，显然是被惊得不轻。

“没事。”男人面色如常，“我也是第一次知道还有这些东西。”

初霜刚放下一点点的心，又因为他这句不咸不淡的话提起，尴尬得脚趾都蜷缩起来了。

“我去榨点果汁。”

她起身溜进了厨房，一个人在里面喝了果汁压压惊。

待心情恢复平静，她才端着装满果汁的玻璃壶出去。

将玻璃壶和杯子放在茶几上，她对盛庭道：“我新榨的橙汁，很甜，你也喝点吧。”

盛庭看到那壶果汁，微微挑眉：“可以帮我去楼上拿个东西吗？”

“好，要拿什么？”

“我卧室床头柜上那个盒子。”

跑腿的人挺积极地上了楼，小金毛也跟着上了楼。

她径直进了他的卧室，看到好大一个盒子，盒子看起来还很有质感。

初霜小心慎重地抱着盒子下楼，放到盛庭面前。

完成任务，她刚要去跟小金毛玩，就被男人叫住：“帮我打开一下。”

盛庭讲话时也一直看书，视线都没离开过书本，全然一副发号施令的模样。

初霜思忖两秒，决定好事做到底，帮他打开。

翻开厚重的顶盖，丝绒内衬上躺着一整套青翠欲滴的玉饰，从戒指、手镯到项链、发簪，设计精巧，碧绿清透，看上去十分养眼。

男人薄唇轻启：“喜欢吗？”

初霜微怔：“给我的？”

“见你时常绾发，原本是想给你添个簪子，谁知去了一看，发现项链、手镯也漂亮，索性全买下了。”

“好漂亮，”她眼里星光点点，是喜爱的表现，“我喜欢这个颜色。”

这套首饰雅致内敛，婉约灵气，特别适合搭配典雅的旗袍。

初霜拿起碧玉手镯，质感冰凉莹润，戴在手上衬得她皓腕如雪。

她有点爱不释手了。

“谢谢。”

“下面还有。”

初霜看他一眼，拿出上面这一层，发现下面果真还有一层。

她本以为也是珠宝，等看见那些五颜六色的膏体，她微微张了张唇。

——英国温莎·牛顿出品的上好颜料，处在世界美术材料的核心地位，是很多艺术家的心头好。而且眼前这些还是在国内很难买到的系列。

他居然会想到给她买颜料。

初霜的目光比刚刚看玉饰时还要灼热，一一看过去，直到看见边上一个蓝色小玻璃瓶，拿起一看，她瞬间叫出声：“啊！群青！”

初霜举起瓶子细细又看一遍，指尖因激动而有点颤抖：“我一直都舍不得买，你怎么知道我想要它？”

她的脚步不受控制地往前走了一步，像是兴奋得要抱住他分享喜悦，动作却在中途止住——理智占了上风，她不敢鲁莽。

不知是激动的还是惊喜的，她的眼眶沾了一圈水雾。

盛庭瞧着她一系列的小动作，朝她微微张开双臂。

看见这一幕，初霜再也抑制不住激动的心情，如愿扑到了他温暖的怀里。

群青是世界上最古老、最鲜艳的蓝色颜料，其色彩纯净、高级，从青金石中提取，经历复杂的研磨和提纯后也只能得到极少量的微粒，原料的稀有性使其价格高达黄金的五倍。

世界名画《戴珍珠耳环的少女》的头巾就是用群青着色，令世人称绝的《千里江山图》也是大量运用群青的杰作。

学美术的人，大抵都梦想自己的画能用上这华贵的古老颜料。

在初霜的心中，得到上好的颜料比得到那些昂贵的包包和香水更让她开心。

她真的没想到盛庭会懂这些，他真的……太会了。

“开心吗？”男人声线低缓。

初霜用力点头，将他抱得紧紧的。

“我观望了好几年，一直舍不得买，总怕自己实力不够，糟蹋了好颜料。我都想着明年要买，没想到你一声不吭就送到了我眼前……你怎么会知道这些啊？”

“不难知道。”

感受着他温暖、结实的怀抱，初霜心里某个软软的地方陷了进去：“谢谢你，我很喜欢。”

“买个颜料而已，没想到你比看到珠宝要激动得多，倒也是意外之喜。只要你喜欢，就值了。”

感受着强烈的心跳，初霜微微退开一点，看着他英俊的面容。

男人见她打量自己，低声问：“怎么了？”

初霜的睫毛抖了抖：“没什么。”

她退到一边坐好，伸手捋了捋贴在侧脸的几缕发丝：“今天天气真好啊，适合去花园晒太阳……我……出去走走。”

她牵着小金毛，很快就消失在盛庭的视野里。

盛庭收回视线，继续看书。

园子里阳光明媚，四季玫瑰开得娇艳，初霜荡了会儿秋千，整个人都放松了。

她想到刚刚的情景，心跳还是好快。

盛庭朝她伸手时的动作和神情现在一遍遍回味起来，她的心底灌了蜜一样甜。

那种自然而然的宠溺根本没人招架得住。

在秋千上偷着开心了一下，初霜起身去她的小菜园。

她得给菜园锄锄草了。

盛庭出来时想了想，径直走向菜园，不出所料看见蹲在菜园里忙活的身影。

她真的喜欢她这片小菜地。

在长椅上坐了下来，男人慵懒地晒着太阳看她忙活。

他这一坐就是半小时。

她倒能沉得住气，安安静静，一个人在园子里能待一个下午。

这娴静的性子意外地跟他很合拍——怡然自得，不闹人也不过分柔弱，相处起来很舒服。

初霜不知道那边有人，除完草，点开相机给菜园子拍照，拍着拍着又变成自拍。

光线太好了，后园也漂亮，什么角度拍人都好看。

看着照片里自己漂亮的五官，初霜挺自恋，变换着各种姿势拍个没完。

她想背对阳光拍一张，歪着头转身，不期然地看见长椅上的男人。

她一愣——盛庭什么时候来的？

男人淡定从容，目光清明，不作声，等她继续自拍。

初霜哪里还拍得下去。

想到刚刚自己各种自恋的小动作，她有点维持不住面上的端庄了："今天……天气真不错哈。"

盛庭应声："是不错。"

见她不继续，他问："你不拍了？"

初霜淡笑："拍得差不多了。"

看了一眼悠闲自若的男人，她将话题引到他身上："要帮你拍几张吗？"

"随你。"

看着他深邃的五官，初霜手心有点痒，于是举起手机，打开后置摄像头。

照片定格的瞬间，初霜看着手机里的人微怔几秒。

天际湛蓝深远，日光暖入人心，冬日花园里，闲适地坐在长椅上的人眉宇堂堂，气质沉稳。

她走过去将照片给他看："你特别上镜。"

男人随意地瞥了一眼："还行。"

这叫"还行"？

初霜问："要发给你吗？"

"连刚刚的一起发过来。"

刚刚……指的是她的自拍？

"好。"

"晚餐想吃什么？"他转变话题真快。

初霜还没想好要吃什么，盛庭看了一眼手表，又开口："我今天有空，可以给你做大餐，想吃什么就说，机会不是常常有。"

——还是他亲自下厨。

初霜先讲出自己的疑问："我想吃的，你都会做吗？"

她有疑问也正常，他看着就不像很会下厨的男人，她对他厨艺的了解仅限于之前早餐煎的两个荷包蛋和荷花粥。

"都会。"

"西红柿炒蛋，豆角炒肉，酱香茄子……"

"你就吃这些？"男人看着她，认真地强调，"大餐。"

"那就吃东坡肉，糖醋鱼，牛杂汤，虾酸牛肉，软糯猪蹄。"

盛庭毫无压力地点头："行，家里有食材吗？"

"家里……不清楚。"

她也有一段时间没下厨了。

点了一堆大餐，结果两人连家里有什么食材都不知道，初霜说："有什么就做什么吧，我不挑食。"

男人了然起身："还早，现在去买也来得及。"

他走了几步，发觉身后的人还没跟上来，回头道："走啊，一起去超市。"

"噢！"

拿了车钥匙，盛庭去车库开车，初霜问他可不可以把小金毛也带上。

"想带就带吧。"

给小金毛拴上牵引绳，将它放在后座，初霜才坐进副驾驶。

盛庭开车十分平稳，两人还是第一次在这样的好天气开车出来兜风。

许是感受到主人心情不错，小金毛在后座也一副欢乐的小模样，睁着黑黑亮亮的大眼睛一直往外面张望，尾巴摇晃的频率比平时快得多。

初霜发现了："仓鼠，这么开心啊？"

小狗汪汪叫了几声，咧开嘴露出可爱的长舌头。

初霜被萌坏了，没忍住摸了摸它的头。

“跟我们一起出来把它高兴坏了。”突然想到什么，她微顿，“狗狗不能去超市。”

盛庭瞥着她和狗狗一样清透纯净的眸子，思忖两秒，不疾不徐道：“有宠物友好超市，那里可以带狗去逛。”

“好，就去那里吧。”

途经路边小贩，初霜眼睛一亮：“蛋包糯米饭，在北方不容易遇到欸。”

盛庭将车停在路边，她下车买了一份回来。

“你尝尝，我小时候放学在校门口最喜欢买这个吃。”

第一口她先喂给盛庭。

见他吃了，初霜观察着他的神情，问：“怎么样？”

一开始还好，看不出什么，几秒后男人原本淡定自若的脸上明显有一瞬怔然。

“好吃吗？”

“这是什么味道？”

初霜老实回答：“鸡蛋和糯米。”

“不是，”盛庭的眉心有了一点不易察觉的褶子，“调料的东西。”

他回味着口感：“辣椒、葱、蒜、酸萝卜丁。”

默默看了一眼自己手里的蛋包糯米饭，初霜发现了问题所在：“折耳根？

“你不吃折耳根的哦？”

看着他不算太好的神情，初霜压住笑意：“抱歉，你们北方人好像吃不惯这个味道，我没想起来。”

她自己吃了一口，心想，明明很香。

不吃折耳根简直是一大损失，这些小吃少了这一佐料就没灵魂了。

见她吃得满足，盛庭想到刚刚嘴里难以形容的味道，看她的眼神充满了疑惑不解。

“你觉得很好吃？”

“好吃啊，折耳根是灵魂。”初霜给他科普，“南方很多地方的人日常饮食都离不开它，不仅拿它来做各种小吃的调味料，还有凉拌折耳根、折耳根炒肉、折耳根串串烧烤这些食物。对了，这两年还火了一款饮品，叫折耳根凉茶。”

盛庭的表情渐渐从不动声色变成浓眉微凝，初霜早发现了，心里好笑，面上却一本正经：“好久没吃折耳根炒腊肉了，有点怀念那个味道。”

“这边的超市应该很少有卖那个的。”

“也是，行吧，那以后回老家再吃。”

到了超市，初霜牵着金毛跟盛庭并肩一起走，她负责逛，盛庭负责采购。

采购结束，结账时，她站在超市外等盛庭。

身边经过两个结完账走出来的姑娘，两人压低的谈话声还是落入她耳中：“那个男的也帅得太‘惨绝人寰’了吧，刚刚不小心看了一眼他的正脸，简直惊为天人。”

“那身高，那气质，今天值了值了！”

她们的讲话声渐渐远去，初霜看向了正在结账的男人。

人群里的他高大挺拔，面容冷峻，气质矜贵又沉着。

“帅”这个字用来形容他，恐怕太单薄。

手心的牵引绳忽地一紧，她还未来得及反应便被一股大力牵着往前，为了保持平衡，她跟着急急跑了好几步，但还是没用。

初霜重重地从几级台阶上滚下时，金毛还在奋力往前跑。

初霜的膝盖和手肘火辣辣地疼，刚刚她是跑着摔下来的，磕得太重，她感觉好几处骨头都泛着疼。

“初霜！”

盛庭结完账刚出来就看见她重重摔下台阶的一幕，他黑眸一凝，奔至她身旁将她扶坐起。

她的手心不知磕到哪儿了，豆大的血珠往下滚。

自知闯了祸的小金毛傻站在一旁，也不去追刚刚看到的萨摩耶了。

盛庭冷冷地看了一眼心虚到发抖的金毛，过去拎起它，打开车门，毫不客气地把它丢进去。

扶初霜在街边长椅上坐下后，他去药店买药。

他回来时带了碘伏，初霜看见，有商有量道：“不用碘伏了吧，直接涂药膏就行。”

那东西直接往伤口上涂可疼了。

盛庭拉过她的手腕：“得消毒。”

见他态度强硬，初霜闭了眼转过头。

盛庭拧开碘伏瓶盖，瞥见她紧闭的双眼，动作微顿，将碘伏换成了纯净水。

他用棉签蘸了水，仔仔细细擦干净伤口周围，然后轻轻将药粉洒在伤口处，再用纱布包扎好。

他动作很快，也没把初霜弄疼。

“谢谢。”

初霜手背和手腕上的一些擦伤也被他涂上药膏。

“还有哪里？”

初霜伸直一条腿，撩起裙摆，露出了擦伤破皮的膝盖。

盛庭微不可察地蹙了蹙眉，垂眸给她处理伤处。

“以后别带它出来了，太闹腾。”

“它应该也是忘了自己身上有牵引绳，看见别人家的漂亮小狗就想跟着去，咱们家的金毛好像还是只颜控狗。”

盛庭没心情跟她开玩笑：“如果你今天摔的地方是车水马龙的大马路，就是另外一回事了。”

初霜噤声。

“能不能走？”

“能。”

扶着她上车，盛庭淡淡地看了一眼在后座弱小无助的金毛。他什么也没说就让小金毛害怕地垂下头，喉咙里发出委屈的嘤嘤声。

初霜见了也觉可怜，有点想安抚它，但瞧一眼身旁的男人，只能乖乖坐好了。

盛庭递给她一样东西，初霜一看，是一板白色糖丸。

乳糖的味道纯正，有淡淡的奶香，有点像小时候打预防针时吃的那种糖。

看一眼男人，她莫名想到，如果盛庭有孩子，他应该很会哄小孩儿。

一回到清御园，盛庭就去厨房准备晚餐，初霜跟着过来：“需不需要我帮忙？”

“不用，”男人卷起袖子开始洗牛肉，“在超市不是买了些零食？你去吃零食吧。”

然后初霜就坐在客厅一边吃零食一边看电视。

拆开猪肉脯，看见地毯上的小金毛，她给它投喂了一块。

夕阳余晖照进屋子，一室金黄，厨房开始飘出香味。

初霜被勾起了食欲，觉得手里的零食也不香了。

她偶尔抬头往厨房那边看去，没看到人，反倒看见夕阳余晖将他的身影映在一面墙上——侧脸线条流畅，身材完美。

看得痴了，初霜连忙掏出手机记录下这美好的一幕。

她细细欣赏手机里光影勾勒的漂亮身影，指尖往左一划，是在园子里那会儿给他拍的照片。

看了会儿，她忽然想起这照片还没发给他。

她翻到自己的几张自拍，挑挑选选半天，将最好看的三张发了过去。

盛庭从厨房端菜出来时，初霜正在给小金毛投喂最后一小片猪肉脯，动作恰好被男人看了个正着，狗子和她都有点心虚。

“好香啊，摆盘好精致，配色也漂亮。”初霜捧场地说。

男人将酸虾牛肉夹起送到她嘴边：“尝尝。”

刚吃一口，初霜眼睛就亮了。

这完全是可以去开店的水平，他怎么这么厉害。

“好吃。”

盛庭点头，这才去端别的菜。

考虑到初霜有伤口，他做的菜没那么辛辣，但味道实在超出初霜的预期。

“你好会做饭，真的很有天赋，比我做的好吃多了。”

盛庭不骄不躁：“有时间再给你做。”

吃完饭，初霜在沙发上看电视，盛庭将一切收拾妥当后出来，便见她看电视看得专注，眼睛亮晶晶，嘴角有她自己都未察觉的浅浅笑意。

顺着她的目光看去，电视上是一部古装剧。

皇宫夜宴，皇帝面容英俊，正有条不紊地说着什么。

盛庭不认识娱乐圈这些明星，只发现初霜脸上的笑意越来越明显。

“好可爱。”说着她还掏出手机，对着电视拍了张照片。

睨着她的一系列操作，盛庭不知她从哪里看出的可爱。

“要不要上楼休息？”

初霜抬头说：“我想再看一会儿。”

男人用沉冽的口吻说：“上去看也是一样。我扶你上楼，待会儿你一个人不方便。”

也行。

关掉电视，初霜起身。

上台阶总会扯到膝盖关节，考虑到她的伤，盛庭直接拦腰抱起她。

身体猝不及防失重，初霜的心里小小跳了一下。

他的手很有劲，胸膛又硬朗，近距离下她想起昨晚那些碎片。

明明不是情药，自己当时怎么会有那种种反应？

联想到好久前那个关于他的荒诞梦境，她心想，这些难道在说明，她潜意识里其实……在觊觎他？

或者换个当下通俗的表达——她馋他身子？

一想到这个原因，初霜的心口像被烫了一下。

她突然有点心虚。

她又奇奇怪怪地想到，要是盛庭有读心术的话，那她刚刚那些念头不都赤裸裸地被他看了去？

她悄悄瞄一眼男人，还是那样清冷平静——还好，他应该不会读心术。

将人放到床上，盛庭没有马上离开，而是扯开领带，解开马甲扣，往浴室的方向去了。

听到浴室传来哗哗的水声，初霜抿抿唇，玩手机分散注意力。

翻到林苏的微信，初霜将刚刚拍的剧照发给她。

初霜："瞧瞧我看到了谁？兢兢业业为皇上斟茶倒酒的娇俏小宫女好可爱。"

过了好久，那边都没回复。

"在拍夜戏吗？"

"初霜。"浴室的水声停了，男人开了门，问她，"你的手不能沾水，你要不要洗脸？"

初霜想了一下，走过去："要洗。"

盛庭拿过发箍给她戴上，毛巾浸湿后拧干，就要挨过来，初霜喊停："得先卸妆，卸妆膏在那边。"

男人不太懂这些流程，拿过卸妆膏研究了一下才在她脸上涂匀。着水按摩，待乳化得差不多了，该用水给她洗干净。

"头低一点。"

初霜低头照做，盛庭一手扶着她后颈，一手给她清洁面部。

终于，肌肤褪去淡淡脂粉，露出清秀面容。

给她擦掉面部的水珠，男人温声说："去吧。"

初霜原路返回，鼻间还残留着他身上清冽的冷香，后颈那块肌肤隐隐发烫。

盛庭出来时已经吹干头发，穿着宽大浴袍。

四目相对，初霜装作平静："你今晚要睡这儿吗？"

盛庭放下毛巾："不止今晚。"

瞧着她漂亮的眸子，他薄唇微启："说好回来后负责叫你起床的。"

稳住紊乱的心跳，初霜很有礼貌地开口："麻烦你了。"

注视她两秒，男人轻笑。

心事都写在了脸上，她能藏住什么。

她手机里传来叮咚一声，有新消息进来。

林苏："哈哈哈，被你看到了。"

初霜："不经意发现的，我说这个小宫女怎么有点眼熟。这就是你演的第一部剧吗？"

林苏："对，两年前拍的剧了，只是个群演小宫女，戏份不多。最近我在影视城拍新剧，演女三号啦。"

初霜："真棒，一点一点进步。"

盛庭上床，余光扫过她手机上的聊天界面，他不作声，自己看起了书。

室内安静了许久。

跟林苏聊了会儿，她说明早有早戏，要休息了。

两人互道晚安后，初霜关掉手机，看了一眼盛庭。

男人正好看过来："跟什么人聊天聊这么久？"

——是漫不经心的口吻。

"大学时社团里的一个学妹。大二那年她被星探选上，后来去娱乐圈发展了。"翻出手机里那张照片，初霜指着皇帝旁边的一个小宫女说，"看，就是她，长相是不是很讨喜？"

盛庭看着那张照片，回过味来："你刚刚在楼下看剧，说可爱的人就是指她？"

"对啊，在电视上看到熟人还挺好玩的。"

"听盛瑶说，你读书那会儿也被星探捞过？"

初霜有点惊讶："你连这也知道？"

"既然觉得好玩，当初怎么拒绝了？"

"我怕被人骂。当明星要360度接受别人的审视，那可不是一般人能承受的。不火没资源，火了又容易惹是非。

"再说，我当明星图什么？有人图名利，有人图梦想，我一对这个圈子不感兴趣，二又不是科班出身。专业的事还是让专业的人做更好，我就不去跟别人抢饭碗了，画画更让我开心。"

盛庭点头："挺清醒。"

"人嘛，最重要的是认清自己的位置。"

初霜把手机放好，准备睡觉，稍稍一动，不小心拉扯到膝盖的伤口，小小地吸了一口冷气。

男人放下书，从床头柜拿过药膏。

"睡之前再涂一次。"

掀开被子，初霜一点点上药，上好后却面临一个难题。

见她在思考，盛庭问："怎么了？"

“这么睡，药膏会沾到被子上的，我不能盖被子了。”

“被子脏了，换就是了。”盛庭拉过被子给她盖好，“会磨到伤口吗？”

初霜摇头：“不会。”

“就这样吧。”

目光掠过他轮廓分明的下颌，初霜躺好：“晚安。”

男人的嗓音低沉悦耳：“晚安。”

翌日，盛庭早早醒来，身边的初霜还睡得很沉。

浓密的头发遮住了小半张脸，也不知她是怎么睡的。

男人牵唇，帮她拨开头发。

盛庭穿戴洗漱好才来喊她起床。

睁眼看见床前西装革履的人，初霜的嗓音带着刚起床的慵懒：“早上好。”

“早上好，初霜。”

还是盛庭帮忙简单洗的脸，其实小心点也不是不可以自己洗，但初霜喜欢上了被人这样体贴入微地照顾。

这种机会也不是天天有。

怎么有人能顶着一张寡淡冷峻的脸做这么有耐心的事。

主编走了，这个位置空了下来，大家都以为部门组长徐姐会被提拔上去。

早上开早会，经理却直接带了个女人过来，说她以后担任主编一职，这一时间让组内的同事们都有点蒙。

女人看起来二十五六岁的样子，听说是从另一个公司跳槽过来的。

让一个从其他公司跳槽来的新人做主编，大家心里都颇有微词。

尤其是徐姐，之前认定了这个位置应该是她的，突然被一个资历没自己深的人横插一脚，心里能好受就怪了。

私底下初霜安慰了徐诗尹一番，对她说，职场上这样的事早就见怪不怪了。

韩震昊又驱车来了风筝动漫。

开着车不知不觉就来了这边，他都不理解自己的行为。

他正要掉头走，突然瞥见有人从大门口出来。

现在已是下班时间。

想了想，他熄火下车，去了她常去的那家甜品店。

他点了不怎么喜欢的小蛋糕，找了个不太显眼的位子坐下，吃了几口后便一直看初霜公司大门口。

大门口陆陆续续出来了些人，有来这店里买甜品的，但一直不见她。

“哎，你今天看到霜霜姐了吗？她身上的那些伤哟，真是造孽。”在旁边桌等甜品的两个女人聊起天来。

因为她们是从风筝动漫出来的，又提到了熟悉的名字，韩震昊留了心关注着。

“伤？没看到啊，我早上进公司还跟她打招呼了，她不是好好的吗？”

“好什么呀，胳膊上青一道紫一道的。”女人看了一眼四周，压低了声音，“我中午去楼下取一份文件，不小心看到的，那些伤穿长袖都遮不住。”

另一个女人一脸震惊：“难道又是她老公家暴？”

韩震昊抬了抬眼。

“别提了，去年霜霜姐结婚的时候我听说男方家境还可以，以为她嫁得挺好，谁知，才过了几个月，那男的就开始打人。”女人惋惜地轻叹，“已经不是一次两次了，过的这是什么日子啊，都这样了，她还不离婚。”

“可能男方太强势，这婚也不是轻易能离的。她真的好乐观，每次见她都是那么温柔，那个男的怎么下得去手。”

“都说男怕入错行，女怕嫁错郎。我要是她，可能抑郁了。”

下班时间到，做完收尾工作，初霜收好东西准备下楼，却被新主编叫住：“你要下楼吗？”

“回家。”

“我的一份工作文件送到公司前台了，既然你要下楼，帮我取上来一下。”孙梦竹的语气十分理所应当，俨然把初霜当跑腿的下属了。

“谢了。”落下轻飘飘的一句话，孙梦竹继续翻看文件。

罢了，好歹她也算是上司，偶尔帮一次不是很麻烦的小忙也没什么。

初霜坐电梯下到一楼，跟前台姐姐讲清。

对方了然，让初霜签个字，这才去给她找那份文件。

初霜不经意看见女人手腕上露出的一点青紫痕迹，目光顿了顿。

前台姐姐名叫周文霜，为人温和有礼，初霜对她印象不错。

初霜也在办公室同事间的闲聊里知道了一点她家庭的情况。

之前只是听闻，也不知真假，现在亲眼看到，初霜很难去形容自己心中的感觉。

因为从小生活的环境单纯有爱，所谓家暴，她从未接触过。

真正看到被家暴的对象时，她震惊之余还伴着无以言说的憋闷。

周文霜或许意识到了，伸手拉了拉袖子，将文件递给她：“是这个吧？”

初霜看了一眼档案袋，上面有孙梦竹的名字：“是的，谢谢。”

“不客气。”

转身遇到了从门外匆匆进来的男同事，初霜打招呼：“怎么回来了？”

“嗐，手机忘带了，这记性。你还不下班？”

初霜晃了晃手里的档案袋：“送完这个就走。”

“送回办公室吗？给我吧，我顺路给你带上去。”

初霜勾唇：“也好，麻烦你了。”

韩震昊听完两个女人的聊天，静坐在座位上好半天。

名字里带霜的人多了去了，不一定是她。

可如果真是她呢？

心里忽然冒出这个可能性，他呼吸一滞。

写字楼门口人影寥寥，以为等不到她，韩震昊起身要走，这时，余光看见远处慢慢往这边走来的人。

他的心跳以自己能清晰感受到的频率瞬间加快。

一段时间不见了，这次见她，好像比上一次多了点……紧张感。

压低鸭舌帽，他侧了侧身子。

“一个抹茶黑松露。”女人清润的嗓音很好识别。

“好的，还要别的吗？”

“有没有不甜的、好吃的甜品？”

“不甜的甜品？”店员姑娘想了一下，“这款南瓜烤蛋奶是少糖的，甜度很自然，保留了南瓜的香甜，您可以试试。”

初霜从姑娘手中接过小块南瓜烤蛋奶试吃，确实不腻味，这个甜度盛庭应该能接受的。

“好的，那就加一份南瓜烤蛋奶，两个都打包。”

初霜付了钱，店员把包装好的甜品送过来。

初霜伸手去接，袖子往下滑，露出了肌肤上的青紫。

加上她手上包扎着的纱布，韩震昊想起了刚刚那两个女人的对话。

大脑嗡嗡响，他就这么僵坐着，心腔涌上一股陌生的酸涩和冷意，几乎搅得他呼吸不畅。

原来她过得并不好，嫁了个混账男人，遭受着家庭暴力……

怪不得总看不到男方，原来她的婚姻就是这样的。

初见时他觉得她有趣，后来发现她温柔又有才情，像一朵繁复又洁白的山茶花，只是静静站在那儿就能引他驻足。

名花有主，他那随风而动的心绪不得不止住。

这段时间他强迫自己转移注意力，去了不少声色犬马的场合，见了不少女人——温柔的，火辣的，知性的，冷淡的。

但计划失败了，没有任何一个女人能带来她给他的感觉。

后面他该死地发现，自欺欺人只会令自己在醒悟后更深刻地意识到：这一次，不太一样。

用时越的话来说——好像栽了。

可能时越看出了点什么，之前明里暗里提醒，不能破坏别人的家庭。

这个道理他能不懂吗？

什么也不能做是他难受的根源。

可现在知道了她的婚姻并不美满，他的心情又转变成了另一种难受。

脑子一团乱麻，心里有种抑制不住的念头冒了出来。

初霜早已离开了甜品店。

韩震昊似乎终于想清楚了一些事，摸出手机点开了她的微信。

指尖在聊天框输入几个字，顿了顿又删掉。

不行，他不能给她带来风险，如果她家里那位看到了，她大概率会惹上麻烦，还是以后找机会再跟她单独聊。

初霜看见自家的车，面带笑意地走过去，却发现里面只有司机一人。她问："他呢？"

"先生下班可能会很晚，让我先接您回家。"

看着手里的南瓜烤蛋奶，初霜出声："那我跟他一起回吧。"

然后她就让司机驱车去了南华街商会大楼。

这是初霜第一次来，商会大楼果然富丽堂皇，大广场上伫立着的一排排旗帜随风飘扬。

进了大厅，室内装修风格恢宏大气，虽然有人来来往往，但很安静。

被带着上楼去了会长办公室，司机大叔在门口敲门："先生，夫人来了。"

初霜拎着甜品走进来，目光一扫，发现办公室里还有个女人——是那晚给她看病的朝妤。

看见她，盛庭眼里闪过一丝迟疑："怎么过来了？"

"从没来过这边，过来看看。"

她走进来，对朝妤点头微笑："那晚谢谢朝小姐赶过来给我看病，都没好好给你道个谢。"

想了想，初霜把给自己买的那个黑松露蛋糕递给她："这款蛋糕味道不错，你尝尝。"

"小事，别这么客气。"

"拿着吧，真的很好吃，尝个味道也是好的。"

朝妤无奈地笑了。

虽然自己不吃奶油，但也不好拂她的面子。

盛庭开口："你自己留着吃吧，她对奶油过敏。"

初霜一愣，说："不好意思啊。"

朝妤笑了笑："没事儿。"

忽然，她想到现在连美人的名字都还不知道呢。

上次初见在那样混乱的情景下，也没来得及好好打个招呼，她便对盛庭道："上次太匆忙，盛庭还没给我介绍过你的妻子呢。"

初霜先伸出手："你好，我叫初霜，是桂云人。"

朝妤怔了怔："初、霜……初一那个初？"

话是问初霜的，目光却看向了盛庭。

盛庭黑眸沉静，朝妤却好似明白了什么，心尖颤了颤，眼眶有热气涌上来。

眨了两下眼，压下去那点异样，朝妤伸出手回握。

这次她看初霜的眼神里多了些难以明辨的情绪，初霜虽然不知晓缘由，但能看出一点前后变化。

"你好。"朝妤的声音有一丝不易察觉的哑，目光似乎笼着一层悲伤，将初霜的眉眼轮廓细细描绘，"初小姐长得很好看。"

"朝小姐也很漂亮。"

"我跟盛庭是同学，你应该比我小挺多的，以后叫我'姐姐'吧。"

朝妤看着她，嘴角勾起些笑，轻声问："可以抱抱你吗？"

初霜微愣，还是点了点头。

# 第九章

Qing Shan Si Yu

抱过她，朝好拿过男人签了字的文件：“那就不打扰你们夫妻二人了。”

她撩了撩头发要走，临走之前忽然摸到口袋里的一板巧克力，于是拿出来塞到初霜手里：“从瑞士带回来的，很好吃，给你尝尝。”

看着女人潇洒中带着点落寞的模样，初霜微怔片刻。

她看了看手心的巧克力，又回头看办公桌后坐着的男人。

盛庭眸光幽暗，似乎在想什么。

“你还要很久吗？”将南瓜烤蛋奶放在他桌上，初霜问。

“还有一阵，”看见那个甜品，盛庭动唇，“你吃吧。”

“给你买的，不是很甜。”

初霜坐到沙发上，透过宽阔的落地窗看风景，这里视野很好。

往天边看，绚烂的晚霞像是被打翻的颜料染缸；往楼下看，碧绿草坪配喷泉雕塑，一片祥和宁静。

偶尔有人会来敲门送文件，看见初霜，心里好奇，面上倒也沉得住气。

等初霜把一小块蛋糕吃完，天色也渐渐暗了下来，楼下喷泉已经亮起灯光，水柱晶莹，十分漂亮，看得她想下去散散步。

她正看得专注，身后有动静传来。

秘书模样的女子端来咖啡，初霜道了谢。

她喝了一口，味道还不错，就是有点苦，估计是按盛庭的口味冲泡的。

她的视线投向办公区，男人在专注工作时还是很有威严感的。

初霜看了一眼时间，八点了。

许是感应到她的心思，盛庭抬头看来："饿不饿？"

她实话实说："有点。"

盛庭看了一眼时间，又看了看面前的文件，思量片刻，收拾东西起身："走吧，带你去吃饭。"

"你工作做完了吗？"

"还有一些，回去再做，不急。"

他拿着外套和公文包起身，初霜看见桌上吃了小半的南瓜烤奶，问他："你不要了吗？"

"只能吃一半，不要了。"

然后初霜就把它端起来，吃了一口："我觉得还挺好吃的。"

电梯里，她慢吞吞地吃着南瓜烤奶，心里感叹，这个比她那个蛋糕好吃，那家甜品店果真是宝藏店铺，随便一个单品味道都这么好。

见她吃着剩下的那一半，盛庭觉得有趣："你真的很喜欢吃甜品。"

"吃甜的东西能让人心情变好，这是有科学依据的。"

出了大厅，晚风吹过来，初霜感受到了冷意。

见她冷得缩了缩脖子，盛庭把臂弯里的外套给她披上。

初霜侧眸看他，见他穿得也不多，于是道："不用，你自己穿上吧。"

男人给她扣上第一颗扣子，声音清淡："就这样。"

他的衣服对初霜来说太大了，又很重。

不过穿上确实不冷了。

裹着他的大衣，能闻到若有若无的清冽的木质香，让人很安心。

"想吃什么？"

"老鸭汤。"

盛庭带她去了附近的餐厅，吃完出来时已经过了九点。

刚发动车子要走，想到什么，男人又熄了火："坐着等我一会儿。"

"好。"

初霜低头刷朋友圈，看到回家的冰冰正跟家人其乐融融地在餐厅吃大餐。

她脸上带着笑意，评论："好热闹，回家真好。你在身边，阿姨整个人容光焕发，都年轻了好几岁。"

黎冰冰回复："特别热闹！一大家子出来吃饭啦，妈妈今天还念叨你呢，过年你一定要来我家玩。"

"好。"

黎冰冰发微信给她："你猜怎么着，我奶奶也见过你老公，她说阿霜的男人漂亮得很，哈哈哈——"

想着老人家说这话时的语气和神情，初霜笑道："是见过的，回门的时候去拜望过她老人家。"

聊天聊得正投入，初霜余光瞥见窗外有两个身影，抬头一看，一个女子已经坐在迈巴赫引擎盖上，前面那个人正给她拍照。

他们大概是以为车里没人。

女子摆姿势时初霜看到一点她的侧脸，她长得挺漂亮，身材是一眼就看得出来的前凸后翘。

她拍了一阵，又换另一个来拍。

初霜坐在车里好奇地看着她们，不一会儿，两人似乎拍完了要走，其中一个却走上前来，把手机放在了前挡风玻璃那儿。

初霜看得一头雾水，刚要下车去喊住她们，人已经快速消失在视野中。

不一会儿盛庭回来，一眼就看到了多出来的那部手机。

他刚拿起手机，像有感应似的，马上接到来电。

"喂，你好？"

初霜在车里都能清晰地听到女人娇柔的嗓音。

"我朋友的手机丢了，是你捡到了吗？请问你现在在哪儿，我们过来拿手机。"

盛庭扫了眼四周，淡淡掀唇："我放在希尔顿餐厅前台，你自己去取吧。"

那头还想再说什么，被他掐断电话。

盛庭把手机交给餐厅门口值班的人便转头上车。

车子驶出去不久，初霜从后视镜看到了不知道从哪儿冒出来的两人。初霜后知后觉明白什么，看着她们，惊讶地张了张唇。

然后初霜侧头看了一眼开车的男人，慢慢开口：“这样的事……经常发生吗？”

从盛庭淡定的表现来看，这种新型的搭讪方式他应该遇到过不止一次。

“少数时候。”

果然不止一次。

可能怕她多想，盛庭又道：“放心，我在外面没女人。”

这话怎么听都像是在暗指之前她误会他那一次。

初霜抿唇，像是找不到回的话，便照搬句式说了句：“我在外面也没有男人。”

盛庭淡笑了声：“嗯。”

小插曲就这么过去了，看见她微微伸直的腿，他问她今天伤口疼不疼。

“一点点痛，不碍事。好在不严重，好得挺快的，就是走路要慢慢挪，走不快。”

“回去再给你涂点药。”

“好。”

车了路过时越的咖啡馆，初霜看见了还在店里的时越，探出头去跟他打招呼：“时先生还不下班吗？”

时越抬头，看见车里的夫妻俩，轻笑道：“快了。小叔，带小婶婶进来坐坐吧。”

盛庭：“不早了，改天再来。”

初霜挥手：“我们走了，拜拜。”

“拜拜。”

车子远去，从楼上下来的人听到时越讲话的声音，问他：“跟谁讲话呢？”

“盛小叔和他太太，刚刚路过门口。”

韩震昊有点新奇：“哦？我还没见过这位婶婶呢。”

早就说要见，但他一直没见着。

“过两天是小叔的生日，到时你就能看到了。”

时越用软布将碟子一个个擦得发亮：“想当初大家还在猜，小叔被安排了这样一桩没感情基础的婚姻，日后一定会冷落人家，可是现在看来，他自己倒也乐在其中。”

韩震昊喝了口温水，心里想着事，便问出来：“一般没感情基础的婚姻，日子久了过不下去，离婚是不是也挺正常？”

“过不下去当然得离婚，不然不是彼此折磨嘛。”

韩震昊赞同地点了点头。

“但是姻缘这东西说不清，结婚时没感情，日久相处中逐渐爱上对方的例子也比比皆是，这是人们常说的什么……先婚后爱。”

听着这话，韩震昊不知又想到了什么，赞同地点了点头。

回到家第一件事——盛庭掏出新买的药膏给初霜涂伤口。

她手上的纱布也换了，可以用创可贴了。

看着他手里的药膏，初霜微顿，问：“你刚才让我等你，就是去买药？”

“嗯。南华街有家中医馆，听说这个药药效极好，是西药比不上的，买点回来给你用。”

心窝一暖，初霜看着他细致耐心为自己涂好药膏，张嘴就说：“谢谢，你真的好像个长辈。”

这话她是真心实意有感而发的，就是单纯夸他，并没有别的意思。

然而话音一落，客厅寂静几秒。

将药膏盒子盖好，盛庭平视她，一字一字地说：“长辈？”

对上他黝黑的眸子，初霜喉间干涩，轻声解释：“没别的意思，就是说你很会照顾人。”

男人声音低沉：“你的什么长辈会这么给你涂药？”

初霜摇头。

“我是你的长辈吗？”

初霜摇头。

盛庭这才缓了神色，将人抱上楼。

他要去书房工作了，初霜也想过去找点书看，盛庭便带她一起去书房。

将人放在沙发上，盛庭问她要看什么。

初霜扫过书架，看见厚厚的一本书，指着道："《文化苦旅》。"

盛庭把书给她后才去书桌后办公。

这本书初霜读大学时在图书馆看过一遍，她太喜欢余秋雨老师带着对历史人文的思考走过一片片土地，讲述那些生动或沉重的故事。

这本书无论看见多少次，她都会想重拾翻阅。

当初因为他的一句"拜水都江堰，问道青城山"，大二暑假时她一个人去看了气势磅礴的都江堰。

读这本书之前，大西北对她来说就只是字面上的大西北，读过之后，她便深刻感受到了那片土地所承载的历史的厚重感。

大三时的某个周五，她上一秒还在床上听着窗外狂风骤雨席卷世界，下一秒就临时起意，买了周末的机票飞去了敦煌。

这段经历绮丽浪漫，又带着青春的一腔肆意。

这样的事，看起来与她的外表不符。

那是她骨子里藏着的野。

她既爱温淡如水的日子，也迷醉于旅途辽阔的天地。

因为有自己的圆点，她再怎么肆意都在规定边界内，仿佛有根隐形的线拉着，不会让自己太偏离轨道，所以从没人觉得她野。

盛庭处理好工作后抬头，发现她安安静静坐在那里，捧着书看得十分投入。

瞟了眼腕表，十一点了，他起身走过来，轻轻抽掉她手里的书，跟她对视："不早了，该休息了，改天再看。"

"好。"

四目相对，谁也没有动作，初霜习惯性地等着人将她抱去房间。

迟钝了两秒，她才反应过来，自己下地行走。

她心里暗暗懊恼：怎么回事，竟然会下意识等着他抱。

人果然太容易被习惯影响。

今天初霜的手勉强可以沾水了，但盛庭还是施以援手，快速帮她卸妆洗脸。

天气预报显示今晚气温会直转而下，后面几天都是大冷天。

回到卧室，盛庭检查了一遍门窗才上床。

“最近几天下班不用等我，自己回来先吃饭。我最近公务繁忙，会回来得比较晚。忙过年底这一阵，后面我就能闲下来了。”

“好，我们年底也挺忙的，连载漫画逢年过节要爆更，这段时间会大量存稿，不然过年都要挤出时间来工作。

“不过，你这么忙，那生日怎么办？”

盛庭微顿。生日对他来说本就不是什么重要日子，他自己都没想起来。

居高临下地看着她，他低声道：“记得我的生日？”

初霜就这么与他对视：“结婚的时候瞟了一眼你的身份证。”

“就记住了？”

“……嗯。”

男人面上似乎有点笑意：“不是什么大事，生日那天我们一起去老宅吃顿饭就行。”

初霜点点头。

“还是说你想单独给我过？”

单独过？其实也可以。只是盛夫人肯定会催着他们去老宅，他们也不好推托。

“过生日，还是和亲戚朋友一大群人一起最好玩。”

看着她白皙的面容，盛庭突然有点手痒，屈指刮过她直挺的鼻梁：“听你的。”

初霜睫毛微颤。

四目相对，空气里渐渐生出暧昧因子。

“初霜。”

“嗯。”

“要不要接吻？”

她的心猛地一跳，整个人有些僵硬，一动也不敢动。

盛庭只是垂着眼帘，伸手挑开她侧脸的青丝，好整以暇地等她回答。

初霜缩了缩手指，声音轻柔：“要。”

视线里男人的脸庞越来越近，她自觉地闭上眼。

然后，她感觉有只蝴蝶停在了鼻尖，又飞进心里。

盛庭看了一眼她柔美的脸，只一眼胸腔又有点热了。

他移开目光，声音微哑：“睡觉。”

盛庭将人揽在怀里，大手环着纤细的腰肢。

他不得不承认，手感很好。

初霜心跳的频率还没恢复正常，耳朵热得不行，被人亲密地揽着，身子软绵绵的，不敢动弹。

想到刚刚他的几个动作，她的心尖止不住地发麻。

“过年有没有想去的地方？”黑暗中男人突然问了这么一句。

初霜在他怀里抬了抬头，什么也看不见。

“得回桂云看看外公。”

“我知道。”盛庭的嗓音缱绻迷人，“除夕去桂云过。我们不是没度蜜月？春节假要不要一起去看海？”

初霜勾唇：“好，我喜欢海。”

“你这么怕冷，得去个温暖的地方。”男人想了想，“去琼海吧，那里暖和。”

“好！”

去看海的事就这么定了下来，初霜已经在幻想去海边穿漂亮的小裙子看落日，骑着电动车在海岸公路吹晚风了。

那她要开始看漂亮的裙子了，满意的裙子可不是一朝一夕就能挑到的，得好好选、慢慢挑。

那边还很热，防晒也要做到位，旅行路线的规划和吃住行的攻略也要提前做好。

这么一想，事情好多啊。

初霜想了好多好多东西，想着想着就睡着了。

大家觉得盛庭的生日还是不能将就，一致讨论后，盛先生预定了餐厅。

下班后，初霜先回家换衣服。

挑来挑去，眼花缭乱，纠结之际，她想到了当初盛瑶送给她的那身旗袍。

她记得盛庭好像还挺喜欢那身衣服的。

换上旗袍，她又取出盛庭上次出差回来送给她的那套碧玉首饰。

用簪子将长发绾成发髻，耳坠、项链、手镯一一戴上，与同为青绿色系的旗袍一起，衬得她端庄秀雅。

看着镜子里的自己，初霜微怔。

应该不会打扮得太过隆重吧？

没时间多想，她带上之前在拍卖会上拍来的那副围棋就下了楼。

袁姨在侍弄花瓶里的鲜花，看见从盘梯下来的窈窕身影，顿时被惊艳了。

与美人相比，手边的花似乎都暗淡几分。

“夫人这身美得太耀眼了。”

这话正好戳中初霜刚刚的担忧：“过分华丽了吗？”

“没有，没有，这碧玉、旗袍配美人，内敛含蓄的中式美很符合夫人的气质，先生看了一定欢喜。”

初霜眼尾弯弯：“那我走了，袁姨您忙完也早点回去看孩子吧。”

袁姨家里新添了个小孙孙，给初霜看过照片，白白糯糯的小胖子，可爱得很。

提到孙孙，袁姨神情温柔。

“夜里冷，夫人还是再加件外套，您是南方人，可别冻感冒了。对了，有件披风正好配您这身旗袍，等着我去拿来。”

不一会儿，袁姨拿来纯白的披风。

披风料子很厚，底下坠着流苏，既好看又保暖，与这身行头也很搭。

好像更隆重了。

初霜觉得自己像参加晚宴的贵妇。

初霜刚坐上车就接到了盛瑶的电话。

“小婶婶你到哪儿了？”

初霜以为她要催自己，便用很中国人的风格说了句："快到了。"

"啊？已经经过剧院了吗？我还想说跟你搭顺风车一起过去呢。"

"你没开车上班吗？"

"没。"

"好，等我一会儿，我接你一起。"

盛瑶："OK，你大概多久到？"

"十分钟。"

"你不是说快到了吗？我这儿离餐厅都没有十分钟的车程。"

初霜软了音色："瑶瑶，等我一起吧。"

这招对盛瑶很受用："好，那我在办公室再坐一会儿，你快到了给我发消息，我再下去，外面太冷了。"

"好。"

盛瑶一上车，看见初霜的打扮，她挑了挑眉："哇，女明星。"

"你这打扮贵气死了，"她朝初霜贴过来，"美女姐姐贴贴。"

初霜一脸平静："我是你婶婶。"

"美女婶婶贴贴。"

在盛瑶大狗狗似的撒娇下，初霜很快绷不住，摸摸她的头，怜爱道："乖侄女儿。"

幼稚鬼们腻歪了一分钟后又各自坐好。

盛瑶取出包里的耳坠来戴上："这么重要的场合，你选择穿我送你的这身旗袍，我表示很欣慰。这证明我在你心里还是很有分量的，对吧？"

初霜："谁让你的审美这么绝呢。"

这大概就是送礼给别人得到正向反馈的快乐吧。

送人玫瑰，手有余香。

收礼者发自内心地喜欢礼物，其实也是对送礼者的尊重，这种情绪价值的传递真的很棒。

"我今天中午只吃了一点点东西，现在好饿。"盛瑶翻了翻包，找出一块巧克力，"先简单垫一垫吧，去了那儿也不知道什么时候开餐。

小叔是不是还没下班呢？他最近好像很忙。”

“应该也快了，他刚刚给我发消息说要过来了。”

“那就好。”

将巧克力掰成两块，盛瑶递给初霜一块。

初霜吃了：“咦，这个味道，好像我前两天吃的某个牌子的巧克力。”

她拿过盛瑶手里的包装一看，还真是一个牌子的。

“就是这个牌子。你也在吃啊？他家的巧克力好好吃，我吃了一次就想囤货，上网搜了一下，国内还没有卖的，你有代购渠道吗？”

盛瑶微顿，说：“没有。我昨天遇到一个朋友，这是她给我的。”

“我的也是别人送的。”

两人对视一秒，心有灵犀地想到一处：“朝妤？”

“小婶婶，你也认识她？”

初霜：“见过两次，听说是盛庭的朋友，之前半夜还麻烦人家来给我看过病。”

“原来如此。我印象中朝妤姐挺喜欢吃巧克力的，小时候每次见我，她都会给我巧克力吃，那时候就挺好奇她为什么总是随身带着甜甜的巧克力。这么多年了，她的这个习惯还一直保持着，看得出她也是个挺长情的人。”盛瑶说，“你想要这个巧克力的购买渠道，那我帮你问问她呀。”

“好。”

初霜想了想，问她：“瑶瑶，你很小就认识朝妤了吗？”

“嗯，十岁左右那会儿我就见过她了，她跟小叔在国外留学时是校友。我已经好几年没看到她了，之前听说她毕业后就留在了英国定居，还以为她不会再回来了呢。那天看到她，我还挺惊讶的。”

“你对她有多少了解？”

盛瑶仔细一想，发现虽然自己认识朝妤挺久，但好像并不了解她：“小时候她在我印象里就是一个漂亮又美好的姐姐，温和爱笑，人又聪明，性格像春风一样，很和煦，又好像让人触不可及。她是我真正觉得洒脱随性的人，好像没什么东西能束缚住她。

“大概这也是她能和小叔做这么多年朋友的原因。”

车子抵达目的地，两人一前一后下车。

初霜要去卫生间，便让盛瑶先去包间。

韩震昊最近心情不太好，到了餐厅没急着进去，而是站在走廊上抽烟。

最近几天，初霜一下班，马上就会有车将她接走，他根本找不到与她单独相处的机会。

要不，故技重施，他像之前一样，以请她画画为由创造相处机会？

他有太多话想问，太多话想对她说。

只要想到她多在那个家待一天，就要多一天忍受浑蛋丈夫的苛待，他就躁闷难平，想马上带她逃离火坑。

夜风很冷，手里的烟亮着一点猩红的火光，他掏出手机，点开与她的聊天框。

他正斟酌措辞，余光里走过一道娉婷的身影。

目光微转，他看见了日思夜想的人。

她今天漂亮得过分，珠玉玲珑，眉眼如画，旗袍勾勒出婀娜的身姿。

她微垂着眼帘，正边走边整理自己的披肩，耳垂下的珠玉随着步履轻晃，像要晃进人心里去。

心脏酥酥麻麻的，单是这么看着她，他就已经欢欣得失语。

初霜并没有注意到在走廊上抽烟的男人，刚走了几步，就被一道不算陌生的声音喊住："初霜。"

韩震昊的目光前所未有地炙热，将她浑身上下打量了一遍——好在能看到的地方没有新伤痕，手心的伤好像也愈合了。

初霜看着有段时间没见的人，礼貌地打招呼："好久不见。"

"好久不见，你最近过得怎么样，还好吗？"

"挺好的。"

看着她清澈的眸子，韩震昊只当她在搪塞自己。

也是，毕竟在她看来，他们并没熟悉到无话不谈的地步。

咽了咽口水，韩震昊缓缓开口，直接问："你想离婚吗？"

初霜有点没反应过来："啊？"

“想离婚我可以帮你。”

“我为什么……”

“我都知道了，你在婚姻里遭受的那些折磨。我会请最好的律师帮你打官司，一定帮你把这婚离了。”韩震昊说得有点激动，“别怕，我不会让你有任何一点后顾之忧。你是我想要保护的人，以韩家在帝都的势力，不管他是谁，有多大的权力，我都绝不会让他伤害你分毫。”

看着他十分认真又有点激动的神情，初霜怀疑他喝了酒：“抱歉，韩先生，你是不是认错人了？”

与他保持着一定距离，初霜看了一眼时间：“你一个人来的吗？要不要帮你联系你的朋友？”

“我没喝酒。”韩震昊目光坚定，“这段时间我咨询了很多律师朋友，你这样的情况，只要想离婚，我们就能帮你离掉。别再委曲求全了，你不该过那样的生活。初霜，我很认真，没有一点儿戏。你相信我，我可以保护好你，不会让他有报复你的机会。你要是还没有安全感，离婚之后可以跟我结婚，有韩家做你的后盾，谁也欺负不了你。”

初霜傻了：“啊？”

他口口声声喊的确实是她的名字，这世上有人跟她同名同姓的概率很小很小。

“我为什么要离婚，然后……跟你结婚啊？”

“你那个浑蛋丈夫家暴你，我都知道了。我知道你性格温柔，但也不能这么被欺负了还一声不吭！”韩震昊见她一点欣喜的反应都没有，有点急了，什么话都一股脑说了出来，“因为我喜欢你，想帮你。离开你那个浑蛋丈夫吧，只会家暴的男人有什么值得你留恋的？我不会坐视不管的，你想要什么我都可以给你。不跟我结婚也行，只要你离开他能过得好，以后的事情咱们慢慢来。”

初霜感觉不可思议，像穿越到什么平行世界了：“我丈夫家暴我？”

“啊——要死了，要死了！”盛瑶急匆匆地跑过来，拍了韩震昊的手臂一下，“好端端的，你发什么神经！跟小婶婶耍流氓呢？”

初霜朝盛瑶来的方向一看，好几个人站在那儿。

盛庭也在。

刚刚那些话不知被他们听去了多少。

大家都没说话，都处于发蒙的状态。

盛炀见韩震昊闹到这个地步，想起很久之前他来自己办公室问初霜的事。

当时他没多想，只随便提点了一句。

这小子是怎么回事，居然撺掇别人离婚。

他属实是没想到事情会发展成这样，要说起来，他也有不可推卸的责任。

而一旁的时越则是恍然大悟——原来之前韩震昊追求的姑娘就是初小姐。

当初他还帮忙出过一些主意，帮韩震昊追人。知道人家结婚了，韩震昊还去过他那儿喝酒解闷。

想起这些，时越捏了捏鼻梁，心里叹气。

作孽啊。

盛庭走到初霜身边，黑眸平静，声线清凉："怎么回事？"

当事人韩震昊眼睁睁地看着盛庭走过来，站在初霜身边，又看见盛瑶蹙着眉，用眼神质问他。结合刚刚她那句"小婶婶"……

韩震昊心里一凉，不可置信地问："你丈夫是……他？"

初霜真是搞不懂他："对啊。"

一瞬间想起关于这个小婶婶的各种传言，韩震昊指了指她的手："那你手上前段时间的伤痕怎么回事？"

"我在台阶上摔了一跤……你怎么知道我手上有伤痕？"

这显然已经不是重点了。

盛庭的黑眸扫过韩震昊那变了又变的脸色，薄唇吐出几个字："见到人不会喊吗？"

跟盛庭沉静的眸子对视一秒，韩震昊看看初霜，又看看他，整个人像被雷劈了一样。

他再怎么努力消化这个事实，心里也仿佛堵着一口浊气，还伴随着淡淡的……无力感。

"小婶婶。"对着初霜喊出这个称呼，他心一抽。

“原来你们认识？”初霜疑惑。

他们好像还是亲戚。

盛瑶说：“他是我表哥。”

所以韩震昊是跟盛瑶同辈的，自然也小她一辈。

想到刚刚韩震昊的致命发言，盛瑶机智地给他找台阶下：“你早就说想看看小叔的媳妇儿了，今天是不是故意捉弄她的？你不仗义啊，有这种计划都不告诉我们，瞧瞧你自己发挥得这么烂。你这玩笑开大了，没大没小。”

韩震昊呆呆地看着她。

盛瑶朝他暗暗挤眉弄眼，见他不懂自己的良苦用心，便伸手掐了掐他的手臂。

“嗯，是，我跟小婶婶开个玩笑，”韩震昊看了初霜一眼，又很快移开目光，“刚刚那些话都是我胡诌的，你别放在心上。”

话是这么说，但明眼人都能看出其中有猫腻。

“怎么都在外面站着呢，快进去吃饭呀。”

盛夫人见好几个年轻人在这边站着，喊了他们一声，大家也就顺势进了包房。

初霜坐在盛瑶旁边，跟她咬耳朵：“你们刚刚在外面听到了多少？”

“从他说你有个会家暴的浑蛋丈夫到怂恿你离婚，再跟你……”盛瑶讲着，更觉得韩震昊大逆不道，“该听的不该听的都听到了。”

初霜在心里吸了口凉气，侧头看了一眼旁边正跟盛先生聊天的盛庭，又回头问盛瑶：“你小叔也听到了？”

“嗯，从韩震昊说要帮你离婚时小叔就在那儿，后面听说他还想跟你结婚时，小叔的脸直接臭了。”盛瑶恨铁不成钢地看了一眼韩震昊，接着说，“要是今天这儿没这么多人，小叔不会这么容易就放过他的。唉，这都是什么事儿啊，他是怎么认识你却不知道你的身份的？”

初霜：“说来话长。”

“瑶瑶，别老顾着跟你婶婶说话，打扰人家吃饭。”

在盛夫人眼里，是盛瑶非要拉着初霜讲话，人家又不好拒绝她，只得耐着性子陪她。

她这么说了一句，讲小话的两人瞬间坐好。

盛庭看了一眼身边的初霜，盘子里只有两根青菜，于是给她碗里夹了块红烧小排，颇为严肃地说了句："好好吃饭。"

初霜看看那块排骨，又看了看男人清俊的脸，心想，他突然这么凶干吗？

她端起碗来扒饭，自己去夹别的菜吃，而盛庭给她夹的排骨被她冷落在一边，一直没动。

席间氛围不错，魏亦则他们讲着好玩的故事，初霜偶尔停下来，喝着饮料，认真地听他们聊天。

某个不经意间，她的视线撞上对面的韩震昊。

他其实一直在不动声色地往初霜这边看，蓦地被她发现，他目光躲闪，假装镇定地去倒饮料。

"再不吃就凉了。"

身旁男人凉凉的嗓音传来，初霜看着碗里那块孤零零的排骨，不知出于什么心理，言不由衷地说了句："今天不太想吃排骨。"

盛庭看了一眼她碗里的小排骨，她以往很喜欢吃这个的。

然后他就把排骨从她碗里夹到自己碗里，又给她夹了一片卤牛肉："那吃点别的。"

碗里的排骨没了，初霜有点失落。

当大转盘上的那盘排骨转到自己面前时，她想夹却又碍于自己说出的话，一直没夹。

几圈之后，盘子里的小排骨已经没了。

魏亦则和赵尽舟他们那边气氛火热，反观他们这边，却冷冷清清。

任凭魏亦则再怎么讲着好玩的事情，初霜也提不起兴趣听了。

盛瑶拉过初霜在一边聊天，餐厅服务员进来添饭续水，盛庭好像招呼了服务员，至于说了什么，初霜没听清。

"给你倒点葡萄汁？"盛庭问。

她面前已经有一杯牛奶了，看着他手里颜色漂亮的葡萄汁，她低低地嗯了一声，然后又跟盛瑶聊起了天。

不知过了多久，包间门再次被推开。

服务员端着新添的菜进来，首先放下的就是一盘热腾腾、油亮亮的小排骨。

初霜见了，有两秒愣怔。

盛庭已经夹起两块放进她碗里，慢条斯理地说："这盘跟刚刚那盘做法不同，是蜜汁烤排骨，你尝尝。"

看了一会儿，她安静地夹起一块小排骨放进嘴里。

"好吃吗？"

她点头。

"那给你放这里。"盛庭没把盘子放上转盘，而是放在了初霜面前。

初霜微垂着眼吃饭，之前心里的酸涩有蜜调和，从酸变成了酸酸甜甜。

吃完饭，大家移步到楼上的娱乐厅，服务员推来漂亮的蛋糕，帮忙点燃蜡烛。

房间里放着舒缓的轻音乐，有人关了灯。

"盛庭，许愿吧。"

原本盛庭不看重这些所谓仪式感的东西，既然是盛夫人发了话，他便闭上了眼。

盛瑶最先唱出生日歌，接着大家也跟着唱了起来。

烛光摇曳间，初霜站在离盛庭最近的地方，一边唱着生日歌，一边痴痴地看着男人英俊的脸庞。

这是她第一次给他过生日。

在这个温馨的时刻，她忽然有了一个念头——以后还想陪他过第二个生日、第三个生日……

生日歌结束，盛庭睁眼后最先看到的是仰着脑袋正专注地看着他的初霜。

"生日快乐。"她的眼睛亮晶晶的。

盛庭静静地看着她。

"别看媳妇儿了，先吹蜡烛。"赵尽舟戏谑地说。

吹了蜡烛，房间的灯也亮了。

盛瑶把刀递给盛庭："我想吃蛋糕了，小叔快分蛋糕。"

盛庭将刀递给初霜："你替我分。"

初霜感觉接了个任务，很认真、公平地分起了蛋糕。

但分到盛瑶时，初霜还是忍不住私心，多给她分了些水果。

后面的娱乐活动都是年轻人的场子，吃完蛋糕，盛夫人和盛先生先回去了。

魏亦则已经拿了话筒去台上唱歌，最会活跃气氛的人还属他。

时越和政家兄弟斯文端坐，只是好笑地喝酒，看着他唱歌。

后面可能是觉得无聊了，几人拉上韩震昊和盛炀一起玩牌。

初霜和盛瑶认真地吃着蛋糕，赵尽舟在跟盛庭聊天。

台上的魏亦则自己唱了一会儿，觉得这群人把他当表演嘉宾了，目光扫了一眼众人，定位在角落里正吃蛋糕的人身上："今天可是盛庭的生日呢，嫂子，你不来唱首歌吗？"

被点名的初霜连连摆手："我唱歌不好听。"

盛瑶在一边看热闹不嫌事大："小婶婶读大学那会儿是她们学校的十佳歌手呢。"

魏亦则拿着麦克风："别害羞，今天是盛庭的生日，你是他的爱人，得唱两句表示表示才行啊。"

在大家的起哄下，初霜上了台。

美人婀娜多姿，刚上去还没站稳，盛瑶就十分捧场地欢呼赞美："小婶婶太美了！"

"嫂子要唱哪首？"

初霜想了想，说："泰勒的《Love Story》。"

"这首不错，好歌。"

魏亦则替她搜出伴奏后，便下了台。

房间里只亮着迷离的彩灯，在令人心动的旋律里，初霜举起话筒，轻唱出声："We were both young when I first saw you. I close my eyes and the flashback starts, I'm standing there……"

初霜一开口便令在场的人惊艳。

她的音色缱绻柔和，像被蝴蝶吻过。认真又轻缓地唱出歌词时，给人一种用情至深的感觉。

台下的盛庭端坐着看她，细碎微光打在她身上，五官立体又柔美，周身笼着一层柔光。

歌曲来到了高潮部分，她娓娓动听的歌声饱含深情，目光也流转到盛庭那边。

“That you were Romeo, you were throwing pebbles. And my daddy said stay away from Juliet. And I was crying on the staircase. Begging you please don't go, and I said: Romeo take me somewhere we can be alone……It's a love story baby just say yes……”

在浪漫的歌词和旋律里，初霜窥见了几分真心。

有的感觉，前所未有地清明起来。

一曲结束，台下爆发出热烈的掌声。

“啊——小婶婶太棒了！这歌听了想谈恋爱。”盛瑶小迷妹疯狂鼓掌。

大家都在夸初霜，只有韩震昊沉默不语。

初霜眼里满含笑意，回到盛庭身边，还没坐下，赵尽舟便起哄道：“亲一个。”

想到有生之年还能有机会看到盛庭与媳妇儿亲亲，政泽这种平时一本正经的人也坐不住了：“盛庭，人家都给你唱歌了。”

“就是。”魏亦则懒懒地调笑，“快香一个。”

也就同辈人敢开他的玩笑，几个小辈都没出声，有的是看着扎心，有的是虽然很想看，但不敢没大没小地跟着闹。

听着这些人的起哄声，初霜有点羞涩，求助的目光看向盛庭。

男人接收到她的求助信号，用略带威严又无奈的语气朝起哄的几人道：“她脸皮薄，你们别闹了。”

好不容易见到一次盛庭无奈的模样，几人哪肯就此作罢。

几人又劝了几轮，最终以盛庭喝杯酒作为惩罚结束。

生日聚会延续了挺久，他们回到清御园时夜已经很深。

初霜后来也被闹着喝了几口酒，但没盛庭喝得多。

今晚大家都在变着法地给他灌酒，也不知是出于什么心理。

好在他酒量不错，要换作初霜，可能都醉倒了。

男人好像清醒得很，下了车走路四平八稳，还把外套脱给初霜，拥着她进屋。

打开客厅顶灯，明亮的光线下，初霜这才发现客厅里有好多礼物。

应该是朋友们让人送来的，他们还挺会制造惊喜。

看着这些礼物，初霜才想起自己准备的礼物带着去了却没机会送，又这么带着回来了。

好在她随时都可以送他。

当下应该先去找点醒酒药给两人吃，以免明早起床太难受。

盛庭喝得多，她便自发照顾他，将人安顿在沙发上坐着，自己就去找药。

穿着黑色衬衫的盛庭静坐着，目光追随着女人纤细的身影。

终于找来药给盛庭吃了，初霜问他："要拆这些礼物吗？"

"不拆，明天再说。"

"好。"

她也觉得这是个累人的活。

"那我扶你上楼。"

其实男人的步子比她还稳，哪用得着她来扶。

走到一半，初霜自己也明白过来。

不知是因为与男人挨得太近，他身上的气息全然覆盖过来，还是喝了酒的缘故，越往楼上走，她心跳越快。

回了房间，她问："你先洗还是我先洗？"

"你先。"

"好，那我快一点。"

身上一股酒味，得好好洗洗了。

洗好澡涂好身体乳，换上睡裙，她推门出来。

"我洗……嗯——"

卧室没开刺眼的大灯，还没看清眼前的一切，初霜就被一股力道按在了墙上，齿关失守。

男人来势汹汹，紧紧揽着她的细腰按向自己。

他的吻毫无规律可循，有几分显而易见的急躁——或许不止几分。

初霜对他的强势感到心惊，有点能预料到今晚会发生的事。

盛庭用低哑的声音一字一句道：“那个吻，补给你了。”

他要吻她，怎么会让别人看了去。

初霜被他亲得晕晕乎乎，瞬间理解了他的意思。

她心里刚泛起一点甜，身体就蓦地一轻。

男人将她抱起，抵在墙边，吻落在了她清晰的锁骨上。

初霜受不了这种酥痒感，微微挣扎着，却根本无济于事。

在男人眼里，她就是只手无缚鸡之力的垂耳兔。

盛庭看着她的眼睛，声音低沉缱绻：“你今天很美。”

被放到柔软大床上时，初霜不知是因为冷还是害怕，身子微颤。

耳垂有湿热覆上来：“可以犯错吗？”

初霜嗓子干得厉害，听着他好听到犯规的低音，只觉得耳根都麻了。

“嗯？”她没回答，盛庭又不疾不徐地问了一声。

声音听着十足沉稳，其实他的动作一点也不矜持。

初霜像溺水的人一样无法呼吸，胸腔又闷又涨，心几乎跳到了嗓子眼，看着男人沉到滴水的眸子，她耳根一热。

“你的伤也好得差不多了。”盛庭灼热的唇吻上她的脖颈，“我洗过澡了。”

初霜在主卧洗澡时，他就已经去次卧冲过澡了。

好在盛庭一向聪明，也不会让人难堪，他没真等着羞赧的人说出什么。

失去交流的卧室只剩下了粗喘和心跳。

盛庭的直白和强势差点让初霜哭出来。

她一开始就没想过逃避，但真正到了这一刻，说不紧张也都是假的。

单纯如玉的姑娘哪经历过这些，只觉得气氛热得要爆炸。

血液沸腾着流向四肢百骸，初霜的意识混沌起来。

盛庭下颌线绷得紧紧的，额前细汗密集。

他调整呼吸，看一眼初霜，只见她小脸惨白，秀气的眉头紧锁，眼尾挂泪，看着十分痛苦。

男人侧躺下来将她搂进怀里，一下下轻抚："不哭。"

之前那热得要爆炸的气氛缓和不少。

温柔的吻落在唇边、眉眼、耳垂，低泣的人慢慢安静下来。

初霜很喜欢他的温柔，会让她觉得自己被深深疼爱着。

她还是更习惯这样的盛庭。

在大掌的轻抚里，初霜的眼皮子越来越沉。

今晚折腾太久，她太累了。

就在她即将进入梦乡时，耳畔男人醇厚低缓的嗓音响起："别睡着了。"

被吵醒的人不明就里，刚睁眼又撞进了幽深的眸子里。

本能让初霜心跳加快。

男人灼热的气息喷洒在耳后，声音很低很低地跟她咬耳朵。

听清的那一刻，初霜眸子睁大。

还可以这样？

卧室的动静闹到很晚，这次确实没再传来女人的痛呼声，取而代之的是弹簧床不堪重负的吱呀声与细碎的呼吸声。

# 第十章

Qing Shan Si Yu

天亮时初霜是被热醒的。

一睁眼，自己正被人拥在怀中，眼前是结实有力的胸膛。

喉间一紧，昨晚的画面涌入脑海，大脑像不堪重负，脸热得厉害。

即使没到最后一步，男人也把该讨要的东西都讨要了。

一想到盛庭昨晚的直白和强势，她心里的鼓就响得厉害。

闭眼缓了缓脸上的热气，初霜又悄悄睁开眼。

男人身型本就高大，锻炼出的一身肌肉恰到好处，既不过分壮实，也不显瘦削。宽肩窄腰，八块腹肌，简直跟她描绘人体图时勾勒出的完美模特一模一样。

没人不喜欢美好的事物。

其实昨晚她就想上手摸了，但没胆。她不主动招惹，他就已经很难缠了，招惹了不知道会有什么后果。

现在光明正大地欣赏着，初霜都能听到自己的心跳声。

目光顺着肌理往下看去，她想到什么，眼睛一烫，心虚地移开视线。

目光落在男人脸上时，她还是忍不住暗暗惊叹，他生得真好看，比她见过的其他男人都好看。

偏生他的气质也是那么高贵沉稳，让人不敢亵渎。

现在，他也算是她的人了吧？

初霜这么想着，隐秘的占有欲得到满足，心里甜丝丝的。

欣赏了一会儿他的盛世美颜，初霜怕待会儿他醒了，四目相对太尴尬，于是先起身。

光脚踩到地毯上，看见上面散落的衣物，她面颊滚烫，拾起来放到一边，拿了别的衣服走进浴室。

她洗漱好出来时，盛庭已经穿戴整齐，正在系衬衫袖扣，清冷正经的模样跟昨晚简直判若两人。

对上视线，初霜眸光微闪："你快去洗漱吧，我下去看看早餐做得怎么样了。"

"好。"

出了卧室，初霜微吐一口气。

去厨房要帮忙，袁姨不让，她便出来喂鱼缸里的鱼儿。

看着它们争相抢食吃得欢快，初霜忽然有点好奇——这鱼饲料究竟有多香，让它们抢成这样。

她抓了把鱼饲料凑在鼻尖，轻轻一嗅，还真挺香的。

"别给它们喂太多。"盛庭从楼梯上走下来，"隔几天喂一次就可以了。"

初霜放下鱼食，拍了拍手："好。"

那些礼物还在客厅堆放着，吃完早餐，初霜让盛庭去拆礼物。

"你帮我拆吧。"男人端着杯子喝茶，不太感兴趣的样子。

"好吧，那我帮你都拆了？"初霜倒觉得拆礼物挺有趣的。

"嗯。"

"哇，男士香水，这个牌子的香氛很高级，我看看……政泽送的，政先生果然品位好。

"好漂亮的玉观音，这是赵尽舟送的，看起来像藏品欸。他把这都送给你了。"

盛庭瞥了一眼："明清时期的送子观音。"

初霜微顿："他想得倒是……挺长远。"

礼物太多了，拆到后面初霜手都有点酸。

桌上还剩三个盒子，其中有个青色的大礼盒，那是她要送给盛庭的礼物。

初霜停了手："最后几个你自己来拆吧。"

男人看了看桌上的几个礼盒，伸手拿过开始拆。

他拆到第三个时，初霜心跳加快。

这个礼物包装跟其他的有所不同，拆开后男人多看了一眼，瞥见夹层里的一张卡片。

长指取过一看，卡片上写着娟丽清秀的四个字：生日快乐。

没有署名。

他打开礼盒，只见里面躺着一副上好的玉棋，精美非常。

注视片刻，盛庭嘴角微勾："有心了。"

初霜一直在暗暗观察他的反应，他的话让她有点惊讶："你怎么知道这是我送的？"

"看见棋就知道是你，何况我认识的人里没谁能写得这一手好字。"

她的字很漂亮。

初霜被夸得开心："那你喜欢吗？"

"所有礼物中只有你的最合心意。"

女人唇边的弧度压也压不住。

盛庭看她："什么时候准备的？"

"拍卖会那次。"

男人点点头，装作不知道的样子："花了不少钱吧？"

如果是给自己买，初霜肯定舍不得花这钱，但她对朋友和亲人一向大方。

她潇洒大方地一挥手："还好还好。"

"怎么不用我给你的卡？"

盛庭从没见她用它消费过。

初霜咦了声："给你买礼物用你的钱，那多没诚意啊？"

看着她理所当然的样子，盛庭缓缓动唇："你是我的守财猫吗？"

"啊？"

"我给你是让你用的，不是要你当藏品收着，不用帮我守财。"

初霜听着，觉得"守财猫"这个词好可爱，低低地哦了声。

男人长指拈起一颗棋子，垂眸细看，问她："要不要试试手感？"

"我试过了。"她耿直道，"我试过好几次，手感真的很好。"

盛庭看过来，目光在她脸上停留两秒。

初霜微顿："咋了？"

"我是说，要不要切磋一盘？"

初霜反应过来，忍俊不禁："好。"

袁姨从厨房出来便见客厅的两人在对弈，她欣慰一笑，折回去端了蜜饯和坚果出来。

初霜正专注下棋，旁边桌面上出现两盘小零食，她心里一暖，柔声对袁姨说了声谢谢。

她吃了颗蜜枣，看见另一个盘子里的盐焗核桃，便挑了过来。

吃核桃补脑，希望今天她能赢盛庭一次。

忽然，她感觉脚背一重，低头才发现小金毛不知什么时候走过来躺在她面前，小脑袋可可爱爱地枕在她的脚上。

初霜心都化了。

世上怎么有这么亲人的小狗啊。

以前小金毛的爱是平等的，既喜欢跟她玩，也喜欢屁颠屁颠地跟在盛庭后面。但自从上次它把初霜带摔，被男人训了一顿后，小金毛就不太敢往男人跟前凑了。

以后还是要找机会缓和缓和他们之间的关系，初霜想。

她悄悄瞄了一眼对面的人——坐姿如松，执棋的动作很标准，手指修长漂亮。

他的手与围棋的适配度太高，被这么华贵的一副棋衬托着，整个人像不染凡尘的谪仙。

也不知她想到了什么，耳根一热。

不专心的后果是几步棋行差踏错。

盛庭发现了，她今天这盘棋不如上次走得稳。

盘子里的核桃吃完了，初霜接着挑腰果吃，可是吃坚果也并不能让人一下变聪明。

"怎么不专心？"男人看着棋盘，气定神闲地问。

"你的棋下得太好了，我光想着赢你……就走进死胡同了。"

"不要太在意输赢。"

这盘棋最终以初霜败告终，结束后，她如释重负地捏了捏肩。

盛庭看在眼里，波澜不惊地问："昨晚累到了？"

维持了一整个早上的平静被他轻飘飘的一句话打破。

也是这一刻，初霜才有了面前这个人是昨晚那个人的实感。

看着他黝黑平静的眸子，她忽然有种被看光的窘迫。

"累的不是我吧。"她挑眉，低声说完，又有点不好意思。

盛庭看着她生动的表情，眼里蓄起些许笑意。

被他眼里的笑意灼到，初霜移开视线。

男人轻笑："不累就好。"

初霜的心跳突然变得好快。

"我给仓鼠拿点零食吃。"说完这句话，她就溜了。

失去人形枕头的金毛被吵醒，睁眼便见客厅只有它和男主人，它立时局促起来，起身往妈妈离开的方向追去。

拿到磨牙小骨头，初霜给了仓鼠两根，看着它吃得欢快，她却在想别的事情。

其实昨晚该做的都做了，只差那最后一步。

反正他是她的人了。

这么想着，初霜硬气了点，拿着狗粮罐子走去客厅。

金毛没吃饱，眼巴巴地跟了上来。

"你给它喂。"

男人看着眼前的罐头："直接倒盘子里给它吃不就行了。"

"它最近有点怕你，你得把它哄好。"

"我为什么要哄它？"

"上次你凶它，它记在心上了。狗狗有什么坏心思，它还以为你不喜欢它了呢。"初霜看着正听他们说话的小金毛，"其实它很喜欢你的，你哄哄它吧。"

看着男人不是很在乎的样子，初霜直接把罐头放在他手里，用眼神示意。

盛庭看她一眼，拧开盖子取出一根小骨头，拿在手上。

小金毛眼巴巴地看着那根小骨头，尾巴摇了摇，又慢慢垂下，一副想上前又不敢上前的模样。

“仓鼠，去吧。”初霜拍了拍它的头。

小家伙看看温声细语的女主人，慢慢向前走了几步，还是有点望而却步。

盛庭开口：“过来。”

初霜故作惊喜：“他叫你了，快去。”

小金毛走过去，轻轻叼走盛庭手里的小骨头。成功吃到的那一刻，它的尾巴摇得飞快，眼睛亮得不行。

小狗狗开心了。

盛庭又给它拿了一根。

初霜就在旁边笑盈盈地看着。

怎么看着小狗狗会有种看着以前的自己的感觉？

刚结婚那会儿她还没转变心态，总把他当严肃长辈，也无所适从过，后来……好像是盛庭第一次出差回来，给她带了玫瑰和礼物，耐心地跟她相处，说自己不是可怕的人。渐渐地，初霜才走近他。

小金毛吃了好几根骨头后，她对盛庭道：“你摸摸它的头。”

男人依言照做。

小金毛开心地围着初霜又跑又跳，然后跑回盛庭旁边使劲摇尾巴。

盛庭睨着傻乐的毛孩子，心想：果然什么人养什么样的宠物，那股傻劲跟它的主人一般无二。

他伸手顺了顺它的毛发，给它塞了最后一根小骨头：“以后别再莽撞。”

自从得到了盛庭送的群青色颜料，初霜画画的瘾大发，想构思大作了。

画画得有间画室，之前她去三楼看过，好多房间都没怎么利用呢，其中有一间朝南的房间通风采光都很好，是画画的好地方。

她得跟盛庭商量一下，把它用来做自己的画室。

“三楼朝阳的那间房你有什么用处吗？”

“没有。”

“那我用来做画室了？”

盛庭："家里的一切你想怎么用就怎么用，你是这家里的女主人，这种事不用过问我。"

"好。"

下午，初霜去盛瑶工作的剧院玩。

今晚有一台舞台剧演出，盛瑶很早就开始在后台化妆间化妆。

初霜在一旁看着姑娘精致的小脸，感叹："好美，虞姬在世恐怕就是这样的，也不知以后会便宜了谁。"

在镜子里跟她对视上，盛瑶抿唇笑："你说话的语气像我奶奶。"

舞台剧开始，初霜被安排在靠前的位置。

《霸王别姬》舞台剧是这家剧院的镇院之宝，前几年都是老前辈在演，今年开始，他们传授衣钵，让年轻一代崭露头角。

盛瑶因为各方面水平都在年轻一辈中出类拔萃，虞姬一角便由她来演。

初霜在台下看着，打心底里为小侄女骄傲，不停地给她拍照。

"登台拜帅掌兵符，胸中智谋胜孙吴。准备一战灭西楚，山河万里壮宏图。"

"君王意气尽，贱妾何聊生？"

虞姬拔剑自刎，凄美的爱情故事落下帷幕，观众席里爆发出一阵阵热烈的掌声。

初霜眼里有泪花，把自己拍的舞台上虞姬倒下的照片发给盛庭："演得太好了，实在是不可多得的舞台剧，感染力好强，好多观众都流泪了。瑶瑶演得真好，强烈推荐你来看一次。"

盛庭："那是她的专业。"

初霜："术业有专攻，你侄女真的很专业，以后她会成为德艺双馨的艺术家。"

初霜觉得盛庭压根就不知道盛瑶有多优秀。

瑶瑶其实挺在乎她小叔对她的看法，要是盛庭肯定她、夸奖她，她一定会很开心的。

"以后有时间，咱们一起来看瑶瑶的演出吧。"

看完演出，到后台去看盛瑶，一见面初霜便对她赞不绝口：“演得太好了，你在舞台上时整个人都在闪闪发光，果然人在做自己喜欢的事情时都是发着光的。”

盛瑶心花怒放：“呀，你好会夸。”

“你小叔真应该来现场看看你演出时的样子。”

“小叔他才不懂这些。”

收拾好东西下楼，盛瑶提议去吃大餐。

初霜正好看见手机里盛庭发来的消息，他问她要不要回家吃饭。

见她在犹豫，盛瑶拿过她的手机打字：“晚餐要跟瑶瑶在外面吃，晚点回，不能陪你吃了，老公。”

真是的，以前小婶婶跟她出来玩都不想回家的，现在却在选她还是选小叔之间犹豫了。

果然男色误人。

她发好消息后锁了屏，就把手机还回去：“我已经帮你回复了，走吧，咱们去吃火锅。”

既然她回复了，初霜也就没管，导航开车去了盛瑶说的餐厅。

盛庭收到她的消息时微愣，看着最后的那个称呼沉静半晌。

到餐厅打开手机，初霜才发现盛瑶发了什么。

盯着“老公”两个字，她眼睛睁大。

她从没这么叫过盛庭，醉酒那次除外。

捣乱鬼盛瑶还在后面加了个“猫猫勾引”的表情，这观感……怎么看怎么黏腻。

“瑶瑶。”她正了正神色。

盛瑶知道她看见了，笑着给她碗里夹了好几块涮好的麻辣肥牛：“快吃，快吃。”

下一秒手机传来叮咚一声，盛庭发消息过来：“把手机还给你婶婶。”

他真聪明。

初霜假装盛瑶回复：“知道了。”

“话说你跟韩震昊是怎么回事？”盛瑶突然问。

“我也不知道是怎么回事。”

从初霜的视角来看，自己跟韩震昊也就只接触了几次，所以昨晚他在她面前说什么离婚再婚的话时，她整个人都是蒙的。

“第一次见面卖给过他一点汽油，后来帮他画过两次头像，其他时候就只是遇到简单打个招呼这样的关系，他昨晚不是恶作剧开玩笑的吗？”

盛瑶：“原来那头像是你画的。

“他可不是什么开玩笑，你不知道，昨晚你们走后，他又在包间喝了好多酒，喝得不省人事，后面是时越送他回家的。我表兄这个人，桀骜张扬惯了，在韩家就是眼高于顶的少爷，我还从没见过他这失魂落魄的颓废样。”

明明根据初霜的讲述好像也没什么，他到底是怎么对人家有意到这个程度，对方还一无所知的？

根据他以往的风格，那不得风风火火弄得尽人皆知？

想到他昨晚失意颓靡的样子，盛瑶也觉得他有些可怜。

初霜听着，也想起昨晚韩震昊的神情：“我需不需要找他谈谈？”

盛瑶：“先观望一段时间吧，或许他只是暂时的，很快就能走出来。这事你也不好出面，辈分也尴尬。”

初霜点头。

盛瑶有点好奇：“你是不是从小收到不少表白？”

“没有。”

“不信。”

初霜：“小时候还会有小伙伴说我漂亮，要跟我做同桌什么的，长大后就没什么人搭理我了。我一直都没什么异性缘，男生应该不喜欢我这类型的。”

盛瑶颇为惊奇：“我也是，我觉得男生都不喜欢我这款，他们应该喜欢乖乖软软的妹妹。托长相的福，这么多年我还没有过什么烂桃花。”

“谨慎一点好。”初霜给盛瑶夹了刚烫好的牛肚，她看着在店内暖光下美得张扬冷艳的人，感叹，“真的很难想象你以后会和什么样的人在一起。瑶瑶，宁缺毋滥，千万别被人骗了感情。”

“骗感情？不可能的，只有我骗别人的份，男人那些小伎俩唬不住我的。”

听她这么一说，初霜也觉得盛瑶是聪明人，不会那么容易被骗。

初霜回去的路上，夜空开始飘小雪。

打着前照灯行驶在路面，视野里突然出现一个白影，初霜吓了一跳，眼明手快地踩了刹车。

她稳下心神，定睛一看，路上有只白色小猫。

小家伙毛发有点脏乱，看起来很瘦弱，在寒夜里瑟瑟发抖。

初霜推门下车，将它抱起来，还没细看，身后传来一道愤怒的男声：“有病啊，乱踩什么刹车！开车不带脑子的？！”

后面一辆路虎车里坐着个长相凶悍的光头男人，男人正探出头来骂人：“要不是老子反应快就撞上去了，开好车了不起啊？！”

两车的车距只剩一米，差一点就追尾了。

捂着小猫的耳朵，初霜弯腰道歉：“对不住啊，刚刚前面突然蹿出来一只猫。我不是故意的，给您添麻烦了。”

男人见她态度温和，怒气值稍稍降下去一些，又看见初霜的长相，面上的凶相收了点，但依然不满意地嘟囔着：“轻飘飘的一句道歉就完事了？道歉有用还要警察做什么？”

“那你要怎么样才能消气？”

“赔偿精神损失费。”

男人话音刚落，车门就被人轻敲了一下，他转头，看见车旁边站着一个穿黑风衣、双臂环抱的女人。

女人身材高挑，头发扎着利落马尾，眼尾细长，嘴角漫不经心地勾起。

光头心底惊奇——今天晚上自己是走了什么运，见着的两个女人都是极品。

车旁的女人动了动唇：“哥们儿，你不走别人还得走呢。人家姑娘也不是故意的，大晚上冷飕飕的，差不多得了。”

光头抬了抬下巴：“站着说话不腰疼，那你替她赔？”

初霜已经走了过来。

这男人看着就不像好相处的，大晚上的，两个女孩子面对一个五大三粗的男人，很明显处于弱势。

心想着多一事不如少一事，赔点小钱买个清净也没什么，初霜就要开口。

这时，朝好轻飘飘地发话了。

“既然沟通协调不了，那报警吧，让警察来评判对错。”她看了眼两人毫发无损的车，“不过看这样子，就算警察过来了，对人家姑娘也没多大影响吧，反倒是……蓄意闹事的人会怎么样就不知道了。”

闻言，光头男人面色微变：“行了，行了，我自认倒霉。”

然后他对初霜道：“幸亏你今天遇到我这种好说话的，要是遇到凶的人，就不会这么简单地不了了之了。”

初霜点头：“是的。”

男人见她面带笑容，心里舒坦不少，讲话的语气也没之前生硬了：“嗯，看在你还算有礼貌的分上，我也不追究了。”

看着男人驱车走掉，初霜才看向刚刚替她解围的人，脸上的假笑换成了自然真诚的笑：“刚刚多亏了朝小姐，不然我都打算给他打发点钱了事了。”

“你脾气还是太好了，遇到这种人要硬气点，别被坑了。”

初霜：“白天肯定不会这么顺着他的，大晚上一个人遇到这种人还是多一事不如少一事的好，给点钱也没什么。”

“你这个想法很聪明，女孩子在外面确实得学会随机应变。”看着初霜怀里的小猫，朝好伸手摸了摸小家伙的头，“刚刚就是为了躲它啊？妹妹不仅脾气好，心眼也好。”

初霜勾唇笑：“朝小姐不仅聪明还很勇敢。”

朝好笑着看她：“别叫我‘朝小姐’了，叫我‘姐姐’吧，听着亲切。”

寒风里，女人的碎发蓬松，五官比例优越，眉眼过分漂亮。

初霜最喜欢漂亮的人和物。

不知为何，她每次见到朝好都有一种亲切感，类似于小时候去远房亲戚家，被温柔的大姐姐处处呵护照顾才有的那种亲切。

但她又确定自己没见过朝妤。

可能是她真的太喜欢美人了。

“姐姐。”

朝妤笑起来，眼尾弯弯：“嗯，以后就这么叫吧，我一看你就觉得亲切。对了，咱们是不是没加好友？加个联系方式吧。”

加上好友，道别离开后，朝妤翻看着初霜的朋友圈，夜风吹过，眼眶有些干涩。

“你也喜欢画画。”一句低喃飘散在夜风里。

初霜到家时，盛庭还坐在客厅，看她风尘仆仆地从外面进来，他出声道：“下次早点回来。”

“路上有点事，遇到了一只流浪小猫。”初霜把猫猫从怀里拿出来，给盛庭看，“是个漂亮的小家伙，白色布偶猫。”

盛庭看她一脸开心，又看了她怀里的小猫一眼，只见它眼睛圆圆的，是清透的蓝色，正好奇地张望着陌生的环境。

它在初霜怀里一动不动，看起来性格很温顺。

“只是它患有皮肤病，要治疗一段时间。”将猫猫放在软垫上，初霜蹲下来摸着它的头，“刚刚带它去宠物店洗澡，还给它弄了些吃的，小家伙狼吞虎咽，好像饿了好久。洗澡之前乱糟糟的，洗完澡颜值就显现出来了。你看，我还给它买了个可爱的小别墅。”

她带进来的大包小包的东西都是为这只小猫买的。

把猫猫放进柔软的小房子，初霜才想起来问盛庭：“我可以养它吗？”

盛庭无奈：“你都把它带回来了才问我？我不同意的话，你还能扔了不成？”

“那倒不会。你也是这个家的成员，我带宠物回来肯定也要你同意，以后相处起来才会愉快，你没意见最好。”

“要是有意见呢？”

初霜抿唇：“那我再想想办法。”

男人轻嗤一声：“养着吧。”

初霜笑了，眼睛亮亮地看着他：“其实我早就猜到你会同意。”

盛庭虽然看着威严，但一直都挺好说话的，她要做的事情，他从没阻止过。

也是对他有这个信心，初霜才擅作主张把小猫带了回来。

还好他们家的人都挺喜欢小动物的。

“得给它取个名字。”她皱眉沉思。

盛庭只是在一旁静静地看她，也不打扰。

“有了，小油渣怎么样？刚捡到它那会儿有点脏兮兮，这个名字很适合它，听起来也可爱。你觉得呢？”她抬头问盛庭。

男人安静了会儿，反问：“你觉得好听吗？”

“小油渣这个名字很可爱啊。”

盛庭微不可察地叹了一口气，不知道为什么，她每次给宠物取名字都奇奇怪怪的。

已经不是好不好听的问题了，谁家狗狗叫仓鼠，猫咪叫小油渣啊？

“你小时候有乳名吗？”

“小时候？外公偶尔会叫我‘泡泡’，好像是因为我小时候长得太圆润了。不过也不常这么叫。”

“你想一想，”盛庭不疾不徐地动唇，“要是有人叫你‘小排骨’，你会开心吗？”

初霜愕然。

哪个人会叫小排骨？

看见她脸上呆愣的表情，男人继续：“你叫它小油渣，它就是这种感受吧。”

看了看温顺的小白猫，初霜抿唇，慢慢道：“那你以后给它取一个名字吧。”

安顿好猫猫，她要上楼洗澡，盛庭问她：“要不要去运动？”

“有点晚了。”

“不晚，还不到十点，走吧。”

看着男人上楼的背影，初霜缓缓张了张嘴。

怎么就突然督促她运动了？她不想运动啊。

她急忙跟上去，试图说服他："今天好累了，我们改天再运动吧，晚餐我吃得有点多。"

"正好，消消食。"

"饱腹的时候运动会很难受的。"

盛庭侧过头看了一眼她不情愿的表情，慢条斯理地开口："你有多久没运动了？"

好像挺久了，自从入冬初霜就不想动了，夏天锻炼出来的马甲线都快消失了。

"平时不爱运动就容易生病，你体力也不太行。"

上了几级台阶，初霜小声反驳："我体力挺好的。"

"晚上一直喊累叫体力好？"男人声音平淡，公事公办的口吻让人还以为他在说什么正经事。

见他面不改色就能说出这样私密的话题，初霜被惊到，半晌接不上话。

"你实在不想运动就算了。"盛庭凝视着她，一字一句道，"那回房吧。"

触到他满含深意的眼神，初霜的心猛地一跳："要运动，要运动，我最喜欢运动了！"

路过主卧，初霜摸到门把手，说："那个，你先过去吧，我换身衣服就来。"

然后她看也不看他就进了房间。

看着她红着的耳尖，男人的嘴角勾起一丝笑意。

初霜换好衣服去健身房时，盛庭正在举铁。

那么重的杠铃他居然轻轻松松就举起来了。

看着他露出来的手臂肌肉线条，初霜下意识地看了看自己纤细的胳膊……他是有资格说她体力不好的。

其实她的运动天赋在女生群体里一直都是排在前面的，长跑、跳远什么的成绩都很优秀，她也不像其他女孩子那样害怕上体育课。但相对于盛庭这种强健的体魄来说，她确实也只能算"小青铜"。

"我去跑步。"

“随你。”

室内放着轻音乐，初霜一边在跑步机上慢跑，一边时不时地偷看锻炼的人。

看着看着，她不禁感叹，值了！运动时还有帅哥的腹肌看，要是天天有这福利，她还能窝着不想动吗？

薄薄的布料下，肌肉线条随着盛庭的动作而被勾勒出来，用力时手臂和脖颈会青筋暴突，喉结偶尔还会滚动。

初霜看得眼热，伸手够到台子上的水，咕咚咕咚喝了两口，才稍稍平静些。

跑了二十来分钟，她坐在瑜伽垫上休息。

“累了？”

“有点。”

盛庭擦擦汗，看了一眼时间：“累了就休息吧，也不早了。”

初霜挺直背脊：“我还能再运动一会儿。”

“循序渐进，第一天运动量太大，明早起来会感觉身体吃不消。”他拿了手机，走过来朝她伸手，“走吧。”

将手搭在他的掌心，初霜被拉着起身。

回了卧室，初霜咽了咽口水：“你先洗还是我先洗？”

她说完一顿——这话太熟悉了。

不知道男人有没有注意到。

“你先吧。”

——更熟悉了。

出了一身的汗，初霜拿了睡衣就往浴室去。

脱掉衣服的时候还能看见腰间和大腿的一些痕迹，她面颊一热。

这些痕迹怎么来的，她和他都清清楚楚。

她洗得慢吞吞的，越到后面心绪越不安宁，但她再怎么拖延也得出去了。

擦干身子换上睡衣，去推门的一刻，她心里一惊，想到昨晚的场景。

捏了捏手指，她才慢慢拧动把手，脑袋先伸出去看。

见没人守在外面，她这才稍稍安心。

沙发上端坐的人将她的一切动作和表情尽收眼底，眼底带着笑意。

初霜走出来，淡定道：“好了，你去洗吧。”

爬上床躺下，摸到手机，初霜看见黎冰冰发了好几条消息过来，于是跟她聊了会儿天。

盛庭从浴室出来，一眼就看见了玩手机的人。

“还在玩手机？”男人缓缓出声。

现在时间可不早了。

“不玩了，要睡了。”

跟冰冰说了晚安，初霜把手机放到柜子上。

盛庭走过来掀被上床，顺便把灯关了。

黑暗里，初霜双手揪着被子，虽然呼吸均匀，心跳却不规律。

“躺那么远做什么？”黑暗里，男人低沉的声音响起。

初霜咽了咽口水，低声说：“有安全感。”

盛庭蓦地轻笑，接着传来一阵窸窣声，他好像翻身侧对着她的方向。

“睡过来。”

初霜安静两秒，然后低声叹了口气——两个人都躺在一张床上了，她想逃也逃不脱。

她微微挪着身子朝外侧移，刚过去，腰身就被人揽住。

盛庭将人圈在怀里，下巴搁在她柔软的发顶：“这样还不够有安全感吗？”

她用的沐浴露有一股清新的茶香，抱着她好像拥抱了早春茶园里的阳光。

初霜安安静静地给他抱着，乖得不行。

能不乖吗？要是她有一点反抗，可就不是只抱抱这么简单了，而且他怀里还挺暖和的。

她就是有点怕他某些时候的强势和那股狠劲。

“不理我？”

“没有，我在想事情。”

“想什么？”

“想明天早上吃什么。”

卧室安静了下来。

好长的一段时间里都没人说话，初霜暗暗反思——自己是不是太不解风情了？

头顶男人的呼吸绵长，侧着耳朵听了会儿，她抬头，一片漆黑，什么也看不清。

又过了一会儿，她忍不住很小声地开口：“你睡着了吗？”

回应她的是规律的呼吸声。

在他怀里安静了会儿，初霜吸了吸鼻子，用气音道：“嘿，你睡了吗？”

没人应——他睡着了。

她瞬间就不困了，手一下抬起来，在黑暗里动作很轻地摸到了他的侧脸。

怕把他吵醒，她只是用食指指尖轻轻顺着轮廓描摹。

手摸到哪儿，脑海里就想象出相应的画面。

他的下颌线好清晰，肌肤微凉，有点软……

想到在健身房运动时看到的他上下滚动的喉结，初霜抿抿唇，手渐渐往下移。

摸到那个凸起时，她心跳加快。

喉结原来是这种手感啊，硬硬的。

从一指轻点到两指轻轻捏了捏凸起，手比脑快，做出这个动作后，初霜才反应过来自己做了什么。

但她还来不及收手，手指已经被人抓住。

头顶传来微微沙哑的嗓音，透着一丝危险意味：“玩够了？”

初霜一惊就要挣脱，手却被他抓得紧紧的，大拇指还在她的手背上轻轻摩挲了几下。

“看来你还不是很困。”

话音一落，她就被人压在身下，双手被举到头顶按住。

清冽的冷香透过他的吻传过来。

“本来今晚打算让你休息的。”盛庭亲了亲她的嘴角，声音低到只有两个人听得清，“你好奇的应该不止这个。”

什么这个那个的，初霜没听懂。

“偷偷摸摸没什么意思，我教你。”

黑暗里她睁大了双眼，脸颊滚烫，立马缩回手，感觉手心都是烫的。

这个男人根本没有他表现出来的那么温柔。

“虽然是治标不治本，但你怕疼，”男人吻上她的嘴角，薄唇中蹦出几个字，“那就还照昨晚的来吧。”

……

第二天，初霜一觉睡到九点，醒来时身边已经不见盛庭的身影。

她刚刚坐起身，被子一下滑落，露出白皙肌肤上的几抹痕迹。

初霜连忙抱好被子，用目光四处寻找她那件睡衣。

床下没有，伸手在被子下探了探也没摸到，她咬唇仔细想了想，昨晚被他扔到哪里去了来着？他怎么乱丢人家衣服。

盛庭进门时看见的就是整个身子包在被子里，只露出脑袋的人。

“醒了？”

看见他，初霜下意识地拉紧被子：“我衣服呢？”

男人气定神闲地坐到床边：“什么衣服？”

看着他目光深邃的眸子，初霜把自己裹得紧紧的，面颊发烫：“就是昨晚穿的衣服。哪儿去了只有你清楚！”

“我不清楚。”

盛庭的目光从她脸上往下移，如有实质的眼神让初霜心里一紧。

见她杜微慎防地盯着自己，男人眸中含笑：“所以你现在……”

“你不准说。”

他扬了扬眉。

初霜败下阵来，和他打商量：“你出去，我要穿衣服。”

盛庭站起身：“要穿什么？”

见他走向衣帽间，初霜说：“给我拿条针织裙就行。”

盛庭在衣帽间找到她说的针织裙，要出去的前一刻想起她身上一件衣服也没有，又替她找了找贴身衣物。

拉开底层抽屉，男人目光微顿，指尖挑起那件布料少得不能称之为裙子的衣物。

看清楚那是什么的时候，盛庭的眸子眯了眯。

很快，他敛去眼底深色，将之放回原位，从另一个抽屉拿到贴身衣物。

从卧室并不能看到衣帽间内的情况，还不知发生了什么的初霜正在跟朋友发消息聊天。

见盛庭回来时手里不仅拿了裙子，还拿了贴身衣物，初霜脸颊一烫。

“要帮你穿吗？”

“不、不用了。”从他手里拿走衣物，初霜躲进被子里艰难地穿好。

迅速去浴室洗漱好后，她便忙着下楼看猫咪。

大厅里小金毛正跟布偶猫玩闹，它们对彼此都很好奇，相处得还算融洽。

“仓鼠，”初霜摸摸小金毛，教导它，“小猫是个身世可怜的小家伙，以后也是我们的家庭成员，你体型大它那么多，可不能欺负它。”

初霜教导完金毛，想到要给小猫身上上药，就去找昨晚买回来的药膏。

盛庭见了，出声：“刚上过药。”

初霜抱过猫猫细看，才发现它的患处确实涂有薄薄一层药膏。

他还是一如既往地细心啊。

“你有时间的话，拜托给它取个名字吧，我取名好像都不太好听。”

“可以。”

吃完饭，初霜又去拿她的印章接着篆刻。

一刀一刀纯手工刻，也不知能不能在过年前完成。

她刻印章时盛庭也不打扰她，因为他最近也挺忙的，下午在书房待了很久。

刻累了，初霜想起他说的过年要去海边，于是打开手机选起了裙子。

去海边墨镜不可少，看着各式墨镜，初霜想给盛庭也选一个。

他戴墨镜肯定好看。

袁姨端来水果拼盘：“夫人给先生送一份上去吧。”

初霜抬头，才发现袁姨手里还有一份。

“厨房里还做着东西，我要盯着，辛苦夫人替我跑一趟。”

“好的，没事，你去忙吧，我给他送上去。”

初霜推开书房门时，盛庭正在开视频会议。

初霜轻手轻脚地将水果拼盘放在他桌上，想用眼神示意他吃，但他根本就没空跟她交流。

他戴着一副银框眼镜，平添几分清肃的感觉。

他专注地听着视频那头的人发言，偶尔嗓音清淡地说句什么，看起来很严肃的样子。

在沙发上坐了会儿，见他真正工作时这么严厉，初霜心想，幸好她不是他的下属。

初霜本想找本书看，但一想他在开会，她在这屋子里可能会影响他，便又轻手轻脚地掩上门退出去了。

去三楼收拾了会儿自己的画室，初霜看着明亮空旷的房间，觉得还差沙发和软榻。

画画累了的时候往沙发一躺，边欣赏画作还能边晒太阳——如果天晴的话。

画室的落地窗能一眼将后园尽收眼底，这个位置观景也不错。

这么憧憬着，她突然起身。

择日不如撞日，她决定趁今天有空，去家具城看看家具，她要把画室装点得漂漂亮亮的。

盛庭在开会，就不打扰他了，她自己去逛。

去车库开车时她却没看到自己常开的宾利，问了袁姨，得知盛庭让人开去 4S 店做保养了。

“夫人要不开别的吧？”

初霜想了想，去卧室拿了迈巴赫的车钥匙。

本来只想简单买些家具装点画室的，一去家具城，她看见什么都觉得漂亮，都想买，最后还是超额消费了。

刷卡的时候想起盛庭的那句“守财猫”，她第一次用那张黑卡结了账。

盛庭开完会，下楼时发现大厅没人，正欲打电话问她，手机里显示亲属卡有几笔消费。

她终于会用他给她的卡了。

“去买东西了吗？什么时候回来？”

初霜：“我买只香酥鸭就回。

“对了，要不要帮你带什么东西？”

盛庭：“不用。路上开车小心。”

给工作人员留了地址，让他们晚点送家具过去，初霜回到车里，准备去买香酥鸭。

想起上次盛庭从储物箱里给她拿的巧克力味道还不错，她打开箱门，拿出一块当小零食，边吃边开车。

经过昨晚遇到小猫的路段，初霜脑海里突然冒出一个想法。

恰好前面是红灯，停车等待的间隙，她低头看了看手里的巧克力。

巧克力，朝妤姐很喜欢吃巧克力。

出神不知多久，身后鸣笛声不断，抬头看才发现绿灯亮了好一会儿了，她赶紧启动车子。

初霜回到清御园，一进大厅，金毛和猫猫就迎了上来，一左一右地围着她。

初霜觉得可爱，分别摸了摸它们的头。

换上拖鞋，她坐在沙发上揉着腿，小猫很亲人地跳上沙发，蹲在她身旁。

“小猫，”顺了顺它的毛，初霜轻声问，“你有名字了吗？”

小猫哪里听得懂，更不会说话。

“回来了？”盛庭从后园回来，手里拿着几枝新剪下来的玫瑰。

“回来了。”

他将花插进茶几上的花瓶里，装点得很漂亮。

“不是说买香酥鸭？”看她两手空空，盛庭问，“没买到？”

初霜被问得一愣：“对，卖完了。”

怎么给忘了呢，她居然开着车就这么回来了。

初霜在客厅看了会儿电视，吃晚饭的时候送家具的人来了。

领着他们把东西搬上三楼摆好，画室终于不那么空了。

吃完饭，盛庭喊着她去运动，初霜突然想起自己生理期快到了。

她也不跑了，坐在旁边的软垫上看盛庭运动。

“别偷懒。”

发现她停下来，盛庭提醒了一句。

“我不能运动了，生理期快到了。”

闻言，男人看她，发现她眸中带着些笑意，也不知在开心什么。

初霜杵着手光明正大地偷懒：“我看你运动。”

生理期他就拿她没办法了，她能不开心吗。

盛庭的身材真是看一次都会被惊艳一次，能让人的目光一直跟着他。

看着看着，趁他不注意，初霜赶紧掏出手机悄悄拍他。

欣赏着照片里男人的长腿窄腰，她满意极了——以后画人像就拿这个比例当模子。

“好了，你慢慢运动吧，我去敷个面膜。”

跟他说了声后，初霜起身。

回到主卧，她点开了一封匿名邮件。

邮件里只有一张照片。

照片中，长相耀眼的一对男女比肩而站，女孩子笑容明媚，眼睛都笑弯了，看起来拍照时很开心。而男生五官冷峻，表情却不生硬。

没错，照片里的两人是盛庭和朝好。

照片上，他们比现在年少，十几二十岁的样子。

那时的盛庭五官与现在一般无二，气质也清冷，但照片里的他面部线条柔和，那是他心情不错，或者跟相处舒服、熟悉的人在一起时才会有的样子。

这张照片，下午她从家具城出来时就收到了。

对方以匿名的形式发来，她不知道他是谁，也不知他发这个来意欲何为。

给她发这样一张过去的照片，除了要告诉她盛庭和朝好关系好以外，还想让她知道些什么，或者误会些什么？

其实下午那会儿看到这张照片时，她的第一反应不是怀疑与难过，而是下意识地觉得是对方想让她误会什么。

朝好都说了她和盛庭是同学，同学之间有张和谐的合照并不稀奇。

初霜不想拿着一张不能说明任何问题的照片去误会两个人，她愿意相信盛庭。

# 第十一章

Qing Shan Si Yu

早上袁姨做了蟹黄包，味道太诱人，但初霜因为生理期只能浅尝一口，其他的让袁姨给她打包装了两盒。

初霜刚踏进公司大门，就见前台的周文霜已经到岗。

偶尔有人进大厅，看到认识的人她会点头微笑。

视线碰到初霜时她顿了顿，笑着打了招呼："早。"

"早上好，吃早餐了吗？"初霜拎着包走近，将一盒蟹黄包放在她的工作台上，"家里做太多了，吃不完要坏，你尝个味道。"

周文霜微怔："这……你带去给部门的同事吃吧。"

初霜扬了扬手里的盒子，道："这里有呢，你吃吧。"

"太多了……"

"不多，没几个，对了……"初霜看了看身后，见一时没有其他人进来，低声问周文霜，"你不在生理期吧？"

"不在。"

"那就好，蟹黄性寒，不在生理期吃就没事。我上去了，拜拜。"

周文霜打开盒子，里面整整齐齐排列着几个蟹黄包。

她抬头看向电梯那边，初霜刚好进门，与她对上视线，勾唇浅笑。

周文霜取出一个蟹黄包吃了，蟹黄包皮薄馅多，蟹黄鲜美。

看着白糯糯的水晶蟹黄包，周文霜垂着眼帘出了会儿神。

部门的同事吃了初霜带来的蟹黄包，赞不绝口，说比外面餐厅里做的都好吃。

"不是我做的，家里阿姨手艺好。"

徐诗尹竖起大拇指："你家里阿姨真厉害，什么都会做。"

"那是，能进初霜家里工作的阿姨肯定是米其林大厨级别的。"

初霜失笑："太夸张了。"

小何年纪跟初霜差不多，平时跟初霜也比较处得来，她看到过初霜开的宾利，以及用的几支口红，猜测出初霜家庭环境不错，但具体多富有她不清楚，平时便会开开无伤大雅的小玩笑。

之前初霜请病假，请假的消息是从总部那边传下来的，大家也就知道了她在高层有背景。

但她跟大家相处时很谦逊，一点不摆谱，也从不谈家里的情况，所以即使部门里的大家都清楚她家里有钱有背景，也能把她当普通同事、后辈对待。

还没到正式上班时间，大家正围在一起分享蟹黄包，新主编孙梦竹踩着高跟鞋进来了。

瞧见氛围融洽的一群人，她高冷地看了看手表："还有两分钟就上班了，怎么还聚在一起聊天？"

徐诗尹忍不住翻白眼："你也说了还有两分钟。"

"五分钟后开个早会。"扔下一句话，孙梦竹就披着她的西装外套进了办公室。

早会的内容主要是安排最后半个月也就是年前的工作。前边都没讲什么重点，只是复述强调之前的一些安排，说到后面时，孙梦竹竟然将初霜筹备了很久的一部新漫画的主笔资格安排给了小何。

从看原著小说分析剧情，到揣摩人物形象确定画风基调，初霜画了好几版人设图，花了多少心血，现在却被她一句话就给否决了。

"为什么要临时换主笔？这部漫画从一开始就是我在跟进负责，马上要开始进入创作阶段，现在突然换另一个人主笔，会影响后续创作的。做漫画最忌讳的就是临时换画手，这一点你应该比我清楚。"

孙梦竹并没多大反应："你现在手上不是还负责着一部连载漫吗？最近又是最忙的时候，我看你也无暇顾及其他。我们部门是一体，为了提高工作效率，把这个资格给有空的画手不是更好？

“至于漫画的风格和人物形象，你直接把手上的设计图都给何欢不就行了。能进到这个部门，大家的水平都大差不差，你能画的别人也能画，她做起来不会不如你。”

既然她说到了时间和效率，初霜就给她保证：“这两个项目互不影响，我会对自己的工作负责。何欢现在手上的漫画也还有一段时间才结尾，她也不清闲。”

部门里每个人手里都有自己要负责的工作，何欢可没想抢同事的，便也附和：“对，我现在这部漫画要忙着收尾，还要一段时间，所以抽不开身。初霜准备了那么久，还是她来做更好。况且我跟她的画风不同，怕画不出符合原著的效果。”

见她们并不配合，孙梦竹不悦道：“你们的工作能力我都清楚，我自有我的安排，我是主编还是你们是主编？这件事就这样决定吧，散会。”

她离开后，初霜坐在原处没动，同事们过来安抚她。

徐诗尹冷哼一声：“好大的官威啊！以前的主编还在时，安排工作都是要征求大家意见的，她倒是专权专断。”

孙梦竹年纪不大，不懂谦逊和尊重人，职业素养不高却什么都想乱指挥一通，像个拿着鸡毛当令箭过官瘾的小丑。

从她抢走主编位子时，徐诗尹就对她心怀不满，经常明里暗里地嘲讽。

孙梦竹是知道这些的，但她也是个见风使舵的人。见徐诗尹脾气火暴，年龄、资历都比自己高，也知道自己抢走的是她的位子，孙梦竹平时也不敢正面和她对上。

现在她却挑着个看起来没有攻击力的初霜来搞事，也不知她意欲何为。

何欢拍拍初霜的肩膀：“放心，我不抢你辛劳的工作成果。我不画，她还能按着我的手画不成？”

初霜轻笑：“谢谢。”

初霜回到工位开始工作，也不知是不是因为早上贪嘴吃了一个蟹黄包，小腹隐隐有些疼。

中午吃饭时她都没什么胃口，只吃了几口便抱着热水袋回椅子上睡觉。

她本想缓和些了再去找孙梦竹，可一个下午都不得劲，坚持到下班时她已经虚得只想在床上躺着。

她坐上家里的车，往后座一看，盛庭还没下班。

回到清御园她直接上楼睡下，努力给自己催眠，终于慢慢睡了过去。

盛庭下班回来时客厅很冷清，没人。

袁姨炖好薏米红糖粥，刚出来便看见到家的盛庭，于是跟他讲了一下初霜的情况。

“太太身体不舒服，一回家就上楼去了，现在不知道醒没醒，先生把这碗粥给她端上去吧。”

端着碗上楼，一推开卧室门，盛庭便看见了围在她床边的猫和狗。

仓鼠端正坐着，在看床上睡觉的人，而小白猫缩成一团睡在她头侧——还好，都没有捣蛋扰她。

走近床边，盛庭探了探她的体温，没有发烧。

但她的眉头细微地蹙着。

“初霜。”男人唤她一声，“起来喝点粥。”

初霜睁眼就见盛庭在床边：“你回来了？”

“嗯。”扶起她，盛庭端过薏米粥，“生理期痛？”

初霜接过粥，舀起小口喝着：“嗯，不是特别疼的那种，就是一整天都不爽利，也不知道是不是因为早上贪嘴吃了蟹黄包。”

盛庭眸子黑沉，瞧着她比往日萎靡的模样，薄唇微启：“自己找罪受。”

初霜不说话。

说了她还不高兴。

盛庭摸到她的小腹：“贴暖宝宝没？”

“贴了。”

“吃了多少个蟹黄包？”早餐他们是一起吃的，他只因为上楼拿东西离开过几分钟，她应该就是那时候偷嘴吃的。

“一个……”

“要不要给你熬药膳？”

“不用，现在好一些了，不是很严重。”

盛庭：“饿不饿？”

“有点。”

男人掀开她的被子：“带你下去吃饭。”

然后初霜就被他稳稳抱起。

揽着他的背脊，初霜还有点不习惯：“我可以自己走的。”

“有人抱还不好吗。”盛庭只是瞥她一眼，“你太慢了。”

主人出门了，两只小家伙也跟在后头下了楼。

公主抱的姿势让初霜能明显感觉到他胸腔里强有力的心跳，下楼到客厅时远远看见袁姨，她低了低头。

盛庭将她放下，拿毯子围住她腰腹以下，才给她递碗。

初霜的胃口还是没有平时好，吃到一半就说饱了，盛庭又连说带哄地让她多吃了些。

实在吃不下后，她就坐着看盛庭吃。

脚背忽然一痒，她低头一看，小猫正在舔她的脚背。

“干什么？饿了吗？”

然后她看向盛庭：“待会儿麻烦你给它拿点猫粮，再擦擦药膏。”

“好。”

“对了，它的名字，你想好了吗？”

“想到了。”

初霜有点好奇：“叫什么？”

见他分明是一副卖关子的模样，初霜抿唇：“好吧，你先吃饭，我不打扰你。”

他用餐的样子很斯文，一会儿夹点青菜，一会儿夹点肉，有条不紊，专心致志。

看着他吃饭，初霜总感觉那些菜都好香。

盛庭跟能读心似的，夹起一片小炒肉问她：“要吃吗？”

犹豫一秒，初霜往前倾身。

男人了然，伸筷过来。

“好吃吗？”

“好吃。”

“那还要不要吃点蔬菜？”他夹起一片青菜喂过来。

“最后一块红烧小排。”盛庭将盘子里剩下的那块排骨夹起，“你要不要？不要我就吃了。”

初霜眼睛看着，点头：“要……”

投喂成功，男人眼中含着笑意。

在他的诱哄下，初霜又吃了一些菜，这次是真吃饱了。

盛庭给布偶猫喂食上药后，才抱着初霜上楼。

“小猫叫什么呀？”

男人不语，将她放到大床上。

初霜的眸子一直一眨不眨地盯着他。

“嗯？”

“泡泡。”盛庭声线醇厚，低声念出这两个字，不像在回答问题，倒像是在喊她。

初霜愣怔两秒，轻笑着抗议：“这是我的名字。”

“你的？身份证上有这两个字吗？”

“这是我的小名……”

“嗯，”盛庭勾唇，“现在是它的大名了。”

小白猫就在旁边静坐着听他们讨论它的名字。

盛庭摸了摸它的头：“你以后就叫泡泡，知道了吗？小泡泡。”

话是对着猫说的，眼睛却在看着某人。

初霜看了他一会儿，咬唇憋住笑意，鼻孔里轻轻哼出一声，躺下身拉好被子睡觉。

盛庭把猫带出去放进猫笼，回书房拿了本书才折回卧室。

他的生活习惯真的很好，从不痴迷电子产品，闲暇时更愿意看书或去花圃浇浇水，饮食清淡规律，又爱运动，怪不得整个人高大又健壮。

房间只开着橘黄床头灯，初霜侧躺着看他被光线勾勒出的立体的侧脸轮廓。

他的睫毛真是长得可以，自然微垂的状态，为他增添了一分慵懒。

她都没发现，从吃饭那会儿起，身体的不适就已经慢慢消退。

她懒洋洋地虚睁着眼，很享受当下温暖缱绻的氛围，身心一放松，困意就上来了。

盛庭再看她时，她已经闭着眼睡着了。

她眉心舒展，不再似下午那会儿轻蹙着。

放下书，凝视她好一会儿，盛庭清晰地感受到自己心尖某处微微陷进去一块。

指尖轻滑过她的鼻梁，见她的睫毛微颤，盛庭不再打扰她。

他摸到床头的手机，顺着心意将她现下的模样拍了下来。

第二天去上班，初霜本来计划要去找孙梦竹说清楚工作上的事，谁知她今天根本就没来公司。

中午的时候，初霜收到盛瑶的信息，内容怪怪的。

“小婶婶，你现在在忙吗？”

“不忙，准备去吃午饭。”

“这周末有空陪我去一趟临市吗？”

“你去临市做什么？”

“约了医生，看看病。”

“你生病了？”

“最近两天身体有点不舒服，想去那边检查检查。”

明明帝都的医疗条件比临市要好得多，为什么要舍近求远跑到临市去？

初霜问出了这个疑惑。

聊天框最上方显示好几次“对方正在输入”，结果却一句话都没发过来。

女性天生的第六感让初霜察觉不对，等不及对方发消息就直接打了电话过去：“瑶瑶，你的身体怎么了？”

电话那头安静几秒，盛瑶低声说：“胃口不好。”

还好，不是什么疑难杂症，初霜稍稍放了心：“治胃病的话，帝都就有很多很好的医院，怎么还大费周章跑去那边？”

“就……顺便散散心。听说那边的小吃很好吃，我们一起去打卡呀。”

说着去吃美食的计划，她的语气不仅没有任何期待，反而略显生硬。

初霜叫了她一声：“身体到底是怎么样的不舒服？”

盛瑶沉默片刻，轻声开口：“看见荤腥就想吐，想吃酸的……”

初霜眉头微凝：“瑶瑶。”

“小婶婶。”盛瑶像是终于掩饰不下去，艰涩的声音传来，“我好像……怀孕了。”

初霜好半天没说出话来，大脑飞快转动，回忆着盛瑶一直以来接触的人，却发现根本找不到一点蛛丝马迹：“是谁的？”

盛瑶抿唇，过了半晌小声道：“你哥。”

“我哪个……沈矜言？！”

那边沉默，初霜知道，八成就是他了。

“怎么会是他？你们什么时候……”

这两个人不是不熟吗？

在初霜的印象中，他们都没说过几句话。

一个在南，一个在北的，怎么会扯上关系。

初霜迅速冷静下来，安抚她：“别怕，你在哪儿？我现在过去找你。”

“在咖啡店。”

“发个定位给我，千万别乱跑，我马上过来。”

请了假，初霜带上手机和包打车去找盛瑶。

见到盛瑶时，她正盯着玩偶出神，一只手无意识地搭在腹部。

往日容光焕发的富贵花有点蔫蔫的，很像初霜前几晚在路边捡到的那只小白猫，像是落难的公主。

初霜在心底叹了一口气，坐到她旁边，轻轻拍拍她的背：“这事我哥知道吗？”

盛瑶摇头。

“我打电话给他。”

见她拿出手机，盛瑶一惊：“别告诉他。”

“他有权利知道。”看着盛瑶平坦的小腹，初霜坚持，“如果真怀了，这也是他的孩子。”

初霜已经翻出了沈矜言的号码，盛瑶按住她的手，艰难地抿唇：“他什么都不知道，小婶婶，别告诉他。”

“什么叫‘什么都不知道’？”

“那天晚上我们都喝多了，后来发生的事他毫不知情。”

初霜沉默半晌。

没想到都这个时候了，她还袒护沈矜言。

“瑶瑶，你老实告诉我，你们到哪一步了？”

盛瑶愣怔了一下，艰涩地说：“只有那一晚。”

“我说你们的关系，到哪个阶段了。他有没有跟你表白，你们是在谈恋爱吗？”

盛瑶眼睫微垂，慢慢摇头：“就是普通朋友。”

“普通朋友怎么……”初霜被迫接收了这一连串的消息，脑子处于混乱状态，她有好多问题想问，又怕影响盛瑶的心情，“瑶瑶，你喜欢我哥吗？”

闻言，盛瑶抬头。

看进初霜关切的眸子里，她认真思忖了这个问题半晌，终于轻轻点头：“应该是喜欢吧，我不太懂，在他之前我从没对异性有过这样的感觉。有他在的地方，我的目光总会不自觉地跟着他，会在乎自己在他眼里的形象，跟他说话对视时，紧张又有些愉悦。

“我从没遇到过像他这样的男人，看着斯文儒雅、有礼有节，其实很有边界感，对外人总保留恰当的分寸，明明人就在眼前，却觉得离得好远。

“其实一开始我对他只是多了几分好奇，但越接触便越想了解他的全部，渐渐地，这种好奇就变了味道。”

“那晚他只是来给我送落在你家的东西，我们都多喝了点。成年人……谁也不欠谁。我不想用这个捆绑或者要求他什么。”盛瑶像是早就想过这些，谈起来的时候语气云淡风轻，“既然他对我没那份心思，就不要让他知晓了，不然以后遇见会怪尴尬的。”

说着她还笑了笑："我们都好久没联系了，你突然打电话告诉他喜当爹了，这事怎么听都觉得玄幻。"

初霜没肯定她的话："那你现在打算怎么办？"

"我还要跳舞，这个……孩子，来得不是时候。"

那就是不要孩子了。

"所以你打算去临市把它拿掉，然后当作什么也没发生，自己承担全部？"

盛瑶："这是对大家都好的解决方式。"

初霜轻吸了一口气，安静了一会儿，要了杯咖啡。

"我了解沈矜言，他不是那种不负责任的人。不管以后怎么解决，这件事情他有知道的权利。就算你现在瞒着他，总有一天他也会知道。"初霜尽量让自己声音轻缓，语气带着哄的意味，"瑶瑶，你相信我吗？"

盛瑶看着她温柔的目光，心里软下去："因为我相信你，所以才第一时间找你。"

"我哥既没有女朋友也没有任何婚约，这么多年一直是单身，人品方面我敢保证，他绝不是三心二意、不担责任的渣男。作为女孩子，这事你本就吃了亏，怎么能自己承担一切？你怎么就确定他对你没有感情呢？

"换种说法，真照你想的那样自己承担一切，瞒着他拿掉这个孩子，然后两人继续毫无瓜葛。未来某一天，他要是结婚了，你会难过吗？会甘心吗？

"你要是不难过，甘心做一个陌生人，那可以，我帮你瞒着他。"

盛瑶沉静半晌。

初霜懂了，拉过她的手："我知道你在怕什么，既然你开不了口，那我替你开。交给我，可以吗？"

她的语气很轻，让盛瑶的心奇异地平静下来，盛瑶缓缓点头。

初霜出门打了个电话。

这通电话打了很久，盛瑶时不时地往外看，不见初霜回来，她的心便一直提着。

等初霜再回来时，她观察着初霜脸上的神情，抿了抿微干的唇："你跟他说了？”

“说了。他马上坐飞机赶过来，现在应该已经在去往机场的路上了。”

她的话刚说完，盛瑶放在桌上的手机响铃，一看联系人，正是沈矜言。

她的手微微蜷缩着，没接电话，初霜见了，直接帮她接起。

“盛瑶。”

“哥。”

沈矜言：“阿霜，她在你旁边吗？”

“在的。”

“把手机给她。”

听着男人熟悉的声音从手机听筒里传来，盛瑶神经紧绷。

“喂？”

“你好好跟初霜待在一起，不要乱跑，也不要胡思乱想，等我过去。”

“……嗯。”

“盛瑶。”沈矜言的嗓音比平时低了几分，像是在竭力压抑着什么。

“你真是，笨透了。”语气不算好。

“吃午饭了没？”初霜问。

“没。”

“那我们去吃东西。”刚说完，初霜顿了顿，“测孕之前可以吃东西吗？”

两个人对这方面一无所知，还是初霜上网查了查，说测孕查绒毛膜促性腺激素，吃饭不会影响激素水平，两人这才放下心来。

附近就有餐厅，两人挑了一家进去。

点菜时两人又犯了难，不知道什么该吃什么不该吃，于是又上网查了查，点了几道保险的菜。

盛瑶不太有胃口，初霜没点肉类。

吃了饭，盛瑶问：“我要不先买验孕棒测一测吧？”

“没必要了，待会儿直接去医院。验孕棒有一定误差率，提前测了只会影响你的判断。”

提前测了有什么意义呢？先不说保不保证结果百分百准确，如果没怀，她是不是又要退缩；如果怀了，在沈矜言还没到的这段时间平白叫她担忧，只会劳心费神。

一切都等沈矜言来了再说。

三小时后，初霜带着盛瑶去市医院，沈矜言已经在门诊大厅等着她们。

远远看见身姿修长的人，盛瑶步伐渐慢。

沈矜言看见她们，直接走过去。

盛瑶明艳的脸上有种故作坦然的倔强。

沈矜言问她：“吃饭没？”

“吃了。”

男人给她手里塞了个东西：“拿着，找个座位坐下等我。”

落下一句话，他就去窗口处排队挂号。

盛瑶低头一看，手里的是一个圆滚滚的暖手宝。

初霜眼底有笑，拉着她坐到椅子上，状似无意地说了一句：“第一次看他给姑娘送东西。”

盛瑶握着暖手宝，薄唇抿成一条线。

沈矜言再回来时，手里拿着单子：“在四楼，走吧。”

几人坐电梯上去，到科室外，初霜自觉地停住脚步，让两人进去。

在长椅上等人的时候，初霜收到盛庭的消息。

“下班一起回家。”

初霜顿了顿，回复：“下班后跟瑶瑶有约了，你先回吧。”

盛庭：“要回来吃饭吗？”

“回的。”

“好。”

她正专注地跟人聊天，科室里出来一个人。

这人踩着高跟鞋，经过初霜面前时停住了脚步：“初霜？”

初霜抬头，看见朝妤的脸：“朝妤姐。”

“你也是陪瑶瑶过来的？”

初霜微怔，想到她刚刚从里面出来，肯定是看到了盛瑶，便跟着紧张起来。

朝妤看出了她的担忧，微笑道："放心，我不会多嘴。"

"谢谢。"初霜问她，"你来这里是……"

她不会也是来做孕检的吧？

"里面那医生是我以前的同学，顺道过来看看他。

"你吃不吃巧克力？"

朝妤翻了翻手提包，里面的东西有点多，一时没能找到。

"我明明记得还有几块。"她自顾自地嘀咕着，将里面的东西全都取出来找。

初霜看着觉得好笑："别找了，你留着吃吧。"

从她的角度能清楚地观察到朝妤修长漂亮的手，这双手好看得可以当手模，之前没怎么注意到，于是初霜多看了几眼。

朝妤穿着浅杏色收腰风衣，颈间围着的针织围巾却显得有些格格不入。

那条围巾编织得不是很精美，瑕疵不少，起了球，看起来用了有些年头。

初霜想起了盛瑶之前说的，朝妤是个挺怀旧的人。

"你这条围巾是自己织的吗？"

朝妤一顿，看着这条复古红的围巾，唇角笑意轻淡："我哪有这本事，别人织了送的。"

"喏，找到了。"她将巧克力递给初霜，拉了拉包包肩带，"我走了，小初霜。"

初霜握着那块巧克力，眉眼弯弯："拜拜。"

不多时，沈矜言和盛瑶出来，初霜迎上去："怎么样？"

"抽了血检查，等结果出来还要一会儿。"

看着略显尴尬的两人，初霜反应很快，提起包包："我去买点喝的。"

走廊里安静下来，盛瑶端坐在长椅上，没看身侧的男人。

沈矜言先开口："我们谈谈。"

她还是没看他："没什么好谈的。"

盛瑶倔起来像个让人头疼的小孩子，看着她细长的眉眼，沈矜言眼神认真：“什么叫‘没什么好谈的’？我也是当事人之一，是这个孩子的父亲，你瞒了我那么多，自己一个人承担，就是正确的做法吗？”

这么久以来，他一直以为那晚是个梦，还因为自己对一个姑娘产生邪念自我唾弃过。

后来，他不是没明里暗里地问过她关于那晚的事情，但她总是否认，几句话敷衍过去。

接到初霜的电话时，他有很久没说话，一方面是气她逃避、隐瞒，更多的是气自己不够敏锐。

他能理解她心里有气、有委屈，这事也是他做得不对，也知晓这一个多月以来她肯定不好过，但现在看着她一副拒不沟通的模样，沈矜言还是有些被她的态度气到。

隐瞒着他，自己一个人去临市的医院拿掉孩子，然后当作什么也没发生，这就是她的处理方式。

这么多年来，能把他气到的人，盛瑶是第一个。

“你这不沟通的态度——孩子是我的吗？还是谁的？”

盛瑶蓦地抬眼，定定地看着他两秒，眼眶肉眼可见地变红，而后移开眼不看他，嘴也抿得紧紧的。

她终于舍得给他个眼神了。

看着她被气到的样子，沈矜言轻叹，柔声道：“现在不是赌气的时候，我们好好谈可以吗？”

“或者你有任何不满，想骂我一顿都可以，不要不说话。”沈矜言半蹲在她面前，平视她，“想骂我吗？”

看着他英俊的脸庞，盛瑶终于开口：“想。”

男人嗯了声：“骂吧。”

这会儿走廊没什么人，二人四目相对，气氛微妙。

盛瑶薄唇微启，轻骂出声：“浑蛋。”

沈矜言听着这声轻骂，凝视着她带着怒气的漂亮面容，心里的憋闷便烟消云散了。

他低低出声：“是我浑蛋。这段时间委屈你了。”

盛瑶眼睫眨了眨，微垂下目光。

男人等着她骂，却不见她再开口，便问："还要骂吗？"

她没说话就是不骂了。

沈矜言拉着她的一只手："骂完了，现在可以跟我聊聊了吗？"

"这件事责任在我，不该由你独自承受一切。"沈矜言一字一句认真道，"不管你有没有怀孕，我都会负责，你可以跟我提任何要求。"

闻言，盛瑶微顿。

沈矜言："你呢，你是怎么想的？"

沉默两秒，盛瑶动唇："我还不能要孩子。"

看着她片刻，沈矜言明白这件事让她有些措手不及："好，如果你还没做好迎接他到来的准备，那我们就不要。"

像是努力安抚，男人的大拇指一直在微微摩挲她的手背。

他声线缓缓："那如果没怀呢，你又打算怎么办？"

"没怀的话，"盛瑶思量着，慢慢开口，"就顺其自然吧，就当一切都……"

手被人微微捏紧，她的话音顿住。

"就这样？"

盛瑶薄唇轻抿："那你想怎么样？"

"你不给我个名分吗？"明明是暧昧的话，男人却是语气认真地问出来的。

走廊里有护士推着装药品的小推车慢慢走动，轮子摩擦地面的声音清晰入耳，两人四目相对，像是听不到外界的一切声音。

盛瑶缓缓张了张唇，视线停留在男人沉静认真的眸子上。

他这话……

"好了，你们的结果出来了。"从科室里走出一个护士，对他们说，"进来吧。"

两人一同进去。

面前的化验单写着专业术语，盛瑶一时没看懂："医生，什么结果？"

"血液中的β-HCG值在正常范围内，没怀。"

沈矜言对此没什么情绪波动，毕竟现在还不是要孩子的时候，况且那晚喝了酒，如果怀孕对宝宝也不好。

这是对她来说最好的结果了。

盛瑶疑惑："那我最近嗜睡、没胃口以及想吃酸的，是什么原因？"

"假性怀孕，一般是由于女性自身激素分泌紊乱引起的。作息和饮食不规律等是诱因，再加上你自身的心理作用，会暗示性地将一切想象成怀孕症状。

"不过不用太担心，回去正常吃饭休息，别有太大压力，情绪要放松，好好调理自己的身体就行。"

医生说着，看向沈矜言："做丈夫的不要给妻子太多压力，生孩子嘛，顺其自然，该来的总会来。丈夫要多理解妻子，让妻子时刻保持身心愉悦。身体好了，备孕就成功一半了。备孕是两个人的事，男方别想着只出点力就行了，得多关心妻子才行。"

被医生一连串的发言说蒙的盛瑶反应过来后耳根发烫，刚想开口说什么，身边的沈矜言已经淡定出声："好，谢谢医生提醒，我会多关心夫人的情绪。"

盛瑶看着他一本正经的模样，愣了好几秒。

什么夫人，谁是他的夫人！

两人出门时初霜刚好回来了，她问："结果怎么样？"

盛瑶摇摇头："虚惊一场，没怀。"

初霜心里松了一口气，给盛瑶递过一杯热牛奶。

她刚刚回来就发现了，这两人之间的氛围有些微妙，但这种微妙又不同于一开始的僵。

也不知刚刚两人聊了什么。不过以她对自己表哥的了解，她其实大概可以猜到谈话内容。

初霜一来，盛瑶像看到救星，挽着初霜的手与她并肩走。

她总算不用单独面对沈矜言了。

知道自己没怀孕，她提着的一颗心终于稳稳放进肚子里，走路也敢放轻松大步走了。

天知道之前她以为自己怀孕，走路都不敢迈太大的步子。

挽着初霜，她总算有了点安全感。

两个女孩儿走在前面，沈矜言就在后面跟着。

他却一直在看盛瑶，眸子沉静，在想事情。

出了医院，坐进车里，沈矜言打开导航："饿了吗？你们想吃什么？"

初霜看了看两人，开口："不如一起去清御园吃吧？盛庭还等我回去吃饭呢，我们一起。"

沈矜言也准备去找盛庭商量一下这事，闻言点头："好，那就去清御园。"

车子走到一半时盛庭的电话打了过来。

"到哪儿了？"

"在三环这边呢，快到了。"初霜看了看身边看窗景的盛瑶，掀唇道，"让袁姨多添两副碗筷吧，我哥和瑶瑶也一起过去。"

"好。"

到了清御园，初霜带着盛瑶先进门。

一进去看见盛庭，盛瑶低声唤："小叔。"

盛庭对盛瑶了解颇深，一眼就看出了她隐藏着的那些小情绪。

看到这几人一道回来，他第一时间就察觉到了异样。

他看了一眼走在后面的沈矜言，回应盛瑶："嗯，洗手吃饭吧。"

席间氛围诡异地安静，初霜这个平时吃饭不习惯多话的人都被迫寻找话题，时不时地说句什么来缓和气氛。

但光靠她一个人哪能热起场子来。

终于熬过晚饭，她带着盛瑶在客厅玩猫逗狗，沈矜言和盛庭上楼去了书房。

初霜一开始便知道沈矜言的意图，但盛瑶不了解他，还以为他只是来吃顿饭的。

等两人上楼几分钟后，她才蓦地反应过来："他是……去跟我小叔讲我们的事了？！"

"你们这事肯定是要跟长辈说的，难不成你还真想瞒着，不了了之？

"他这个做法没错，是风是雨总要直面，这是他的担当。"

初霜拍拍她的肩以示安抚："别怕，我哥不是冲动鲁莽的人，相信他能把这件事解决好。"

这下盛瑶即使跟猫猫狗狗玩也转移不了注意力了。

以她小叔的处事风格和脾气，她真的摸不透沈矜言会被如何对待，也不知小叔会不会大发雷霆。

瞬间她又觉得自己回到了学生时代，担心会被老师训。

可眼下，这确实是最好的办法。

相比于直接跟父母说，她宁愿先通过小叔这关。

虽然她平时怕他，但到了关键时候，好像还是下意识地依赖他。

书房里的两人谈了很久很久，盛瑶的心态也从一开始的忐忑到后面认清现实。

反正无论是风是雨都已经到这份上了，来什么都勇敢面对吧。

初霜开了电视，帮她转移注意力，但盛瑶没怎么看。

恰好白色布偶猫攀着她的腿跟她玩闹，她发现它的小爪子有些锋利了。于是初霜找来专用指甲钳，请盛瑶帮她抱着小猫，好方便修剪指甲。

因为以前流浪，没怎么剪过指甲，小猫有点怕指甲刀，四肢扭动不太配合，盛瑶要用力才能稳住它四只乱动的脚。

修剪了一只脚的指甲，小猫轻哼一声，颇有点惹人怜爱的撒娇求饶意味。

盛瑶低头含笑地看它：“你这猫咪还是个‘夹子猫’。”

初霜搓了搓小猫软乎乎的爪子：“人家的声线本来就是这样，对吧？”

“是小公猫还是小母猫啊？”

盛瑶作势要查看，初霜按住小猫：“小公猫，过段日子等它恢复好些了就带它去做绝育。”

“哎哟，”盛瑶一副故意逗小猫的腔调，“有的猫猫以后就要变‘姐妹猫’咯。”

听见她这话，初霜忍俊不禁。

楼梯上传来脚步声，最先察觉的猫猫竖起耳朵，抬头朝楼上看去。

两个男人并肩下楼梯，皮鞋在木质地板上敲出清脆声响。二人的神情都很平静，很难看出异样来。

感觉身体受到的钳制松了些，小猫从盛瑶手里逃脱，喵呜一声就跳下她的膝盖跑了。

瞥见自家小叔不动声色的模样，盛瑶心里有点没底。

四个人在客厅坐定，袁姨端来了好喝的银耳汤。

盛庭率先打破沉默：“你们的事我基本了解了。”

盛瑶微微捏紧手指。

“虽说现在……”盛庭停顿片刻，似乎终于想到合适的措辞，“社会自由开放，但你是盛家人，不可能由着你胡来，发生了这样的事，家里要个说法是肯定的。”

他语气颇为严肃，就连初霜在一旁都有些发怵。

作为盛瑶的长辈，他知道了这样的事，肯定会有意见。

“那晚你们都是喝醉的状态，也就是在你意识模糊的情况下，他欺负了你。”盛庭直视盛瑶，字字清晰地说，“盛家不可能让你吃了这个亏，你完全可以报警。”

盛瑶微微抬头，看了看自家小叔严肃的脸庞，又看向一旁沉静自若的沈矜言。

沈矜言点头：“那晚责任全在我，名不正言不顺，轻薄了盛小姐。你如果想报警，我完全理解，也不会逃避，所有的责任我一人承担。”

他这话说得认真，一点不像开玩笑。

初霜知道，沈矜言说话做事向来一言九鼎，他这么说出来也是真的做好了最坏的准备。

盛瑶沉默，她没想到事情比她想象中的还要严重。

她以为最严重的结果无非是小叔大发雷霆，将沈矜言大骂一顿，然后父母和哥哥去向沈家讨说法，可现在事情竟演变到有可能要让沈矜言吃牢饭的地步。

她有点无措和紧张，因为小叔下定决心的事就一定会做到，到时候沈矜言不就毁了？

“我不想起诉他。”盛瑶艰难道，“那晚也不全怪他，这事没到打官司的地步。”

将她的表现看在眼里，盛庭淡淡地嗯了声：“报不报警在你，不过即使不报警，他也同样要承担相应责任，这种事任谁都不可能不了了之。”

盛瑶抿唇：“那小叔觉得要怎么样这事才算完？”

“让他娶你。”见她微怔，盛庭淡淡开口，“看你的意思，你要是不愿意跟他结婚，也没人会逼你，家人永远站在你这边；你要是想走法律途径，我们给你找最好的律师。”

“我……”盛瑶看了一眼对面一直沉稳静坐的沈矜言，“我选择，跟他结婚……”

盛庭并没多大反应：“你想清楚了，不用急着给我答复。”

盛瑶咽了咽口水：“想清楚了。”

睨着她片刻，盛庭起身：“那明天一起去老宅。”

他拉起初霜，留下客厅的两人：“你们单独聊一聊吧。”

跟他上了楼，初霜看着他坚毅的侧脸，开口道：“瑶瑶也不是小孩子了，他们的事自己会处理，你不要太担心。”

“我不担心，他们是成年人，当然会自己处理。”

“嗯。”

刚刚初霜算是见识到了他作为长辈的严肃和威压。

虽然他嘴上那么说，但心里其实很在乎这个侄女。

这么想着，初霜轻声道：“瑶瑶有你这么关心她的小叔真好。”

这话引得男人回头看她：“我不关心你吗？”

话题怎么就转到她身上了？

初霜还挺认真地想了想：“好像是关心的。”

“好像？”

“关心的。”

盛庭跟她在一起，身心都放松下来，嘴角勾了勾。

见他好说话了，初霜问：“刚刚在书房里你们聊了那么久，你是不是骂了我表哥？”

“怕我骂他？”盛庭脱掉外套，“你以为我就只会训人？”

“刚刚那会儿瑶瑶很担心你们。”

“没有骂他，心平气和地谈的。沈矜言不是胡来的人，也是因为这一点，我才放心把瑶瑶交给他。”

“嗯。”初霜直点头。

先前她就想说自己表哥人品端正，但这事也是沈矜言理亏，她作为家人也不好多说什么，显得像为他开脱。

还好盛庭什么都懂。

初霜：“而且瑶瑶对他有意，我哥也是一样，他一定会对瑶瑶好的。”

“不过最后什么结果还得由她父母决定，如果那边不点头，那么就可能要采取别的解决方式。”

初霜拉了拉男人的手，目光有些殷切：“你可得多帮帮他们呀。两个当事人都没什么意见，这事最好还是别闹得太大了。长辈那边，你多帮帮他们说说话好吗？”

看着她恳切的目光，盛庭勾唇：“我看现在最紧张的人反而是你，你怕什么？”

揉了揉她的头发，男人声音慵懒，安慰她道：“别想太多了，我会看着办。”

“好。”

有他这句话，初霜安心许多。

“所以你今天下午一直陪着他们解决这件事？”

“嗯，中午请了假我就去找瑶瑶了。”

“好了，去洗个澡吧，你这一天操的心够多了，好好休息。”

初霜洗完澡出来时，盛庭已经不在房间，盛瑶正坐在沙发上。

“小叔让我来跟你睡。”

家里不是没有多余的客房，想来盛庭也考虑到盛瑶这一整天心绪忐忑起伏，正是没安全感的时候，所以让她来跟初霜睡。

盛瑶快速洗了澡，一进被窝就挨初霜很近。

“小婶婶你身上的味道真好闻。”

初霜：“沐浴露的味道。”

“有你在真好。”

低低呢喃一句后，盛瑶闭上眼睛酝酿睡意。

其实她有好多话想跟小婶婶讲，但小叔提醒过她，不准打扰小婶婶休息。

不过，光是这么挨着她，自己就已经很安心了。

这戏剧性的一天终于可以落下帷幕。

# 第十二章

Qing Shan Si Yu

袁姨的小孙孙马上满月了，初霜想要送个礼物给小宝宝，但她不太懂应该送什么好，便跟盛庭商量。

男人听到后反应了一会儿，问："快满月了吗？"

这段时间忙过了头，不是初霜提起，他都差点忘了。

"我算着日子，不差几天了。之前我也去看过婴儿的衣服袜子什么的，但这些东西送的人应该很多，而且小孩子长得快，要不了多久就穿不下了。"

盛庭浇花，也没什么好帮忙的，初霜背手在旁边看着，问他："你有送过满月礼吗？送些什么更有心呢？"

男人想了想，掀唇道："给他打个平安锁吧，心意到了就好，不用多别出心裁的准备，孩子平安健康才是最重要的。"

初霜点点头："说得也是。"

盛庭放下花洒看她。

清早一起来她就出来陪他浇花，站了好一会儿。她穿着修身的牛仔裤和V领薄毛衣，脚上踏着棉拖，整个人显得十分放松。

黑发如绸，披散在胸前，她脸上只化了素雅淡妆，眉眼漂亮又生动，随便一眼都让人惊绝。

盛庭："不冷吗，只穿这么点就出来？"

"我不冷，这衣服很暖和。"

"昨晚睡得好不好，盛瑶没闹你吧？"

初霜："没有。我们都累了，很快就睡着了，瑶瑶这会儿估计还在睡呢。”

“回去吃早餐吧。”拉着她的手，男人带她走回大厅。

“手这么冰。”说着，他的大手将她的手包裹得更严密。

初霜暗暗翘了翘嘴角，看一眼他英俊的侧脸：“好像男人的体温总是比女人高，你们的手脚总是暖乎乎的，不像我，一到冬天脚就像冰棍。”

盛庭很会抓字眼：“们？”

“我表哥他们也这样，小时候冬天一起玩，他们的手随便一抓都是暖暖的。”

他们回去时盛瑶和沈矜言已经下来了，沈矜言坐在沙发上，盛瑶在跟仓鼠玩，两人没什么交流的样子。

吃了早餐，盛庭送初霜和盛瑶去上班。

昨晚讨论清楚了的，几人下班后都要回老宅讨论盛瑶和沈矜言的事。

这一整天对盛瑶来说真是漫长又难挨，这种事情光是被小叔叔知道就够丢脸了，马上全家人都要知道了。

午休的时候，盛瑶发了些消息给初霜，初霜在餐馆边吃饭边安慰了她一会儿。

一抬头，她看见了某个许久不见的人。

在看清对方的一瞬间，她起身就走。

顾隋跟上去：“我们谈谈。”

“不好意思，我不买保险。”

旁边有路人看见这一情形，悄悄笑了出来。

顾隋穿得西装革履，确实有点像专业卖保险的那种高级员工。

“那天晚上我喝得多了点，做的事有点鲁莽，对不起。”

初霜停住脚步：“没关系。”

她把话说完又继续走。

顾隋看着她的背影，迈步跟上：“初霜，你听我……”

“顾先生，你道歉了，我也接受了，你还有什么想说的？我现在要回去上班，麻烦你让一让。”

顾隋的眼神晦涩难明，声音放软几分："我只是想跟你谈谈。"

初霜："其实我真的搞不懂你。跟我在一起的时候，你经常是三天两头不见人，分手了也是两个月后才反应过来，现在又一次次出现在我眼前。你是觉得得不到的才是最好的吗？

"分手的时候我只是觉得我们不合适，你虽然性格寡淡了点，但人品还是好的。经过上次的事我才知道，我真是一点都不了解你。"

男人直视她："那你给我机会了解你了吗？

"你总说我性格寡淡，你不也一样？无论是遇到困难、受了委屈，还是遇到开心的事情，你都不会让我帮你分担，或者跟我分享。我一直以为你是个出身普通家庭的姑娘，可谁知你是沈鸿如的外孙女。这些你从没跟我提起过，你有真心把我当过男朋友吗？"

"分享欲是要靠对方的积极回应来维持的，我的态度取决于你的态度。"初霜一字一句讲得缓慢，"再说，我是不是沈鸿如的外孙女很重要吗？我出身不好，你就只想玩玩，出身好的话就考虑认真相处是吗？"

男人一瞬间怔住。

"你转头就跟姓盛的结了婚，"顾隋缓缓道，"初霜，你该不会爱上他了吧？"

初霜沉默片刻，然后说："爱与不爱都是人生常态。"

顾隋凝视她，想到那晚她看着盛庭的眼神，那种要宣泄情绪、想寻求安慰的炙热眼神，他之前从未在她眼里看到过。

"就算你喜欢他，那他喜欢你吗？别拿男人一时的关怀和宠溺太当回事，那些伎俩根本不费什么成本和精力。你别让自己陷得太深了，你真的了解他吗？"

初霜的目光波澜不惊，就这样打量着面前的人。

"了解的过程不都是慢慢从无到有的？是福是祸，都是我自己的事情。顾隋，我们以后真的别再见面了，你不知道我现在能心平气和地站在这里跟你说这么多，花了多少力气。

"自从上次你在我酒里下了东西，我们之间就再没有任何情谊可谈了。你做这事的时候就该明白，我们永远回不去了。以后当陌生人吧，遇见也别打招呼了。”

说完，初霜抬脚就走，手臂却蓦地被人拉住。

顾隋一脸困惑，浓眉微蹙：“你说什么下了东西？”

扒下他的手，初霜语气平淡地开口：“让人浑身绵软无力的下三烂的东西啊，不管是用在我身上，还是原本要用在别的女人身上，这种行为都一样令人作呕，你真是毫无底线可言。”

男人忙道：“那晚你……不是我，我不知道那酒有问题，如果知道，肯定不会让你喝的。”

初霜：“不管是你干的还是你那些朋友干的，总之，不是一类人玩不到一起去。”

“不是朋友，我跟他们不熟，都是生意场上……”

绿灯亮了，初霜大步走过马路。

看着她的背影，顾隋久久没眨眼，漆黑的眼里一片晦涩。

沈矜言带着不少贵重礼物去了盛家。

四人一同进门时，季温月正在修剪园子里的绿植，看见他们，她很开心：“矜言也来了？”

沈矜言斯文谦恭：“昨天刚到帝都，过来叨扰你们了。”

“哪里哪里，有空多来家里玩，亲戚之间多往来才会更亲近。”季温月温婉地笑着，收了工具，带着几人进屋。

盛瑶看着对一切还毫不知情的母亲，心中忐忑，朝小叔投去求助的目光。

见盛庭一如既往地平静，盛瑶心里稍稍放松了些。

天塌下来，还有小叔顶着呢。

盛先生正在客厅看报，和他们打了招呼。

几人刚坐下没几分钟，盛炀也回来了。

客厅一下子热闹起来，大家轻松地聊着家常，到后边气氛才渐渐平静下来。

盛庭从果盘里拿起一个漂亮的红苹果递给初霜：“能帮我去楼上找本书吗？”

“好啊，你要什么书？”

“《矛盾论》，应该在我房间里，不记得放在哪个位置了，你四处找一找。”

“好，我一会儿就去帮你找。”

“现在去吧。”

看了看盛庭，初霜拿着红苹果起身：“好吧。”

看着小婶婶上楼的身影，盛瑶心中十分羡慕。

进了盛庭的房间，初霜直接去书架前找《矛盾论》，一排排看下来，却没看到。连床边的镶入式书架她都找过了，还是没有。

在原地站了会儿，初霜后知后觉地反应过来——盛庭是故意支开她的。

房间里压根没有《矛盾论》，他是让她上来避开矛盾中心。

此时楼下的气氛肯定很紧张。

清静是清静了，但她也担心着表哥，也不知他这老婆到底能不能顺利娶到。

手机也在楼下盛庭的身边，在床边坐了会儿，初霜有点无聊，踱步到书架前想找本书看看。

书架上方大部分是晦涩的经济学、心理学类的书籍，她不太感兴趣，便蹲着下来看。

这时，她目光一顿。

书架旁的墙角处有个不显眼的箱子，因为桌子挡住了，若不是她蹲下来还真不容易发现。

这种木箱子一般是用来装书的，她家里阁楼上就有很多。

她伸出手碰到了箱子，却顿了一下——这样未经允许动他的东西不好。

她站起身，继续从书架上找书。

也不知是不是因为对那个箱子的好奇，她看了书架一圈，对书架上的书也没什么兴趣。

又想到盛庭刚刚在楼下说的“四处找找”，他们是夫妻，她只是随便找本书看看，应该没什么吧……

要是打开后发现里面是日记本什么的，她就不看了；如果里面有好看的书，她正好拿来打发时间。

手刚摸到箱子，初霜又莫名想到，装在这个箱子里的，不会是他青春期看的一些小漫画吧？

醒醒！

这个想法刚出现在脑海一秒，初霜便拍了拍自己的脑门。

想什么呢，盛庭哪像会做那种事的人。

听盛瑶说，从她记事起，她小叔便是清冷、正经的模样。

箱子模样普通，没上锁，看来应该不是很私人的物品。

她刚打开，视线里就出现一抹暗红。

那是一条针织毛线围巾，很眼熟，跟朝妤那条很像。

她抿唇拿起围巾，发现这条围巾织得很丑，针法笨拙，像是个试验品，却不旧，应该是一直被放在箱子里，都没有起球。

“我哪有这本事，别人织了送的。”

凝视围巾好一会儿，初霜将它放回原位，又发现箱子里有一个精美的铁盒。

心里有个声音诱导着她打开它，却又有一个声音在阻止她。

咽了咽口水，她慢慢伸手过去……

打开后第一眼看到的是一张照片，上面的女孩看上去二十出头的样子，笑起来时美得星辉失色。

盒子里还有不少照片。有她在餐厅吃饭时生动的抓拍，有在咖啡馆窗边垂眸看书时的柔美侧脸，有在球场上笑得肆意的青春风采，还有她捧着花含情脉脉地看镜头后边的人的眼神。

翻过照片，背面是一行遒劲有力的字：“毕业就结婚吧。”

她拿起来的这几张照片，每一张后面都是这六个字。

初霜指尖一颤，没再看剩下的那一沓照片。

将一切恢复原状后，她便回到小榻上坐好。

盛瑶找上楼来时，初霜正倚着小榻，捧着一本书看得专注。

见开门的人是盛瑶，她有点惊讶：“谈完了？”

“没有。我把该说的都说了，他们就把我赶上来了。现在我父母和小叔在跟沈矜言谈。”

初霜把书放下，轻声问：“气氛紧张吗？”

“有点，不过还好，我父母都是沉得住气的人。”盛瑶坐在小榻上，绷着的神经终于松懈下来，“肚子好饿，也不知道今天什么时候才能吃上饭。小婶婶，你在看什么呢？”

“随便拿的书。”

天快黑了，初霜开了复古台灯，暖黄灯光下，她静静地看着书，画面一片岁月静好。

盛瑶没打扰她看书，这两天心力交瘁，盛瑶好不容易放松片刻，枕着抱枕便在初霜旁边睡着了。

盛庭推开门便看见这样一幅画面——两个姑娘挤在不算长的小榻上，盛瑶挨着初霜，睡得很沉，初霜正垂眸看书。

初霜抬头，看见来人。

“吃饭了。”男人的声音很轻。

“瑶瑶，”轻轻晃了晃盛瑶，初霜喊她，“吃晚饭了。”

盛瑶睁眼便看见自家小叔，立马从榻上翻身起来。

跟着盛庭下楼，初霜跟他说没找到《矛盾论》，男人的语气波澜不惊：“大概是被我拿去那边了，改天再好好找找。”

晚饭时气氛没有开始那么僵，看样子两边应该谈拢了。虽然气氛还是有些微妙，但盛夫人是个能活跃气氛的人，有她在，场子就不会太冷。

吃完饭也没有人再提那事，大家在客厅吃着水果，边看电视边聊天。

初霜原本是挨着盛庭的，后来被盛瑶拉去围着季温月，三人坐在一起看电视。

男人们这边聊了会儿，最先回去休息的是盛先生。

几个年轻人又聊了会儿工作上的事，盛炀便带沈矜言去客房休息。

此时那边看偶像剧的三人还在看得起劲。

“王爷好帅呀，多金还深情。女主眼光堪忧，帅的不选，选了个又普通又霸道的。”盛瑶边看边吐槽。

初霜咔嚓咬了口脆脆的苹果，点头附和：“就是，王爷那么好看。”

盛庭起身，看向这边专注讨论剧情的人，徐徐开口："看一会儿就上楼休息了，别看太晚。"

"好。"初霜侧头，"你先上去休息吧。"

盛庭上楼洗漱完也不见她上来，于是拿起手机，给她发消息："我的胃有点不舒服，待会儿你上来时帮我拿两颗药。"

发完消息，他掀被上床，也没心思看书，就这么闭目养神。

不多时，房门被人轻轻推开，有脚步声传来。

他没急着睁眼。

初霜把药和热水放在床头柜上，弯腰询问他："很疼吗？"

盛庭睁眼，黝黑的眸子直直对上她的双眼。

距离太近，她下意识地直起身子，还不等反应便被人拉抱着上了床。

"做什么？你快吃药。"

盛庭的大手有力地桎梏着她纤细的腰肢，将人搂抱在胸前。

"不急。"

初霜挣扎了一下，他又加了几分力，薄唇启合："别动，抱一抱。"

男人洗过澡了，额前黑发微垂，眉眼显得更深邃，身上的味道清爽又平和，被抱着时，很容易沉迷在他编织的网里。

安静地给他抱了会儿，初霜翻身下来："你快吃药吧，待会儿水冷了。"

她侧躺在床里，盛庭起身，拿起杯子将水一饮而尽，在她没看到的地方将两颗白色药粒扔进了垃圾桶。

他躺下将她捞进怀里，问："今天晚饭怎么只吃那么点？"

"吃了很多啊。"

盛庭摸到她后颈的嫩肉，用指腹微微摩挲："最近又没胃口了吗？"

"可能是因为今天白天吃了很多小零食，我不太饿。"

看着她漂亮的眉眼，男人心尖微痒，轻轻啄了一下她的眉心。

初霜睁眼："我还没卸妆洗脸。"

说完，她就起身去了浴室。

她再出来时，男人倚靠在床头坐着，被子盖到腰际。

睡衣下勃发的肌肉隐约可见，初霜只看了一眼便移开视线。

打了个哈欠，她一看时间："都这个点了，怪不得好困。"

她爬上床准备睡觉，盛庭关了灯躺下，习惯性地将她搂过来，这次却没别的动作。

黑暗里，男人声音醇厚："公司什么时候放年假？"

"腊月二十三左右。"

"没多久了。"

"嗯。"

"还没好好陪过你，等我闲下来，带你四处逛逛。"

初霜一只手偷偷钩了钩他睡衣的衣角，又慢慢缩回来。

"外面好冷的，我缺条围巾，每次出去逛，耳朵都冻得生疼。"

"家里不是有几条吗？不常看你戴。"

"颜色不太好看，跟衣服搭不起来。"

盛庭："改天带你去挑，多选几条好看的买回来。"

"想要毛线针织的。"

"这个简单，直接带你去买就是。"

伸手不见五指的漆黑房间里，初霜慢慢抿唇，想了又想才吐出几个字："不想要买的，你会织吗？"

男人一顿，轻笑出声："我怎么会织？"

怀里的人安静了一会儿，盛庭顺了顺她的背："手工织的确实要好些。盛瑶知道很多服装工作室，一条围巾而已，对他们来说不是难事。"

初霜心里好像被人撒进一瓶水，湿湿润润。

"嗯。"

过了许久，当一切被午夜的浓稠墨色淹没时，女人才又发出一道低喃："丑点也没关系。"

轻到风一吹就会散的低语，最终也被黑夜淹没。

隔天盛庭起床时身边已经没人，到楼下时他正好遇到刚从外面运动回来的初霜，她身边还跟着盛瑶。

"小叔，你今天起得好晚，我和小婶婶都跑完步了。"

其实盛庭起得不晚，还不到八点，是她今天早上醒得太早了。

盛瑶一醒来发现才七点，就发了条消息给初霜，喊她一起去运动，本来只是碰碰运气，没想到她还真醒了。

睨着初霜被清早冷气冻粉的耳垂，盛庭想到她昨晚说的想要围巾。

她确实需要一条围巾了。

吃完饭他顺道送初霜去上班，路上她接到了家里的电话。

电话是沈老先生打来的，那边简单问了沈矜言和盛瑶的事情。

“这小子，从小就聪明稳重，怎么在这个年纪反而还做了糊涂事，这不胡来吗？人家多好的闺女，你哥真是……他昨晚在盛家好好赔罪了没？”

“赔了。兄嫂为人端方良善，没有多苛责哥哥。”

“亏得人家温良。不过这事不能这么简单揭过，他们两个既然要走下去，咱们家里筹备整理一下，过两天就去登门赔罪，重礼下聘。你让矜言也别在那儿待着了，先回桂云来，到时家里叫上三叔六伯的再一起过去提亲。”

初霜：“好，我会跟他说的。”

老人家又在电话那头叹息了几句，骂沈矜言时顺带夸了盛家的闺女。

等他说得差不多时，听筒里传来一道奶声奶气的声音。

“太爷爷，是谁呀？”

然后初霜听到老爷子用含笑的声音跟小不点说：“你小姑。”

“啊，小姑。”

小家伙眼睛亮汪汪的，举起手来要拿手机：“我跟小姑说话。”

片刻后初霜听到小家伙的声音在听筒里清晰起来。

“小姑小姑——”

“欸，宝贝。”

“你吃早饭了吗？”

“吃了呀，吃了糯糯的蒸汤圆，源源宝宝吃了什么？”

“吃了果冻！”小家伙的声音听起来有点兴奋，“我藏了好多果冻在柜子里，全是小姑的。”

“小姑你什么时候放学回家呀？”小朋友一直以为初霜出去是上学，这会儿还以为小姑在学校读书呢。

听着他治愈的声音，初霜眼里的笑意莹润，温柔都快溢出来了。

“过年小姑就回去了。”

“什么时候才过年呀？”

“十天，你数到十我就回来了。到时候小姑给你买你最喜欢的小玩具，好不好？”

小朋友并没有欣然答应，反而一本正经地说：“我已经是大孩子了，不能花小姑的钱。妈妈说你也没有零花钱，不能跟你要礼物的。你回来我给你好多果冻和糖果吃，这些都是我用零花钱买的。”

初霜心都快化了，恨不得马上跑到小家伙面前亲亲抱抱举高高。

“好，宝贝，那你一定要留着等小姑。”

小家伙感觉接了个任务，语气认真：“好！”

挂了电话，车子也快到公司了。

盛庭看着她柔美的侧脸，发觉她是真的很喜欢那个小侄子。自从接了那通电话，她整个人的气场都欢快柔和起来。

到公司楼下，初霜道了谢就要开门下车，他却没解锁，门没能打开。

她正想提醒他，后颈附上一股力道，轻轻带着她往前。

温热绵软的吻落在唇瓣，男人垂眼瞥她：“不道别吗？”

初霜看着他高挺的鼻梁，动唇：“拜拜。”

盛庭又盯了她一会儿才放手：“下班我来接你。”

“好。”

这两天孙梦竹去外市出差，交流学习，初霜发了好几条消息给她，但她一点回应也没有，初霜也就识趣地不打扰了。

中午，她直接敲响经理办公室的门。

里面半天没回应，她以为没人，正转身要走，门却被人从里推开。

出来的是经理的秘书，女人衬衫微乱，神情却是一向的干练端正。

秘书朝她点点头，便抱着文件走了。

进去的前一秒，初霜多看了一眼她的背影。

郑经理看见初霜时有点讶异。

“有什么事吗？”

她简单说明来意，表示自己希望从他这里得到帮助。

“主编三天两头联系不到人，发消息也不回。那个漫画的主笔我是不会让的。”

郑朗华靠坐在办公椅里，对初霜还算客气：“行，晚点我帮你联系。”

得到这句话，初霜却没走。

“不只是帮我联系，你得跟她说清楚新漫画的事。之前我负责了那么久，在没有任何过失的情况下，不可能她让放手就放手。”

她平时看着云淡风轻，从不追名逐利，像个闲云野鹤。对于她现在的执着和认真，郑朗华有点好奇。

“知道公司分部门的意义吗？明确职责，提高效率。要是每个人工作上有问题都来总经办找我，那我干脆不睡觉，天天给你们解决内部矛盾得了。部门内的事，还是分工这种小事，主编怎么安排你就怎么做，这也要找我解决吗？”

初霜直视他：“她的安排根本不合理，我倒是想私下解决，但我联系不到人，她看上去也不想沟通。人是你带来的，你不该负责？你大可以到古风二组去问问，孙梦竹的工作能力和业务水平怎么样，她有做主编的样子吗？”

郑朗华被她说得一怔，还想再敷衍她几句时，她已经转身朝门口走去。

“如果不是实在联系不到人，我也不会来找您，麻烦郑总了。”她说完就走，一秒都不多留。

睨着女人窈窕的背影，郑朗华打了个电话给孙梦竹。

“你怎么胡乱安排，把初霜的主笔资格划掉了？”

“我是主编，当然有这个权利。我有我的考量，其他人也未必不如她。”

郑朗华：“之前的安排合理，她又没有任何过失，你这么做究竟有什么意义？你知道她是谁吗？”

孙梦竹不以为意：“不管她是谁，现在她都是我部门的下属。”

“她在总部高层那边有不小的背景，你悠着点，别没事找事，踢到铁板。”

下班后，初霜坐在工位上等盛庭，其间发消息知会了盛瑶一声，说了过两天沈家会隆重上门提亲的事。

“提前恭喜你了，马上就能把喜欢的人搞到手。”

盛瑶：“真到了这一步，还是觉得单身好。恋爱都没谈就要结婚了，真是一失足成千古恨。”

“你现在反悔还来得及。”

“呃，其实仔细想想，沈矜言长得漂亮，回家看着那张脸心情也是好的。算了，不退货了。”

用上了“漂亮”这种词形容男人，盛瑶是颜控无疑了。

“就是不知道这冷美人要怎么样才能攻略下来。”

看着她发来的这句话，初霜摇头。

盛瑶就只会在她这儿过过嘴瘾，其实真正与沈矜言面对面时，盛瑶正经得跟老先生似的，哪有网络上这样活泼大胆。

初霜：“不用攻略，正经人有正经人的谈恋爱方式，我哥会出手。”

初霜跟盛瑶聊了会儿，盛庭发消息过来，说快到公司楼下了。

收拾好东西，初霜下楼。

初霜刚拉开车门，就看到副驾座位上摆着一束娇艳欲滴的花，她顿了顿，问：“给我的吗？”

“路过街角一家花店，远远看着还不错。”

她抱起花嗅了嗅，闻到淡淡的怡人香味：“好香，好漂亮，你很会挑。”

盛庭瞥见她嘴角的一点笑意，温声道：“不挑漂亮一点的，怎么哄你开心？”

初霜动作一顿。

男人又递过来一小盒蛋糕。

蛋糕上面点缀着熟透的车厘子，初霜挑起一口尝了，发现居然是冰激凌蛋糕。

“好吃吗？”

“很好吃。”

初霜又舀起一勺递到他面前。

盛庭看了一眼，张嘴吃了，慢慢点头：“吃甜品确实能让人心情变好。”

初霜弯了眸子：“是吧？”

男人今天是专职司机，车里只有他们两人。车子驶过两个路口，路线就与平时不一样了。

“去哪里呀？”

“带你兜兜风。”

盛庭开了车载音乐，柔和优雅的纯音乐萦绕在车内，气氛温馨浪漫。

初霜开了一点点窗户，感受着晚风，一边听音乐一边吃蛋糕。

车子驶过跨江大桥，景观灯正好亮了起来，长长的桥面上灯火通明，好不漂亮。

江面水波浩渺，江边高楼林立，在水面映出倒影，有几艘轮船在缓缓前进。

这画面美好得令初霜忍不住掏出手机拍照。

见她要拍照，盛庭瞥了一眼，看到后方无来车，便稍稍放缓了速度，方便给她拍。

离开大桥，进入热闹市区，往来车辆和行人显然比金融城写字楼那边多了不少。

抬眼便看见一抹红，初霜哇了声：“路边已经挂起红灯笼了。”

一眼看不到头的长长道路两旁挂起了红灯笼，人间烟火气很浓。

盛庭看了一眼，动唇：“要过年了。”

闹市区街边店铺生意兴隆，因为要过年了，大家都来采购年货，傍晚出来散步、逛街的行人很多。

看着这繁华热闹的场景，人的心情也跟着轻快起来。

初霜的嘴角无意识地勾着，她注视着热闹的人群，轻声感叹：“生活在和平年代真好，国泰民安。”

听着她小声又认真的感叹，男人轻笑。

车流量太大，道路不是那么顺畅，拥堵些的地段只能缓缓行驶。但他们的旁边一直比较空旷。

初霜亲眼看见右边车辆的车主在看见他们的车标后默默将车往边上移了些。

“他们都躲着你。”初霜侧头看盛庭，“你开车小心点。”

他这辆迈巴赫又贵又娇气，轻轻磕碰到都是一笔不小的支出，自己的损失不说，还吓到路人。

道路上的司机都躲得远远，生怕一个不小心就负债。

男人有条不紊地开着车，听她这么说，也句句有回应：“好。”

进入道路比较开阔的地方，盛庭将车停在路边，从后座拿过一条围巾：“走，带你去逛逛。”

初霜站在路边，让他给自己戴围巾。

盛庭将她的半个脑袋都围进去，两只耳朵捂得严严实实的。

初霜低头一看，是一条米白色的针织围巾。

给她戴好后，盛庭认真地看了看，还算满意地点了点头，而后拉着她的手，说：“走吧。”

初霜抿唇，走在他身旁，悄悄看他。

男人眉骨很高，眼窝深邃，薄唇是淡淡的朱色，光映着他的眼睛，眸子深沉又干净。

可能是她的目光太明显，盛庭低头：“怎么？”

初霜感觉到他宽厚的大手里传来的热意，与他四目相对，缓缓启唇：“我戴这条围巾好看吗？”

男人没有半秒犹豫：“好看，没见过比你更适合米白色的人。”

纯白太过冷淡，米白色比之多了些暖调，将她衬得干净又明媚，像一笔勾勒而成的水墨画，单调的色彩足以展现惊绝的五官。

初霜心里仿佛飞进一只蝴蝶：“今天买的吗？”

“嗯。白色应当很好搭配。”

她之前说家里那些围巾的颜色不好搭配。

他逆光而立，英俊得让人移不开眼。

与他对视的这一刻，初霜心里感到从未有过的宁静。

她缓缓舒展眉头，笑弯了眸子，忽然就想清楚了一些事。

过去未来难以捉摸，她要的是现在。

两人在热闹的街区逛了一会儿，初霜看见漂亮好玩的小玩意儿，买了些带回去。

本以为要在这边找个餐馆吃饭，没想到逛了一会儿，盛庭说带她去别的地方吃。

两人往回走时遇到了一个可爱的卖花童子。

小男孩脸蛋圆圆，抱着好大一束香槟玫瑰。

他们从旁边经过时，小家伙用嫩生生的声音叫住盛庭。

“叔叔，要不要买朵花送女朋友呀？我的花很新鲜的。”

男人停住脚步，低头俯视他，声音温缓：“不是女朋友。”

小家伙有点震惊地看着两人牵在一起的手，仰着小脑袋想了会儿才说：“那你要不要买束花给你妹妹？”

实在是被小朋友的机灵劲和脑回路可爱到，初霜没忍住，扑哧一声笑出来。

盛庭睇了眼她忍俊不禁的笑容，对小朋友说：“我们看起来像兄妹？”

小男孩睁着亮亮的大眼睛，如实说：“不太像。”

“嗯，她是我妻子，不是什么女朋友。”更不是妹妹。

男人认真地一字一句跟小朋友解释。

“哇，你娶了这么漂亮的老婆！”

盛庭勾唇，侧头看了一眼身边的人：“嗯。”

“我以后也要娶这么漂亮的媳妇儿。”

初霜莞尔：“所以小小年纪就出来卖花赚老婆本了吗？”

“嗯，我得变有钱。爸爸说要有钱给女孩子买漂亮裙子，人家才会嫁给我，我不能总向爸爸妈妈要钱，要学会自己赚钱。”

瞧他一本正经的样子，居然还是个小暖男。

初霜看着他，忍不住揉了揉他的头。

“那你一定赚了不少钱了。”

“那可不，”小男孩颇为骄傲，“我嘴甜，大家都喜欢买我的花，我的零钱罐都快存满了。”

初霜：“真厉害。”

“给她九支。”

盛庭说着，掏出钱包。

小家伙见他要买花，很开心地选了最新鲜的几枝花递给初霜。

他有点傲娇地说："我的头都不给人摸的，只有未来媳妇儿可以摸，不过看你长得漂亮，我就不跟你计较了。

"喏，你老公给你买的花。"

初霜被小活宝逗得开怀，接过玫瑰一闻，果真如他所说，很香很新鲜。

往回走了一段，初霜想起车里那束碎冰蓝，说："已经有一束了，又买了这些。"

其实香槟玫瑰自家花园里也有，不过买的总觉不同。

盛庭波澜不惊地开口："花不嫌多。"

回到车旁，初霜刚要进去，盛庭问她："想不想来开车？"

"嗯？"

"换你带我兜兜风，好吗？"

初霜把香槟玫瑰递给他："好。"

她开车很稳，男人坐在副驾驶，确实有一种她带他去兜风的感觉。

"对了，去哪儿吃饭呢？"

"马场酒店，你上次去过的那家。"

"好。"

车子抵达酒店，有侍应生上前来开门引路。

初霜与盛庭一道进去，遇到的工作人员会恭敬地点头唤他们"先生，夫人"，随后又各自去忙自己的事。

上了顶楼包厢，初霜一开始是被花纹繁复精美的复古罗马风窗帘吸引了注意力，随后她就看到了环形大弧落地窗外的风光。

马场辽阔平坦，排排路灯点亮，仿若星光，远处是浓稠的黛色。

见她看向窗外，盛庭开口："吃完饭带你下去玩。"

"好。"

铜烛台上的烛光跳跃，氛围静谧却不冷清。

今晚吃的是西餐，这边的鹅肝做得一绝，配着鱼子酱，堪称人间美味。烤火鸡味道很正宗，外酥里嫩，吃上一口，感觉连这个冬天都温暖了起来。

盛庭瞧着她安静吃饭的模样，问她好吃吗。

她连连点头："好吃，在我心里可以排在西餐厅排行榜上的第一了。"

"以后可以常来。"

"嗯。"

吃到一半时，有侍应生进来："先生，需要哪种酒？"

托盘里放着好几瓶酒，都是老牌子的好酒，初霜看了一眼，有她喜欢的香槟。

"不用了，拿下去吧。"初霜还未来得及说话，就被男人抢先拒绝了。

她眼巴巴地看着侍应生离去的背影。

盛庭开口道："最近先别喝酒了，你要学会克制自己。想喝的话，家里酒柜中多的是，等过了这几天，想喝什么都可以。"

其实初霜的生理期差不多结束了，不过这期间也确实不适合饮酒。

吃完饭，两人换好马术服，牵了两匹好马便进入了马场。

"骑过马吗？"

"骑过，我哥教我的。"

"沈矜言？"

"不是，是二表哥。他骑马技术很好，做什么都很厉害。"

虽说她会骑马，但也有一段时间没骑了，盛庭又给她讲了些注意事项才让她上马。

本以为她上马后盛庭就会去骑自己的马，没想到他就这么牵着她骑的马的缰绳在前面引路。

夜里的马场很安静，夜风清冽，吸进肺里，顿时让人神清气爽。

初霜坐在马上，凝视着男人高大的身影。

他穿马术服也很好看，修长挺拔，像中世纪的贵公子。

不知不觉看得入了神，初霜突然想，要是天上有轮清月就好了。

这样静谧美好的夜晚，得有明月衬托着。天高旷远，金风玉露，记忆大概会更刻骨。

牵着马走了一段时间，待马儿熟悉了初霜，盛庭确定了它的温顺，才拍拍马背，指引它小跑。

“好了，你现在可以让它奔跑起来，速度别太快。”

“好，我心中有数。”

骏马在辽阔的场地上奔腾起来，夜风拂过脸庞，初霜的心情瞬间变得开朗。

身后有马蹄声传来，回头一看，盛庭骑着他的马跟了上来。

初霜起了心思跟他赛跑，驾着马往前加快了速度，男人不甘示弱，两匹马在马场自在奔跑，好不欢快。

玩了很久，初霜还不愿意走，盛庭见时间不早了，催她回家，她才恋恋不舍地离开。

要离开时，工作人员提着一个厚实的礼袋送到盛庭手上。

他顺手递给初霜。

“什么呀？”

初霜低头一看，是她看上的那瓶香槟。

盛庭：“带回去以后再喝。”

回去的路上初霜抱着花，一路听歌，偶尔不自觉地哼两句，看起来兴致比来时更好。

一到家，两只小宠物立马迎过来，初霜分别摸了摸它们的头，小家伙们才高兴起来。

“小猫比一开始那几天好看多了，毛发长起来，没那么秃了。”

她将猫抱在怀里，坐进沙发轻轻摸着。

盛庭脱了外套，把带回来的花束拆开，给客厅的花瓶换了花朵。

花太多，剩下的几枝他准备带去主卧。

弄好一切，他也坐进沙发，双手朝小猫的方向摊开：“泡泡。”

初霜闻声抬头。

盛庭目光没在她身上，面色如常地唤小猫：“泡泡，过来上药。”

盯着他摊开的掌心看了一会儿，猫果然过来了。

他动作轻柔又细心，有条不紊，很快就给小猫上好了药。

上好药，小猫起身离开，又来了初霜怀里。

在旁边看了好一会儿的金毛小声嘤嘤着求关注。

初霜见了，雨露均沾地也顺了顺它的毛。

仓鼠很乖，不会拆家，也不会上沙发，主人在时它会乖乖蹲在地毯上陪着，主人不在时，它通常都是睡在自己的小窝里玩玩具。

自从小猫来了，它便有了玩伴。

不过这个玩伴很会跟它争宠，它又不如人家会撒娇，也不会跳上沙发钻进主人怀里，就只能在一旁看着。

“仓鼠真乖。”初霜很会安抚它，一边顺毛一边捏捏它的脸，“世界上哪有这么乖的小狗啊。”

盛庭就这么在旁边看着。

玩够了，初霜先上楼洗漱。

她上楼的时候，盛庭还在接电话，她洗完澡出来却碰上刚进卧室的人。

她穿着吊带睡裙，露出的肌肤在灯光下白得耀眼，刚吹过的头发还未完全干，随意地披着，黑与白的对比很强烈。

盛庭目光幽邃，在门口看着她，忽然有点想抽烟。

初霜看见他了，没说什么，坐在床边椅子上给自己抹身体乳。

清茶的香味闻着很安宁。

盛庭将碎冰蓝插进床头花瓶里，进了浴室。

他洗澡一向很快，出来时初霜正倚在床头看平板电脑。

“看什么？”

“小说。”

“一起看。”

他一点不见外，上床后将平板电脑放在两人中间，便要和她一起看小说。

初霜一惊，连忙把平板电脑捞了回去。

“怎么？”

“跟你一起看言情小说，感觉怪怪的。”

盛庭还以为她看的是文学作品。

她不看了，他也没强求。

“心情好些了吗？”

“嗯？”

“这两天看你太安静，是不是生活或工作中遇到什么事了？”男人目光深沉，“还是我什么地方没做好，影响你了？”

初霜手指卷着被单玩，片刻后问出口：“我们只是临时婚姻，还是要过一辈子？”

盛庭浓眉微蹙，看着她清润的眸子，不知道她为什么会问这样的话：“在你眼里，婚姻是儿戏吗？”

她摇头。

“既然不是儿戏，何来临时婚姻的说法？”盛庭语气认真，“我不奔着一辈子去，难道是觉得结婚好玩吗？”

“那就是说，你会对这段婚姻忠诚、负责，是吗？”

“是。”

见他说得笃定，初霜微顿，又问：“要是以后你遇到了自己很喜欢的人呢？”

“不可能，不会。”男人声音坚定，目光却有点不悦，“难道是你遇到了喜欢的人，想离婚不成？”

“没，没有喜欢的。”

明明得到的是想要的回答，但盛庭还是隐隐有些不太高兴，也不知这情绪从何而来。

压下那点不悦，他注视着她，缓缓出声：“盛太太只会是你一个人。”

“我也是你的。”明明说的是暧昧的话，他的神情却专注得像在宣示主权。

或许主宾倒置过来才是他真实的想法。

初霜轻笑，目光与他对视：“确定以后就是我了吗？”

“嗯，就是你了。”

盛庭就是有这样的能力，只要与他四目相对，便不由自主地想相信他。

初霜手指微微蜷缩，心跳忽而有些快。

等反应过来时，她已经倾身吻上了男人的侧脸。

近距离下可以看清他的肌肤纹理，细小的绒毛也清晰起来，视线往上，陷进幽潭。

盛庭垂眸凝视着她，薄唇抿成一条直线，一副克制又冷静的模样。

初霜被那视线灼到，微微退开，去找自己的平板。

男人注视着她的一举一动，喉结慢慢动了动。

心里裂开一条缝，那缝隙里有天光泻入。

——挺陌生的感觉。

“只亲这里吗？”他嗓音低哑，“泡泡？”

初霜笑道：“你别这么叫。”

盛庭将她搂过来，看着她干净的脸庞，声音低沉：“怎么就不能叫了，别人叫得，我叫不得？”

初霜不说话了，他唇边蓄着笑意：“再亲一次，泡泡。”

他笑起来很蛊惑人心，颜控的初霜没经住诱惑，在男人的注视下再次亲上去——这次亲的是薄唇。

盛庭唇边的笑意消失，目光变得危险。

初霜还未完全远离他，便被他按着后脑往前。

有一段时日没这么亲热，初霜没习惯，大口大口地呼吸着新鲜空气。

亲热的时间不算短，她的小日子刚结束，盛庭也知道不是时候，热情却也克制。

到最后，他又去了一趟浴室，再回来时带着一身的凉气。

初霜耳郭发热，不动声色地睡在一边，二人没什么交流。

卧室里安静了一段时间，随后传来一道低沉的叹息，过了一会儿又传来几道轻轻的微叹。

初霜明白是什么意思，听得耳热，心窝也热。

几天后，初霜的娘家人从桂云来了帝都。

大家长们重礼去盛家赔罪提亲，声势浩大，看得出对盛瑶的重视程度。

她和沈矜言的这门亲事也算定下来了。

提亲下聘后，长辈们来清御园住了一天，见初霜过得不错，也放下心来，三天后就回程了。

盛夫人热情邀请他们在帝都一起过个热闹年，长辈们也以家中事务繁多为辞回了桂云。

年前工作繁忙，初霜为了能有个清闲的年假，每天忙得不行。

终于，在她和同事的不懈努力下，他们攒够了两周多的存稿，足够春节期间连载了。

新漫画的事，应该是经理找孙梦竹谈过，她答应了不换人。这个漫画要年后才开始连载，也不急。

放年假的前一天，公司召开了年终总结会，还发了厚厚的年终奖金。

回家路上，一身轻松的初霜掏出大红包跟盛庭分享喜悦，还很大方地说要请他吃饭。

盛庭还以为她要请他去高档餐厅，结果去了一看，是一家烤肉店。

初霜点了很多很多肉，多到盛庭觉得两人根本吃不完。

“怎么点这么多？”

“多吃点肉，”初霜翻了翻面前的烤肉，“过了今天就吃不了了。”

她还要了烧酒，配着烤肉和生菜，她吃起来很香。

“小时候，哥哥很喜欢带我去吃烤肉，我不吃肥的，每次都是让他帮我解决。”初霜微垂眼帘，眼里含笑，“其实他也不喜欢吃，但他觉得浪费，就只好吃了。吃鸡蛋的时候也这样，我的蛋黄永远是他帮忙解决的。”

她语气轻缓，盛庭静静地听她说着。

她吃了很多肉，盛庭以为吃不完的那些肉都被吃完了。

回去的路上，她靠在座椅上，偏头看着窗外的景色。

路边张灯结彩，一路火红。

初霜默默看着，没眨眼，轻声的话语被夜风吹走：“又要过年了。”

# 番外一

Qing Shan Si Yu

盛清止小朋友很爱笑，长辈们都说她跟初霜小时候简直是一个模子刻出来的。

娘俩实在太相似，所以清止更黏妈妈，哪怕初霜因在工作而无暇陪她玩，小家伙也会在一旁安安静静地坐着，不吵不闹，乖得很。

很多时候盛庭一推开三楼画室的门，映入眼帘的就是一大一小挨着坐在画板前的两个背影，两个人那么相似，那画面总让他心底软得像云朵。

盛庭是出名的“女儿奴”，对女儿几乎百依百顺，一抱起小家伙就爱不释手。

可身边若有初霜，清止就会冷落他，只要妈妈抱。

初霜对女儿说话总是很柔和：“宝宝，爸爸也喜欢你，让爸爸抱抱好不好？”

她的话一向有用，小清止刚学会说话，声音稚嫩，张开双手朝盛庭道：“叭叭（爸爸）你快点。”

盛瑶说得没错，清止看起来就像一块小蛋糕。

此刻“小蛋糕”正张开手要自己抱，盛庭走过去却没直接抱她，而是顺势抱住了初霜，将娘俩一起圈进怀里。

这些都是温馨的时刻，当然，盛庭也有小朋友带给他的烦恼。

比如清止太黏人，晚上总要跟妈妈睡，这在很大程度上影响了某人的夜间生活。

偏偏初霜又是个溺爱孩子的，只要清止一嘟嘴装可怜，她就心疼地把人抱到房里一起睡。

盛庭义正词严地对她的这种行为表示过不满，美其名曰：“孩子到了两岁就要学会独立、自己睡觉，你没有下限地宠孩子，只会让清止更黏人，以后就没有自己的时间了。”

可初霜每次都是嘴上说着“最后一次”，事后一点不记得。

盛庭嘴上虽说要清止跟保姆在婴儿房睡，但女儿一爬进被窝，用软乎乎的小手搂着他喊爸爸时，男人再硬的心也软如绕指柔。

他在那一声声“叭叭晚安”中沦陷。

之后在某一天，盛庭突然回过神来——小清止不是不听话的宝宝，初霜也不是无脑宠溺女儿的人，这根本就是她们母女俩合起来骗他。

至于罪魁祸首，除了初霜还能是谁？

这天初霜下班后不见女儿，盛庭说她被盛瑶接去老宅玩了，要住几天才回来。

“她这么小，在老宅那边能住习惯吗？要是晚上哭怎么办，影响瑶瑶他们休息。”

她转身就要去老宅，盛庭拦腰将人抱起，嗓音散漫：“清止比你乖多了，不用担心。”

男人身上那股淡淡的危险气息，初霜已经很久很久没嗅到过了，猛然看见他冷峻的脸，初霜知道自己的计划败露了。

“用女儿当挡箭牌？泡泡，你聪明过头了。”

盛庭对初霜总是很温和，结婚几年，从没大声对她说过重话。

有时初霜真的做错了，他也只是略带严肃地问她知不知道自己错了。这样的问话也能被他弄出几分缱绻情调来。

初霜喜欢看他板着脸一本正经地训人的模样，其实知道他心里根本就舍不得责备她。

因此她偶尔会故意惹他，就想看他拿她无可奈何的模样。

盛庭大她八岁，对她的包容程度一向很高，初霜说什么、做什么他都说“好”，没有半点异议。

但她这次伙同小清止演戏骗他，盛庭觉得得好好“教育”一下。

“我和清止，谁在你心里排第一？”

好浓的醋味。

盛庭以前就说过，有了孩子后她没那么在乎他了。

“是我吗？”盛庭将人困在墙边逼问道。

见初霜摇头，男人淡淡开口：“我就知道。”

“你们俩都不是。”

盛庭看她：“那是谁？”

“我自己呀。在成为妻子和母亲之前，我得先是我自己，所以我排第一。”

初霜眼睛亮晶晶的，男人忽然就没了脾气，他亲了亲她的脸颊：“对，你得先爱自己。

“当然，在我这里，你永远排第一。”

# 番外二

Qing Shan Si Yu

朝好又做梦了。

之前每年的忌日，她都会风雨无阻地去初魏的墓前看他。

可今年她在非洲，无论如何也赶不过去了。

梦里的人问她是不是遇到什么事了，为什么今年没去看他，如果她遇到困难，一定不要一个人撑着，可以去找初霜、找盛庭。

“我最了解你，就算咬碎了牙也要独自扛事的性子。你很坚强，但我不想你太苦。

“阿好，不要逞强了，敞开心扉，找个好人共度一生吧，忘了我。”

梦中初魏的脸越来越模糊，他挥着手离开，再也不回头，仿佛在和她永别。

朝好伸手要抱他，却扑了个空。

醒来时她枕头上湿了一片，心慌得不行，一起身，她就看见了初霜疑惑的眼神。

“嫂嫂你醒了？做了什么梦，哭得这么伤心？”

看见初霜，朝好有些错愕。

看着这张与初魏有几分相似的脸，她抱着初霜泪如雨下：“我又梦到他了。”

男人一进门就见朝好抱着初霜哭，他用眼神询问初霜，对方摇了摇头。

他想马上过去将人抱在怀里，但一想到那天晚上她背着自己和盛庭，带初霜出去喝酒，两人喝得烂醉如泥，一点都不注意自身安全，他还是忍住了抱她的冲动。

初魏清了清嗓子，嗓音低沉，道："醒了？"

这声音让朝妤一怔。

慢慢回头看去，她瞳孔一缩，嘴唇不可抑制地颤抖着。

触到那双泪眼蒙眬的眸子，初魏心里一酸，面上还是清冷："以后还要不要出去喝酒了？你知道自己睡了几天吗？"

他话音刚落，朝妤就捂着嘴，泪珠跟断线的珍珠似的往下掉，整个人都沉浸在巨大的悲伤里。

这反应让初魏有些无措——他刚刚说话态度很凶吗？

初霜耸了耸肩，给了她哥一个"谁惹的谁来哄"的眼神。

初魏走过去，放软了声音："抱歉……"

话还没说完，朝妤就猛地抱住了他，那力道大得像要把人按进身体里，同时嗓子里发出悲伤的呜咽声。

这反应让初魏目光暗了暗，这一刻他很直接地共情了她的悲伤。

他轻轻顺着她的背，温声哄："我在呢，不难过。"

朝妤哭得不能自已，伸手摸着男人的脸，想问他话，喉咙却紧涩得发不出一个完整音节。

"你……疼、不疼——"

初魏从几个破碎的音节里分辨出这几个字，没来由地，他心脏一痛——朝妤是看到了什么让她很痛苦的画面吗？

"我从来没有这么真实地触碰过你，初魏，你是来跟我告别的吗？"

朝妤以为自己做了个梦中梦，伤心欲绝："还是说我要死了，这是回光返照？"

初魏眉头紧蹙，捏了捏她的脸："不管你梦到了什么，那都是假的，你好好看着我。"

在泪光中看向他的眼，那双深邃清亮的眸子看她时是那么温柔，好像……好像他还在世时看她的眼神。

朝妤突然发现他是有温度的，她心脏怦怦跳，用发抖的手摸他的脸，喃喃道："你是真的？"

男人眉眼微弯："你去找个假的来给我看看。我就说酒不是好东西，看把你喝成什么样了。"

花了很久，朝妤才平复心情，没再流泪。

她把梦里的一切全告知初魏。

男人觉得荒唐，为了证明所言非虚，还带她去看了两人的结婚照。

"现在你还觉得是假的吗？"

初霜和盛庭一边在亭子里喝茶，一边好奇地看着哥哥领着嫂子介绍家里各个地方，说着他们一起经历过的事。

"奇怪，喝酒能让人失忆吗？"她发出疑问。

旁边的男人却没理她，高冷得很。

她那晚跟朝妤在酒吧喝通宵，盛庭说不气是假的，他慢慢动唇："你也知道酒不是好东西？"

初霜示好地给他续了杯茶，目光一转，看到了在草坪上玩耍的两个小家伙："你女儿摔倒了。"

初聿泽大清止四岁，他最宠清止，有好吃的第一个想到妹妹，什么都依着小姑娘。

清止学会走路还没多久，摔倒时他比谁都紧张，生怕清止生气，以后再也不跟他玩。

好在小姑娘性格好，摔倒了就会自己坐起来，拍拍手上的土，又乐呵呵地要继续玩。

朝妤看到了草坪上粉雕玉琢的两个小孩子，大些那个五六岁的样子，眉眼跟初魏有七八分相似。

——他们连孩子都有了，她没在做梦。

初聿泽看见她，小跑过来喊着："妈妈你好点没？"

朝妤抱起他，心里软得一塌糊涂。

一家三口走到亭子里，初霜正擦着清止小手上的泥，盛庭神态闲适平和。而身旁的初魏视线永远在她身上。

看着这温馨的一幕，朝妤幸福得想流泪。

"嫂嫂喝点茶。"

初霜把茶杯递给小清止，小清止冰雪聪明，端着茶杯走到她面前，奶声奶气道：“舅妈喝茶。”

初魏扬了扬眉，温声笑道：“你小外甥女敬茶给你呢。”

朝好眼圈红了——如果这是梦，她宁愿一辈子不醒来。